新潮文庫

気まぐれ指数

星新一著

新潮社版

2133

目次

気まぐれ指数

序曲

東京タワーの根もとのあたりは、対比のはげしい種々のものがまざりあっている地域である。たとえば、豪華なホテル、戦災をくぐりぬけた落ち着きのただよう古い家、ゴルフの練習場、さまざまなビル、小さな森、寺と墓地、外国の旗のひるがえる大使館、坂、学校、各種のマンションなど。

タワーの展望台から見おろした人たちは、よくもこう雑然とした配列ができあがったものだ、といった意味のことをつぶやきながら、そなえつけの望遠鏡を気のむくままに動かしはじめる。

そして多くの人は、ふと、こんなことを考えてみるのではないだろうか。いまレンズの視野を、ちらっと横ぎったマンションの一室。あんな所に住んでいるのはどんな人で、どんな生活をしているのだろう……。

……そこには、こんな人が住んでいた。三十を少し越したぐらいの、ひとりの男。

コンクリート造りの、まだ新しい四階建てのマンション。彼の部屋はその最上階の、いちばんはじにあった。小さな台所と浴室とを除けば、ほぼ十畳の一室。彼はそれを三つの部分にわけて使っていた。一部分は眠るためのベッド、一部分には来客用の机といくつかの椅子《いす》。残った窓ぎわの部分にはメモの散らばった大きな机があり、彼はそれにむかって椅子にすわっていた。

その仕事机の片すみにある電話機に、彼は手をのばし、どこかへかけた。

「黒田ですが、このあいだのはどうだったでしょうか。え、好評？　それで安心しました。ええ、ちょっと気になったので……」

短かく話し終って電話を切り、彼はふたたび今までの姿勢にもどった。退屈しているような、またなにかを考えているような、あまり例のない表情で、週刊誌のページをめくった。

窓のそとには、午後の日を受けたタワーが見える。このマンションは大通りから少しひっこんだ場所にあり、騒音はそう伝わってこない。

彼は視線を、窓のそとから机の上に移した。そこには白い紙がひろげてあったが、便箋《びんせん》でも原稿用紙でもなかった。ただの白い紙。彼は鉛筆を手にして四角を描いたが、すぐにそれをやめ、また、ぼんやりと窓に顔をむけた。

その時、チャイムの音が来客を告げた。立ちあがった彼の顔からは、退屈の色が消えた。そして、鍵《かぎ》をはずしてドアをあけた。

「こんにちは……」

そこに立っていた二十七、八の女性が、なれなれしくあいさつをした。細おもての容貌《ようぼう》は美人と呼べないこともなかったが、服装のほうは最新の流行とは呼べない、むぞうさなものだった。

黒田は相手をみつめながら、しばらくまばたきをつづけた。いままでに、会った記憶のない女性だった。だが、いつまでも黙ったままでいるわけにはいかない。

「どうぞおはいり下さい。ところで、どなたでしたでしょうか」

黒田は彼女をなかに迎えいれ、来客用の椅子をすすめながら聞いてみた。

「あたし、こういうものですの」

彼女は手にさげていた四角いカバンをあけ、名刺を出した。名前は副島《そえじま》須美子、肩書きにはフロリナ化粧品会社と印刷されてあった。彼は黒田一郎という自分の名刺を渡しながら、

「化粧品会社ですか。それで、どんなご相談なのでしょう」

と言い、仕事机から紙と鉛筆とを取ってきた。彼女はそれを見て、ふしぎそうな口

調でさえぎった。

「あら、メモなんかして下さらなくていいのよ。あたし、化粧品を売りにうかがったのですから」

黒田は苦笑しながら、うなずいた。

「ああ、セールスマン。いや、セールス・ガールかな。いったい、なんと呼んだらいいんです」

「あたしも知らないわ。ところで、フロリナ化粧品会社では、特殊な原料をフランスから独占的に輸入し、それに……」

須美子はカバンのなかからクリームを一つ取り出し、机の上に置いて話しはじめた。だが、やがて口をつぐみ、部屋をみまわした。

「どうしたんです。忘れたんですか。虎《とら》の巻を見ながらしゃべっても、かまいませんよ」

「そうじゃないのよ。奥さまは、いらっしゃらないの」

「独身だから、いるわけがない」

「ひとり暮しの男性に口紅のたぐいを売ろうとするなんて、幽霊にズボンを売りつけようとするのに似ているわ。長居は無用ね」

と化粧品をカバンにしまいかける彼女を、黒田はとめた。

「いいじゃないですか。せっかくしゃべりはじめたのを、途中でやめることもないでしょう。欲求不満で、心に悪い影響が残るかもしれない。終りまで、やってしまって下さい」

「じゃあ、そうするわ。ええと……おたくでは、どんな化粧品をお使いでしょうか」

黒田は壁の棚から、クリームの容器を取ってきて渡した。

「こんな品ですよ」

受けとった彼女はラベルを見つめた。横文字ばかりが並んでいた。

「外国の製品をお使いになるのも結構ですが、それではお肌に……」

須美子は、またも口をつぐんだ。ラベルのすみに、小さくメイド・イン・ジャパンと記されているのを発見したのだ。

「国産のをお使いになるのでしたら、やはり一流の品でないと、よろしくございません。フロリナ社の品は、このように……」

と彼女はまず、自社の品を少し手の甲に塗りつけてみせた。つぎに、いま渡された容器のふたを、なにげなくねじった。そして、目を大きく見開き、かん高い悲鳴をあげた。

クリームのふたが飛び、なかからネズミがあらわれたのだ。つづいて、うなるようなネコの鳴き声がした。須美子は、容器を思わず床の上にほうり投げた。しかし、よく見るとオモチャのネズミで、ネコの声もそれが出したのだとわかった。

「ビックリ箱ね。おどかさないでよ」

黒田は身をかがめ、容器を拾って、底から銀紙に包んだものを取り出した。

「まあ、これでも食べて下さい」

だが、彼女は手をひっこめた。またも変な品をつかまされては、たまったものではない。

「なによ、それは」

「ブランデーの入ったボンボン。卒倒でもした場合のために、気つけ薬としてセットになっている。大丈夫です」

彼女はおそるおそる手に取り、紙をむいて、そっとかんでみた。しかし、べつに変なことはなかった。チョコレートの味とブランデーのかおりが、口のなかにひろがっていった。須美子はやっとわれにかえり、そこで憤慨にとりかかった。

「ずいぶんいやらしい、ビックリ箱があるものね」

「そうかな。面白い、うまくできたしかけだと思うがな」

「いやらしいわよ。こんな人の悪いビックリ箱を、考え出した人の顔を見てやりたいわ」

「顔を見てどうするんだ」

「ひっぱたくでしょうね。知っているの、その人を」

「知っているどころか、このぼくさ」

そのとたん、彼女の手は勢いよく動き、黒田の横顔で大きな音をたてた。だが、彼はあまりあわてなかった。しばらくじっと、須美子を透《すか》して椅子の背を見つめているような目つきをしていたが、

「ちょっと失礼」

と立ちあがり、仕事机にむかい、紙になにかを書きとめた。彼女はそれを疑問と驚きと、いくらかの不安のまざった表情で眺めていたが、ついに声をかけた。

「痛かったら、あやまるわ。だけど、なにを急に書きはじめたの」

黒田はすぐに戻ってきて答えた。

「仕事のことさ」

「仕事って、どんな？」

「じつは、ぼくの親戚《しんせき》が輸出用のオモチャを作る、小さな工場をやっていて、その企

画を受けもっている。主としてビックリ箱だけどね。それがぼくの仕事さ。だから、頭になにか浮かぶたびに、すぐにメモをつけることにしている」

「で、いまは、なにを思いついたわけ」

「女が男をひっぱたく美風は、アメリカにあるけど後進国のわが国にはない。その習慣のちがいに、気がつかなかった。だから、女をひっぱたくビックリ箱を作れば、アメリカの男性が喜んで買うかもしれない。どうだろう」

須美子は首をかしげた。

「あたしには、なんとも言えないわ。だけど、ビックリ箱の考案なんて、また変ったお仕事なのね」

「はじめは月給をもらって、工場の企画室に通勤していた。だが、ある日、すばらしいアイデアを考えついた」

「どんなこと?」

「通勤の必要はないということさ。また、月給をやめて、歩合制にしてもらった。親戚の社長はいやな顔をしたが、よその工場から誘われているとうそをついたら、笑顔になって要求を入れてくれた。よっぽど、もうかっているらしい。それ以来、かくのごとき生活に落ち着いている。さっきは、それを伝え聞いた化粧品会社が、景品の相談かなにかで、きみをよこしたのかと思ったよ」

サービス精神のこもっているような感じの黒田の口からでる話を聞きながら、須美子はあらためて室内をみまわした。

「ちょっと考えるだけでこんな生活ができるなんて、いい仕事ね。のんきそうで、うらやましいわ」

「のんきとは言えないよ。なにしろ、大火事とか飛行機事故といった、大金を消費する驚きが競争相手だ。こっちは金をかけず、それに匹敵するショックを、何十万人という人に定期的に供給しなければならないんだから、楽じゃない。工場を遊ばせないためには、なまけてもいられない。また、値段の点や危険性などで製造中止になる場合も多いから、予備をいくつも用意しておかなくてはならないし」

「かもしれないわね。でも、自由でいいでしょ」

「つとめていたころには自由にあこがれたが、いまではなにが自由か、わからなくなった。自由のありがたさを知るために、人は時どき牢《ろう》に入る必要がある。有名な金言だ」

「聞いたことがないわ。あなたの製造でしょう」

「寝ても覚めても、ビックリ箱のことだ。といって、眠らなければならない。睡眠時間をいろいろ置きかえてみたあげくに、結局、つとめていた時と同じになった。あこがれの自由の正体さ。そういうきみの仕事だって、同じようなものじゃないか。時間にしばられず、ひとの虚をついて金にする。きみは自由を、どう味わっているんだい」

黒田は逆襲したつもりだったが、彼女からはあまり手ごたえのない答がでた。

「知らないわ。きょうがはじめてなのよ。あたし、彫刻家になろうと勉強しているの。だけど、世の中から浮きあがった芸術家にはなりたくない。大衆との接触とやらを試みようと思って、退屈しのぎも兼ねて化粧品会社の人員募集に出かけてみたのよ。容器のデザインでもやらせてもらえるかと考えていたわ。それが、行ってみると、このおよそ美的センスのない品と、スピード印刷の名刺を押しつけられちゃった」

「なるほど、きょうがはじめてだったのか」

と黒田は笑いながら、うなずいた。須美子もまた、笑い、うなずいた。

「ええ、急ぎの配達をたのまれて、この近くで一軒寄ったけど、訪問はここが第一番目よ。こんなマンションなら暮しむきのいい人が住んでるだろうと思って、意気ごんで、まず入ってみたら……」

「独身の男ではね。気の毒なことをした」

「それに、ビックリ箱ときてはね。こんなけちがついては、先が思いやられるわ。初日に負けた横綱の心境と同じよ。あたし、店じまいで引退しようかしら」

「なんだか同情したくなってきた。じゃあ、マニキュアの液でも買おうかな。仕事が行きづまった時に、クリップにでも塗って気晴らしをしよう。いいアイデアは、そんな場合にわいてくるものだ。わが国に独創性が乏しいのは、深刻な姿勢で考えるからだろう。アインシュタインが原爆のヒントを得た時は……」

「いいのよ、そんな無理しなくっても。あたしは自己の信念に忠実なの。もっとも、気がむかないことはやらない、という信念に対してだけど。早くいえば、なまけ者ってわけね。じゃあ、おいとまするわ」

須美子は化粧品をカバンにしまい、椅子から立ちあがった。黒田はそれをひきとめた。

「まあ、いいじゃないですか、ゆっくりしていっても。本当に店じまいのつもりなら、急ぐこともないでしょう」

「でも、忙しいお仕事をじゃましては……。どんなぐあいに忙しいのか、実感がちっともわかないけど」

「じゃまどころか、話し相手があったほうがいい。一人であれこれと考えていると、どうしても独断的になってしまう。妙にこりすぎたりしてね。作った本人だけが驚くビックリ箱など、意味がない。うぬぼれ女の装い、前衛映画のたぐいだ。普遍性のない大傑作とやらを作る立場にはないんだ」

「そういうことも言えるわね」

「雑談が必要品なわけさ。費用を出しても、雑談の相手を雇いたいんだが、なかなかない。将来は、雑談学科の卒業生が胸を張って枢要な地位に就職する時代になるのだろうが、当分はだめらしい。したがって、来客をつかまえる以外にない。しばらく、話し相手になってくれないかい。ただとは言わない。夕食ぐらい、そのへんでごちそうしよう」

「悪くないアルバイトね」

須美子はふたたび椅子にすわり、少しくつろいだ姿勢になった。

「じゃあ、お茶でもいれよう」

黒田は台所に立った。そして、魔法瓶の湯でコーヒーをいれて運んできた。彼女は軽く礼を言い、一口すすった。

「なんだか変な生活ねえ。まともな仕事について、結婚でもしようなんて、考えてみたことはないの」

「あるさ。このあいだ、まともな仕事とはなにかを調べようとして、古本屋で十年まえの経済誌を買ってきた。半日ほどつぶして、現在とくらべてみた」

「なにか結論が出て？」

「ああ、安定した事業というものが、いかに少ないかがわかったよ。ビックリ箱の産業は、なかなかどうして、一流の堅実な仕事だ。社会がどう変ろうと、当分はビックリ箱への需要はなくならない」

須美子は、コーヒーを飲みながら、あたりをまたも眺めた。

「でも、独身だと不便でしょう」

「あいにく、女性がどんなに便利なものか、知らないんでね。掃除機や冷蔵庫の便利さは、テレビのコマーシャルでいやというほど知らされ、買ってしまった。それなのになぜ、女性の便利さをコマーシャルでやらないのだろう」

「コマーシャル以外で、充分にやっているからでしょうよ」

「やってはいないよ。恋愛物では結婚式で話がおしまいだし、スリラー物では細君に殺される。西部劇では女のあさはかさのため主人公が毎回、危地に追いやられる。喜劇物では、細君のしりに敷かれる筋ばかりだ。女性の便利さは、少しも強調されていない。このままでは、まじめな男性はみな独身主義者になるだろう。ぼくのように」

「どうかしらね」

と笑う彼女に、黒田は聞いた。

「きみは、どう考えているんだい。自分自身、そんなに便利な装置だと思っているのかい」

「あたしもわからないわ。あたしもまだひとりだし、それに、便利な装置というものは、使う人の能力と判断できまるものよ。原始人は計算機を手に入れても、ありがたさがわからないじゃないの。男って、原始人的なところが多いわね」

「ばかとハサミは使いよう、ってところだな」

「ハサミじゃないわよ。計算機」

「同じようなものなんだろうな。十万年後の博物館では、その二つが同じころの物として、並べて陳列されることになるかもしれない」

「いままで、結婚しようと考えたことはないの」

「ないこともないが、工場からつぎつぎと考案のさいそくをされていては、愛の言葉など浮かんでこないよ。デイトの相手が、ビックリ箱に見えてくる」

須美子は軽く手をたたいた。

「その、女性すなわちビックリ箱説は、いいわよ。女性を便利さで判断しようとするから、自動化の今日、話が少しおかしくなるんだわ。どんなにいばっても、いずれは機械に追いつかれ、追いぬかれてしまうわ。自動ネクタイ結び器かなんかの完成で、失業じゃあ、前途は暗いわ。この説をもっと検討してみない」

「賛成だ。唯物的な見方には、面白味がない」

「女性の本質をビックリ箱と考えれば、いちおうの安心が得られそうだわ。女性たるものはこの点を認識して、機械と競争する便利な装置なんかになろうとせず、すばらしいビックリ箱になろうと努力しなければならない。そうすれば、永久に一流の安定企業でいられる。さっきのお話の通りでしょう」

須美子は途中、演説口調になった。黒田はコーヒーを一口だけ飲み、

「理屈はどうにでも立つものだというが、妙な話になってきたぞ。しかし、一理はある。男は女のビックリ箱的なところに、魅力を感じているのだろうからな。このうえ、そんなことに目ざめられたら、男たちは困るだろう。その安定企業によって、ますます金を吸いとられ、寿命をちぢめることになる」

「男たちなんて、ひとごとのようにおっしゃるけど、黒田さんはどうなの。女性に対する見方が変って、少しは心境が変りはじめた？」

「いや、あまり変らない。ビックリ箱に関しては、不感症になっている。人工ビック

リ箱も天然ビックリ箱も、同じことだ」

黒田はこう言いながら、窓のそとを見た。いつのまにか時間がたち、夕ぐれの色がひろがりはじめていた。東京タワーの展望台には、電気がつき、そのさらに上では光の輪がぐるぐる回っていた。

須美子は立ちあがって、窓のそばに寄った。

「きれいな眺めね」

「そろそろ出かけようか」

「こんなくだらない雑談をして、それでごちそうになっては悪いわね」

「くだらないから、価値があるんだ。有益な説なら、本屋で本を買えばいい。ちょっと服を着かえるから、そこの棚にある試作品でも眺めていてくれ。なかには、こわれているのもあるかもしれないが」

黒田は箱のいくつか並んだ棚を指さしてから、洋服ダンスをあけた。そして、着ていた服をしまい、外出用のを選びはじめた。

須美子は好奇心を持って、棚に近づき、箱のひとつにこわごわ手をのばした。なにが出てくるのだろうと、深呼吸をして、ふたにさわった。

ばたん、と音がし、一瞬のあいだに自動的に箱は畳まれ、一枚の板になってしまった。

「ちょっといいアイデアね」

彼は、靴下を出しながら答えた。

「ああ、輸出向けには、その程度のがいちばんいい。外国では贈り物を目の前であける風習があるから、軽い冗談にすぐ使える。日本ではあとであけてみるのが習慣だから、冗談ですまなくなる場合もある」

「お中元なんかで、よその家に回したりしたらね」

「きみの女性ビックリ箱説に従えば、内容充実と思って結婚したら、ガッカリというたぐいさ……。あ、組立てなくていいよ」

須美子は畳まれた箱はそのままにして、となりの意味ありげな箱にさわった。いかにもビックリ箱らしい外観だったが、さわっても別に変化は起らなかった。彼女は棚からおろし、そっと手にとって、ふたをあけようと試みた。しかし、なかなかあかなかった。こわれているというのは、この箱かもしれないわ。振ってみたりしたあげく、須美子はこう考えて、もとの位置にもどした。

その時。大きなうなり声とともに、箱はバネじかけで飛びあがり、床に落ちた。

「あら、びっくりしたわ。故障品だとばかり思っていたのに。死人がむっくり起きあがったみたいね」

「そんな感じをうけたかい。しかし、そのヒントはムジナの化かしかたから思いついたものだ。いつ出るか、いつ出るかとびくびくさせておいて、けっきょく出ない。やれやれ助かったと、ほっとしたとたんに、わっと出る。相手は腰が抜け、ぐにゃぐにゃになってしまう。昔から偉大な為政者は、よくこの手を使ってきた」

須美子は箱を拾いあげ、もとの棚にもどした。しかし箱は、今度は飛びはねなかった。

「ずいぶん手がこんでいるのね」

「その程度が、限度のようだ。それ以上になると、マニアむきになってしまう。通人は喜んでも、金にはならない」

黒田は靴下をはきおわり、立ちあがって鏡にむかい、服のえりのあたりをちょっと直した。それから、ポケットのハンケチを新しいのと入れかえた。

「では、出かけようか」

「マニアむきって、どんなの。あったら見せてよ」

彼は棚のはじにある、黒っぽい箱を指さした。

「そこにある。アメリカのベル研究所が考案したものだけあって、実に精巧にできている。そのかわり、値段も高く、むこうでも五ドルぐらいする。こうなると、マニアぐらいしか買わないから、あまりもうからない」

黒田はこう言い、箱を机の上に置いた。黒ぬりの金属製の箱で、上部にスイッチがついている。彼は指でスイッチを押し、ONにした。きしむような、不気味な音がはじまり、須美子の注意をひきつけた。

「お化けでも出そうね」

「出るかもしれない」

やがて、ゆっくりと箱のふたがもちあがり、なかから青ざめた手があらわれてきた。なにをやるのだろう、と見ているまえで、その手はスイッチにたどりつき、それを倒してOFFにした。音はやみ、手は箱のなかにもどり、ふたはしまった。もはや、なにごとも起らない。

「いやな感じね」

「名作といわれるだけのことはあるよ」

「虚無的な印象を受けるわ」

「自分のスイッチを切るだけの装置、自己の存在を否定するための装置だからな。大げさな人は、現代の機械文明の未来を暗示している、と感じるらしい」

須美子は化粧品のつまったカバンを、重そうに持って立っていた。黒田はそれに気がつき、提案をした。

「店じまいにするにしろ、しないにしろ、それを自宅まで持ち帰ることもないだろう。ここに置いていってもいいよ。むだがはぶける。途中でかっぱらわれる心配もなくなる。もっとも、そんな化粧品会社のマーク入りのカバンを、狙《ねら》ったりするやつもないだろうが」

「ないとは限らないわよ。なにしろ、せちがらい世の中だから。会社の雇った秘密社員が、自社の外交員の商品をかっぱらうことも考えられるわ。会社は外交員に弁償させる。ぬれ手にアワの、確実な事業じゃないの」

「いい話だ。そのうち、引用させてもらうかもしれない。その時には、お礼をするが」

「なんに引用するのかしれないけど、お礼はいいわよ。このカバンの預かり代にしていただいて。どうせ、受け取りに来て、また雑談になり、ことによったら、ごちそうになれるかもしれないから」

須美子は、笑いながらなかからハンドバッグを出して手に持ち、カバンを部屋のすみに置いた。二人は廊下に出て、黒田はドアに鍵をかけた。そして、郵便受けに差しこまれていた封書を、ひっぱり出してポケットにつっこんだ。

二人は階段をおり、道路にでた。そこは裏通りではあったが、時たま自動車が通り抜けていた。黒田は、さて、といったようすで聞いた。

「なにか、とくに食べたいとかいうものはある」

「なんでも結構よ」

「じゃあ、少しさきの大通りにそった所に、ドイツ料理の店がある。そこにしようか」

「ええ。よくいらっしゃるお店なの」

二人は歩きながら話しあった。

「ああ、時どき夕食を食べによる。いつも、レコードでドイツの音楽をかけている。ぼくが行くたびにモーツァルトの曲をたのむので、このごろは、ぼくの顔を見ると、たのまなくてもモーツァルトをかけてくれるようになった。サービスだか条件反射だかは知らないけど」

「モーツァルトがお好きなの」

と、須美子は女らしい声になって聞いた。話題が音楽に移って、はじめて異性といっしょに歩いていることに気がついたのだ。さっきから今まで、男と話していることを、すっかり忘れていた。また、そのとき歩いていたのが、小さな小さな神社のまえで、こんもりとした樹々のそばだったから、いくらかロマンチックになったのかもしれない。

「ああ」

と黒田はうなずいた。

「なぜ」

「バッハでも、ショパンでもないところがいい。好きとは、そんな意味のことだろう」

「たよりないファンなのね……」

と言いかけて、須美子は不意に足をとめた。

「どうしたんだい」

と黒田は聞いた。彼女は道からひっこんだところにある、そばの住宅を指さして言った。

「さっき、配達をしに寄った家って、そこだったのよ。フロリナ化粧品の、いいおとくいらしいわ。四十過ぎの、ちょっときれいな女の人がひとりで暮しているのよ。もっとも、住み込みの婆《ばあ》やさんらしいのもいたけど。変っているわねえ」

「べつに変ってもいないだろう。中年の婦人が、五人も集って暮していれば奇妙だが。外国のスリラー映画に、よくそんなのがある」

「変っているって、そんな意味じゃないのよ。仏像のコレクションをやっているらしいの。女の人にしては、ちょっと珍しい趣味だと思わない」

「そういえばそうだ」

「なかに一つ、すばらしいのがあったわ。古く、由緒ありげな像だったわ。きっと、相当なものよ」

「よくわかるな」

「あたし、彫刻を勉強しているんですもの。理屈ぬきで、ぴんとくるわ」

「なるほど、駄作でも、失敗作でもないから、名作か。名作とは、そんな意味のことだろうな……」

やがて二人は大通りに出た。それにそって少し歩くと、小さなレストランがあった。木製の看板には、ドイツ文字と片仮名とで〈メルヘン〉と記されてある。

「ここだ」

「いい名前ね」

「ぼくはいつも、ミュンヒハウゼンとかいった、堂々たる響きの名前にしろと、主人に進言しているんだが、採用してくれない。さあ、はいりたまえ」

須美子は、さきにドアをくぐった。なかは広くはなかったが、落ち着いた空気がただよっていた。くすんだような色に塗った壁、質実な感じのする食卓。食卓には、それぞれロウソクが置かれている。すみの席では三人連れの客が、小声でドイツ民謡を合唱していた。

「ドイツに行った気分が味わえそうね」

「ああ、行ったことはないが、行った以上に味わえるだろう。最も日本的なムードは、日本を扱ったアメリカ映画のなかにしか残っていないような時代だからな」

この店の主人の、ふとってはいるが三十歳ぐらいらしい外人が二人を迎え、席に案内しながら、外人らしいアクセントで言った。

「いらっしゃいませ」

「ぼくがなぜ、この店をひいきにするのか、その原因にきのう気がついたよ。外国テレビ映画の影響らしい。ギャングを追っかけるまじめな警官は、たいていドイツ系の名前のようだ。ドイツの人はまじめであると、潜在意識にうえつけられてしまったらしい」

黒田が妙なおせじを言うと、主人は愉快そうに笑って、

「どうも、ありがとう。でも、料理をほめられたほうがいいです」

「毎回おなじようにほめていると、ぼくへの印象が薄れるから、時どき言葉を変えているわけさ。しかも、ほかの客の言いそうもない文句を、考え出さなければならない。一流の客をこころざすほうも、楽じゃないんだぜ。……さて、なににしようか」

と黒田は須美子の好みを聞いた。だが、彼女が特に好みはないと答えたので、彼は適当に注文をした。

やがて、ビールが運ばれてきた。歌っていた客たちはいつのまにか帰り、レコードがかけられていた。モーツァルトのピアノ曲。

「では、ビックリ箱のために」

と、須美子が言ってコップをあげた。黒田はなんと言ったものかと迷い、

「モーツァルトのために」

と言い、二人はビールを口にした。

「たよりないファンのくせに」

「いや、たよりないことはないさ。説明を加えればだな。モーツァルトには、完全な均整の美がある。世の中が混乱して、わけのわからない時代となると、だれでも均整と天才とにあこがれる。ぼくも、そのたぐいだ。筋が通っているだろう」

「なんだか、ファシズムのにおいがするわ」

「その理屈はおかしいと思うな。だいたい、モーツァルトはファシズムという言葉さえ知らなかったはずだ。離婚されて出雲《いずも》の神さまをうらみ、金に困って紙幣の人物にけちをつけるようなものだろう。ご本人たちはいい迷惑だ。人間というものは、責任のがれのためには、過去の人になすりつけるという無茶なことをやる。ぼくも死後百年もすると、あいつのビックリ箱のために、クーデターが起った、なんて言われるかもしれない。言われるようになったほうがいいのか、ならないほうがいいのか、その点はなんともわからないがね」

黒田はビールを飲みながら、にこにこしてしゃべりつづけた。一室にこもっての仕事のために運動不足になった発声器官を、こんな時に動かそうとしているようにも見えた。

やがて、肉の料理が出て、二人はそれを口にしながら話をつづけた。

「あたしも、モーツァルトの曲は好きよ」

「明瞭《めいりょう》であり、均整がある。これこそ美の本質、いや善の本質にちがいない」

ビールがまわりはじめたためか、黒田は硬いことを言いはじめた。須美子は、話題をずらすことを試みた。

「黒田さんは、まさかビックリ箱を考えつづけて、一日中いるわけではないんでしょう。たまにはなにかで気晴らしをなさっているんでしょう」

「ああ、それはそうだ」

「どんなことで？」

「実益を兼ねた趣味といったところだな」

「あら、ビックリ箱の考案というお仕事が、すでにそうじゃないの」

「いや、ビックリ箱のほうは、正確に呼べば、趣味を兼ねた実益だよ」

須美子は興味を抱いたようすで、ビールを一口だけ飲み、少し身をのりだした。

「どんなことなの。実益を兼ねた趣味のほうは」

「批評さ」

と黒田は短かく答えた。彼女は、期待はずれの表情になった。

「批評？　つまらないわね」

「そんなことを言ってはいかんよ。これは重要なことだ。たとえば、奥さんの料理にけちをつける亭主がある。それによって、家庭の食生活が向上する。しかし、もし奥さんに資力なり腕力なりがあって、亭主の批評に圧力がかかったら、進歩が止ってしまう」

「それはそうね。奥さんがぐちをこぼすからこそ、亭主も出世をしようとする。奥さんの批評を封じてしまう亭主関白の家庭は、あまりえらくなれないものね」

「まあ、そんなところだ。かくのごとく、批評こそ、なまけものの人類を進歩させる、唯一《ゆいいつ》の因子だ。小は家庭から……」

「大は宇宙、っておっしゃりたくても、それは無理よ。太陽の色は、もう少し派手であってもいい、と批評してみてもはじまらないわ」

「それに、太陽なんかを批評してみても、実益がともなわない」

「変ってるわね。批評が趣味だなんて人に、はじめて会ったわ」

「正直に言えばだね、批評ということは現代生活にとって、趣味どころか、必要欠くべからざる生理現象らしい。テレビだ、週刊誌だ、雑誌だと、いまやだれもかれも、ニュースや知識、広告や論説を一刻も休むひまなく、ぎゅうぎゅう押しつけられる一方だ。これで黙っていたら、頭が一杯になっておかしくなり、ついには破裂してしまう。つまり、昔の形容でいえば、腹ふくるる状態だ。そこで、批評として排泄《はいせつ》を……」

黒田は調子にのってしゃべっていたが、食事中であることに気がついて、ビールといっしょに、あわてて語尾を飲みこんだ。須美子は聞き足した。

「なんですって」

「その、つまりだね。批評をすると、からだがすっとするということさ」

「そうね。女性のおしゃべりを禁止したら、全女性が集団ヒステリーになって、革命が起るかもしれないわ。それで、なんの批評をなさっているの。やはり、ビックリ箱？」

「とんでもない。それでは自縄自縛《じじょうじばく》になって、精神衛生の足しにならない」

「きっと、変った方面なんでしょうね」

と彼女は興味をとりもどして、首をかしげた。黒田は笑いながら、うなずいた。

「ああ、変った分野だ」

「だけど、このごろは、ありとあらゆる分野に批評家がいるわ。シンボルマークや新薬の批評家までいる時代よ」

「ぼくの知りあいには、ネコの訓練法についての権威がいる。また、ハレムを舞台にした外国漫画を大量に集め、一家言を持っているやつもいる。どういうつもりなんだろう、と考えたくもなるが、そこが生理的必要さ。会って話しているうちに、いつのまにか話題をそこに移されてしまう。あっと気がついた時には、相手はうんちくを傾け終って、すがすがしい顔になっているといったしかけだ。しかたがない」

二人は食事を終え、コーヒーをたのんだ。レコードのモーツァルトは、ピアノ曲から、バイオリンに変っていた。

「それで、黒田さんのやっているのは、いったいなんなの。早くお話ししてよ」

「早くいえば、犯罪さ」

「あら、ミステリーなのね」

「いや、小説じゃあないよ。実話のほうだ。つまり、犯罪そのものの批評ということになる」

「でも、犯罪の研究をしている人は、たくさんいるでしょうに」

「それは多いだろうが、批評をやろうとする人はいないようだ」

「なんでまた、そんなことをはじめたの。やはり、調査をしてみて、批評の穴をみつけたというわけなの？」

「じつは、そうじゃないんだ。さっき話した親戚のオモチャ会社に寄った時、たまたま輸出関係の小さな業界紙の、編集者兼記者が来ていた。例によって雑談をしているうちに、相手がこぼしはじめたんだ。囲み記事的な読み物をあしたまでに書いて、紙面を埋めなければならない、とね。そこでつい、親切気を出して、かわりに書いてやろう、と言ってしまった」

「なにを書いたの」

「アパートに帰って、押入れの奥から古新聞をひっぱり出したら、手ごろな外電があった。それを引用して、でっちあげたんだ。西独には警報器持参の泥棒さわぎがあった。つまり、泥棒が警報器をつけて仕事をし、見まわりが来ると、光の点滅でそれを知り、姿を見られないうちに逃げてしまう。それにひきかえ、わが国の犯罪の泥くさいこと。それから、もっともらしく国民性に言及し、輸出商品のスマートさの重要性を論じた。けっこう好評らしかった。また書いてくれ、と言われたからね」

「それで、書いたの？」

「ああ、同じようなことさ。こんどは少年犯罪。英国の悪童たちが、デパートにネズミを何匹も持ちこんで、いっせいに放して万引をした。それにひきかえ……」

「わが国のは泥くさい、というのでしょう」

「そうだ。外国の例をあげ、わが国のと比較し、泥くさいとやればいいらしい。そのこつを発見し、身につけたという次第だ」

二人は、運ばれてきたコーヒーを口にした。須美子は、なにげなく聞いた。

「だけど、その資料を集めるのが大変でしょうね」

「なんとかなるさ。そのうち、ある月刊誌から注文がきた。その業界紙の記者が推薦してくれたらしい。ちょうど、床下から死体が出たニュースのあったころで、それと比較して外国のスマートな例をあげた」

「どんな方法なの」

「自分の家の前の道路を、白昼堂々と掘りかえし、死体を土管につめて埋めてしまった、という話だ。外国でも、道路工事は年中行事らしいな。ぼくも、東京の都市計画のなまぬるさを、ついでに攻撃し、読者も喜んだらしい」

「本当に、そんな事件が外国にあったの」

「知らないけど、ありそうな話じゃないか。アメリカの雑誌のスリラー漫画に出ていたんだが」

「そこまでいったら、無責任よ。読者に悪いじゃないの」

「そんなことはないよ。読者というものは、小説に対しては事実らしさを求め、事実に対しては小説的な面白さを期待している。いまは事実と小説の名称が、交代しつつある時期らしい。ぼくなどは、その先駆的な存在だ」

　黒田は、ちょっと得意そうな口調になった。だが、須美子は異議をとなえた。

「でもねえ、そんなことをして、犯罪者を育成してしまうことになるでしょう」

「大丈夫だよ。絶えず、外国のはスマートだが、わが国のは泥くさい泥くさい、とけなしているんだから、犯罪をおかそうとする者が読めば、おれはとてもだめだ、と劣等感を持つようになる。害の点なら、犯人を英雄化してしまう映画のほうが、もっと大きい」

「ほめることはないの」

「ないとも。あるはずがない。モーツァルトの曲のごとき、天才と均整とにあふれた完全犯罪というのは、ありえないからな。いや、あるのかもしれないが、そんなのは発覚しないからニュースにならない。ニュースになって、ぼくが批評するからには、どこかに手ぬかりがあったということになる」

「そういえばそうね」

「ああ。だから、泥くさい、と絶えずくりかえしていればいいわけだ。楽なものだよ。防犯思想の普及にも、少しは役立っているかもしれない。ぼくは頭がさっぱりし、いくらか実益を得る。もっとも、大した実益ではないがね」

「それでさっき、あたしの話を引用したいって、おっしゃってたのね」

「時どき、ファンレターがくる。雑誌社が、まとめて回送してくれるんだ」

黒田はアパートを出る時にポケットに移した封筒を思い出し、封を切り、その一通を須美子に渡した。彼女はそれに目を走らせていたが、妙な表情になった。

「変なファンレターよ」

須美子はまばたきをしたが、黒田は落ち着いたもので、彼はゆっくりと言った。

「ファンレターというものが、そもそも変なものなのさ。これも一種の生理現象だからな。一定時間ごとに耳がかゆくなる、などということがないように、理路整然としたファンレターもあり得ないよ」

「でも、これは整然としているわ」

「じゃあ、ファンレターとは呼べないな。外国の資料の提供だと、ありがたいが」

「そんな、のんきなものじゃないわよ」

「いったい、なんて書いてある。読んでくれないか」

彼女は声を出して読んだ。

「ええと……先生のお書きになる犯罪批評は、小生も毎回、興味を持って拝読いたしておりますが、どうも感心いたしません。いつも同じ発想です、ってよ」

「さては、手の内がばれたかな。しかし、それは無理な注文だよ。モーツァルトにむかって、いつも同じ型の曲を作っていると、文句をつけるようなものだ。たまにはショパン調、あるいはシューベルト調の曲を作ればお気に召すとわかってはいても、天才を以《もっ》てしても出来ない相談だ。で、どんな点がいけないと書いてあるんだ」

黒田は苦笑いをしながらも、いくらか気にした。

「それはね……外国はスマートで、わが国は泥くさい。いつも同じ話の進め方です。外国にだって、つまらない犯罪はたくさんあるはずです。しかし、そのつまらない種類は、ニュースとなって伝わってこない……」

「なるほど」

「……スマートなものだけが伝わってくる。そのような一流とくらべたら、わが国のが劣るのは当然と思います。失礼ですが、子供にもできる批評です。それというのも、先生に犯罪のご経験がないからでしょう。大きな口をおたたきになる前に、なにかおやりになってみたら……ですってよ」

黒田はつまらなそうな顔になり、コーヒーのおかわりをした。

「面白くないことを書いてくるやつだな。見せてくれ」

須美子からその手紙を受け取り、彼はにらみつけるように眺めた。いうまでもなく無署名だったが、意外にきちんとした字で書かれてあった。それが、ひとをばかにした調子にも見えた。

彼は同じ言葉をくりかえした。

「どうも面白くないな」

須美子は、なだめるような口調で言った。

「そう怒ることは、ないじゃないの。この投書の発想だって古いわ。芸術家対批評家、スポーツ選手対応援団、限りなくくりかえされてきた型じゃないの」

「そうはいうけど……」

黒田はぶつぶつ言った。須美子はそれを見て、

「じゃあ、気晴らしに、もう少しお飲みになったら」

「そうしよう」

彼はブランデーを二つ注文した。この店の主人、ふとった外人はあいそのいい笑いを浮かべて、それを運んできて言った。

「珍しいものをお飲みになりますね、黒田さん。お仕事が順調なのですか」

「いや、面白くないことが起ったのさ。この手紙だ」

「なるほど。でも、手紙というもの、そもそも面白くないものです。わたしには、日本字が読めませんが……」

主人はしばらく、問題の手紙を眺めていたが、どうぞ、ごゆっくり、と言って別の客のほうに行った。

黒田はグラスにちょっと口をつけ、ゆっくりと言った。

「よし、やってやろう」

須美子はふしぎそうに聞いた。

「なにをやるのよ。怒ってみても、無署名の手紙じゃ、しようがないでしょ」

「相手の問題じゃあない。こっちの精神の問題だ。犯罪というものを、一回だけやってみよう」

「およしなさいよ。つかまるわよ」

レコードのモーツァルトの曲は、楽章が変って、テンポの早いバイオリンが鳴っていた。

「大丈夫だよ。統計的にみても競馬、マージャンから戦争に至るまで、第一回目というものは、運がついてうまく行くことになっている。そこでやめれば、いいわけだ。やるぞ。どうだい。いっしょにやらないかい」

「ほんとに大丈夫なら、そばで見物ぐらいしてもいいけれど」

「絶対に大丈夫な計画を立てよう」

「男の人の絶対というのは、あてにならないわ。まず、その絶対に大丈夫という計画を聞かせてよ。それからにするわ」

「じつは、いま、ふと思いついたんだが……」

「気まぐれなのねえ」

「そうかもしれない」

「男の人たちって、いまにそんな気まぐれで、第三次大戦なんかもはじめちゃうんじゃないのかしら」

「その判断は下せないよ。考えようによっては、大戦はすでにはじまっているべきだったのかもしれない。それが大国の指導者の気まぐれで、中止になったのかもしれないぞ。そうとしたら、その気まぐれは神の意志だ」

「へんな理屈ねえ」

「まあいい。まず、気まぐれのために乾杯をしよう」

二人はブランデー・グラスを軽くぶつけた。そして、黒田は声を低め、話しはじめた……。

悪日

午後になったばかりの日ざしが、あたりに快く降りそそいでいた。その庭はあまり広いとはいえなかったが、手入れの行きとどいた植木は、日光を緑に変えて反射し、静かな座敷のなかに送りこんでいた。

座敷のなかでは、松平佐枝子がすわっていた。彼女は仏像を並べた床《とこ》の間にむかって、しばらく目をとじていたが、やがて立ちあがって、縁側に移った。

雲ひとつない青空にむかって、東京タワーは赤と白に塗りわけられた姿態を、高らかに伸びあがらせていた。佐枝子はまぶしそうな目つきでタワーを見あげ、自分も軽く伸びをした。

澄みきった日光は、彼女の着ている紺の和服にやわらかく当った。そして、地味ななかにひそんでいる、本来の派手さを刺激していた。

佐枝子は四十歳を、数年まえに越していた。しかし、彼女は年齢に関する要素を少しも発散していなかった。単に若く見えるというのではなく、普通の人とはちがった、としのとりかたをしているような印象を示している。ちょうど、年月の無風地帯にとりかこまれているといった感じだった。

色白の、上品な顔立ちのせいかもしれない。また、生まれつきそなえている、身のこなしのせいかもしれない。高価なネコのようでもあり、流れるミルクのようでもあり、気流のなかを、羽ばたきをしないでただよう白い鳥のようでもあった。

「ずいぶん、きれいになったわね」

佐枝子は、その姿にふさわしい声で言った。ほうきを手にし、腰をかがめて庭の掃除をしていた婆やは、こちらを見て返事をした。

「お嬢さま。きょうは本当によい天気でございますね」

しかし、佐枝子は眉《まゆ》のあたりをちょっとしかめ、静かに答えた。

「よくはないわ」

婆やはふしぎそうな表情で空を仰いだ。

「どうしてでございますか。雲ひとつない、きれいな青空ではございませんか。こんな日には、掃除も念入りにしたくなってしまいます。空にまけないようにと」

「珍しすぎるじゃないの。いつものように、曇っているか、それとも息苦しいような排気ガスがあたりにただよっていないと、なんとなく落ち着かないわ。おだやかな、いい天気とは、このごろではそんな日のことを言うのよ」

「そういうものでございましょうか」

婆やはほうきを置き、佐枝子は縁側の椅子にかけた。

「むかしは、雲が暗く、重くのしかかった空が、不吉なムードを示していたけど、いまでは、成層圏を飛ぶジェット機の、銀のきらめきがはっきりわかる、明かるい日が曲者《くせもの》なのよ。きょうなんか、ただごとではすみそうにないわ。不吉な前兆よ」

「あんまり晴れた日には、悪いことが起るとおっしゃるのですね。でも、なぜでございます」

婆やは縁側に腰をかけ、佐枝子を見あげた。

「きょうのような天気だとね、人びとは、解放されたような気分になってしまうからよ」

「けっこうではございませんか」

「それが錯覚だから、困るのよ。考えてみればすぐわかるけど、いつもと同じように、少しも解放されていないのにね。あんまり身のまわりに、いやなことが多いので、晴れた日になると、虚空のなかから無理やりに、解放の感情をひっぱり出してしまうのでしょうね」

「それがなぜ、不吉になるのでございましょう」

「実体は少しも変っていないのに、それを変っていると思いこむから、危険なのよ。道を歩く人は、なんとなく口笛を吹きたくなる。いっぽう、運転する人は浮き浮きして、スピードをあげたくなるでしょう」

「はい。それで交通事故が起るのでございますね」

婆やはやっと、なっとくしたような顔つきになり、大きくうなずいた。

「調べたわけじゃないけど、最近の統計では、事故やごたごたは、きっとこんな快晴の日に多くなっているはずよ」

「妙な世の中になってしまいましたね。昔はなにもかも、よろしゅうございました。お嬢さまがまだおちいさくて、あたしが手をお引きして、近くを散歩いたしましたころは。このあたりは静かな屋敷町で、トビなどが空を飛ぶ日もございました」

「晴れた日には、よいお天気と言えたしね」

と佐枝子は笑った。話題が幼いころのことに移ったにもかかわらず、彼女はそれほどなつかしがる口調ではなかった。現在の生活に満足していることを示していた。だが、婆やのほうは、過ぎ去った時代をなつかしみ、不満げな声で言った。

「それが、すっかり変ってしまいました。マンションなどが勝手に立ち、昔はなかった神社なんかが、近くに越してきたりして」

婆やは手をあげ、となりの家の屋根ごしに指さした。そこには、こんもりとした樹々の頭が見えた。

「でも、しかたがないじゃないの。神さまだって、場合によっては、引っ越しもなさるわ」

「よくはございません。神さまというものは、お尻が軽くてはいけません。それにあの場所は、むかし、なんとかいう政党政治家の家のあった所です。戦災で焼け、いつのまにか神社になってしまいました」

「時の流れよ。お墓のあとに東京タワーが立つ時代ですもの」

さっきから少し時がたったが、タワーの上の空には、依然として雲の影は現れなかった。婆やは、タワーを見あげて言った。

「あの塔は、ほんとに変な形でございます。あたしはまだ、どうしても、なれることができません」

しかし、佐枝子は反対の意見を口にした。

「そうかしらね。佐枝子はすぐになれちゃったわよ。できる前から、見なれていたわ。地理の本や絵葉書で、パリのエッフェル塔を知っていたせいよ。だれでもそうだったのじゃないかしら。あれが奇をてらったモダン・アート式のデザインだったり、純日本的な卒塔婆《そとば》型だったりしたら、いい悪いの議論が、いまだにつづいていたかもしれないわ」

「エッフェル塔から、文句はこないんでございましょうか」

「設計したエッフェルという人は、とっくに死んでるのだから、大丈夫よ」

「でも、フランスからの旅行者が見たら、いやな気分にならないものでございましょうか」

「とんでもないわ。模倣こそ、尊敬の念のあらわれですもの、喜ぶと思うわ。あたしたちだって、日本びいきのアメリカ人が、小さな五重塔のある庭園を作った、なんてニュースを聞くと、うれしくなるじゃないの。それと同じことよ」

「そういえば、そうでございますね」

「人生最大の楽しさといったら、ひとに模倣されることでしょうね。大会社の老社長なんかが、それを味わいたくて社員に、わしを見ならえ、とか強要するけど、無理な話よ。実力と信頼がなくては、味わえないことですもの。試験の時に、答案をのぞかせてやる優秀な生徒の心境ね」

「いまの世の中で、そんな気分を味わっている人が、いるものでございましょうか」

「洋服のデザイナーなんかが、そうでしょうね。佐枝子も才能があれば、なりたいと思うもの。自分の工夫したデザインの服を、大ぜいの人がお金を払って着てくれたら、どんなにいい気分かしら。考えるとしゃくね」

佐枝子はつぶやくように言い、婆やは気がついたように、大きくうなずいた。

「お嬢さまが和服しかお召しにならないのは、そのせいだったのでございますか」

「ええ。模倣するほうは、いやな気分ですもの。洋服だと、流行を追って、そのたびにそれを味わわなくてはならないわ。といって、流行に逆らうと、あまのじゃくと思われるし。そんなことを考えないぐらい忙しい人なら、洋服でもいいけど、佐枝子は忙しくないから、気になってしまうのよ」

「で、きょうは、どうなさいますか」

婆やの問いに、佐枝子は答えた。

「仏さまをおがんで、うちにいることにするわ。晴れすぎていて、不吉ですもの」

青空の下を何羽ものカラスが、楽しそうに飛びまわっていた。

松平佐枝子は縁側の椅子を立って、ふたたび座敷にもどった。八畳の和室で、中央には机があり、その上にはページを開いたままの外国の画集があった。片すみにはテレビが、また、そのとなりには、北欧製と思える大きな三面鏡があった。そして、床の間には五体の仏像が安置されてあった。

しかし、安置されているという感じからは遠かった。寺院の内部ならば、仏像に一切の焦点が合っている。だが、ここではそれぞれの物が、独自の焦点を持っていた。といっても、乱雑さは少しもなかった。すべてがどこかで、完全な調和を保っている。部屋の作り、仏像、机など、なにかの原因でどれか一つが欠けたとしたら、釣合いがたちまちのうちに乱れてしまいそうな、均衡のある感じが占めていた。

日本趣味の外人の家のような、どこかが狂っている誇張した派手さもなかった。また、邪宗の信者の家のような、熱っぽい妖気《ようき》もただよってはいなかった。佐枝子から発散する静かな上品さが、くずれそうなバランスを保つ働きをしているように見えた。

ちょうど、真の教養人の書棚では、どんな異質な本が隣りあっていても不調和を見せず、すぐれた編集者の手になる雑誌からは、かけはなれた内容を含んでいても、まったく抵抗感を受けないのに似ていた。

「お嬢さま。お茶でもおいれいたしましょうか」

庭の掃除を終えた婆やが、手を洗って座敷に入ってきて言った。婆やもまた、四囲の調和にとけこんでいた。

「そうね。お茶よりは、ジュースのほうが飲みたいわ。晴れたお天気のせいかしら。

おまえもいっしょに、どう?」

「では、お作りしてまいりましょう」

婆やは台所に立った。しばらくジューサーの軽いうなり声が響いていたが、やがて婆やはお盆を手に入ってきた。

銀色に光るお盆の上では、グラスが二つ、すがすがしく泡だつジュースをたたえていた。婆やはそれを机の上に置いた。

その時。玄関で人の声がした。

佐枝子は首をかしげた。

「どなたかしら」

「見てまいります。このジュースは、いったんおさげいたしましょう。おあげするようなお客さまでしたら、ごいっしょにお召しあがりになるとよろしいでしょう」

婆やはお盆を手に出ていった。そして、玄関で応対をしているようすだったが、意外そうな表情で報告に戻ってきた。

「きのうの女の子でございましたよ。ほら、あのフロリナ化粧品から配達にやってきた……。もしおひまでしたら、ちょっとお会いしたいとか。このごろの若い人は、どうもなれなれしすぎるような気がいたします」

「そうね。どうしようかしら。退屈している時だから、お通ししてよ」

「はい。応接間のほうにお通しします」

と婆やが言ったが、佐枝子はさえぎった。

「この部屋でいいわよ」

「でも、仏さまの置いてあるここでは……」

「いいわよ。いま時の若い子には、仏さまのことなど、わかるはずはないから」

「さようでございますね」

やがて婆やに案内され、副島須美子が入ってきた。佐枝子は迎えて声をかけた。

「きのうは、どうもごくろうさま。おすわりなさいよ」

須美子はすすめられた座布団に、遠慮のない動きですわりながら言った。

「勝手にお邪魔したりして、ご迷惑だったかしら」

「そうなる場合もあるけど、きょうはちがうわ。時間をもてあましていた状態なのよ。

それで、どんなご用なの」

「よく考えたら、やはり勝手すぎるから、このまま失礼いたしますわ」

「かえって気になるわよ。ためしに、お話しになってみたら？」

「きのう、あれからずっと、フロリナ製品の外交にまわってみたのですけど、初めてのせいか、ぜんぜんだめでしたの」

佐枝子は同情したように、うなずいた。

「楽なお仕事じゃ、ないでしょうね」

「どなたか、お買いになりそうなかたを、ご紹介していただけないかしら」

「あら、そんなお話しでしたの。できたらそうしてあげたいけど、でも、もう手おくれよ。買いそうな所にはもう、うちの係りの人を紹介してしまったし、まだの所は、どんなことをしても買いそうにない家よ」

「そうでしょうね。きっと、そうじゃないかと思ってましたわ。じゃあ、あたくし帰ることにしますわ」

須美子は、こう言って座布団をおり、頭を下げた。彼女は訪問の目的を、すでにはたしてしまったのだ。

きのうはふすまの間から、ちらとのぞいただけだった仏像を、きょうは話をかわしながら、近くから観察することができた。床の間に五つ並んでいるうちの、右から二つ目のもの。それはほかのにくらべて、どこかきわ立っていた。あまり大きくない、木彫りの観音像だったが、名作だけの持つ香気のようなものを、須美子は感じた。彼もっと近づいて確かめたかったが、関心がありすぎるのを変に思われては困る。彼女はこのへんで切りあげることにした。高さはほぼ五十センチ。黒田の立てた計画に、手ごろな大きさだった。

しかし、佐枝子は彼女をひきとめた。

「もっと、ゆっくりしていらっしゃいよ」

「ええ。でも、仕事が……」

「商売は、あわてないほうがいいんじゃないかしら。外交というものは、保険や化粧品でも、国際間の条約でも、あせって駆けまわると、たいてい損をしているようよ」

婆やが入ってきて、さっきのジュースを置いていった。副島須美子は帰るに帰れなくなり、なにを話題にしたものかととまどった。そして、やむをえず言った。

「仏教を、ご研究なさっておいでですの。珍しいご趣味ですわね」

仏像が五つも並んでいるのは、普通の家では見かけることができない光景だ。それを黙っていては、かえって変に思われてしまうかもしれない。

佐枝子はちょっと笑って、軽く首をふった。

「研究じゃないわ。信仰しているのよ」

「でも、ある程度は、おくわしいんでしょう」

「そんなことはないわ。アルコールがどんな化合物かを知らなくても、お酒を味わう

いる。それは若い人が、二つを混同しちゃっているのに、少しもさしつかえはないでしょう。いまの若い人は、二つを混同しちゃっているようね。お酒のCMで、工場の紹介をやることがあるけど、あれを眺めてのどが鳴り出す人があるかしら」

「そういえば、そうですわね。でも、このごろは理屈の好きな人が多いから、信仰するまえに、いちおう研究してみたくなるのが、普通だと思いますわ。それとも、警戒心のためかしら」

「そのへんが、どうもおかしいのよ。少なくとも害のない、信仰すべき存在の仏さまを研究しようとする。そのくせ、害のあるかもしれない、よく研究すべき新薬の効能書きなんかを、無条件で信仰したりするところが。そうじゃないかしら」

佐枝子の説にあまり逆らうわけにもいかず、須美子は適当に賛意を示した。

「たしかに、その通りですわ。世の中がだんだん、おかしくなっているのでしょうね。女性雑誌は年中無休で男性研究を特集しているようですけど、幸福な結婚をするのと、不幸な結婚をするのとの比率は、そんなことのなかった昔と、あまり変ってはいないんでしょうね」

「それどころか、失敗する率がふえてきているんだと思うわ。男性研究法を頭のなかで整理して、手に入れる前によく調査を、なんて気がまえでやってこられては、男のほうでも恋心が消えちゃうにちがいないもの」

「男性を手に入れるには、研究しても成果があがらない。仏さまを研究してみても、信仰には至れない、というわけですわね」

須美子の理解したようなようすに、佐枝子は気をよくし、

「どうぞ、召しあがったら」

と、ジュースをすすめた。

「では、いただきますわ」

須美子はグラスを持ちながら、これでは、ますます帰れなくなると思った。そして、話のおもむくのにまかせて、つぎの質問をしてみた。

「でも、なにか信仰なさるきっかけが、おありだったのでしょう。恋でいえば、理屈を越えた一目ぼれに相当するようなことが」

「ええ。それが仏縁というものなのよ」

「お話ししていただけません？」

と須美子はジュースのグラスを置き、身を乗り出していた。この松平佐枝子という女性と、仏教とのあいだには、どんなつながりがあるのだろうか。

須美子はさっきから、クライマックスだけを抜き出して編集した、ミステリー映画

の予告編を、ついでに見てしまった時と同じ気分になっていた。見終ったのに、なんとなく気になる興味があとをひいている。

「してもいいわ。じつは、主人が死んだ時からなの」

佐枝子は、過去を眺めているような目つきをしていた。あるいは未来をなのかもしれないが、現在とは離れた時間に住んでいる人の目の感じだった。

「そうでしたの。ちっとも知りませんでしたわ」

「ええ、五年ほどまえに、車の事故で死にましたの。それが、仏さまに心をむけるようになった、きっかけでしたわ」

「まあ、お気の毒に。さぞ、お悲しみになったことでしょうね。お察しいたしますわ……」

と須美子は目を伏せ、心からの声を出した。だが、佐枝子のほうは依然として、ハッカのにおいにも似た、すがすがしい淡々とした口調だった。そして、思いがけないことを問いかえしてきた。

「あなたは、ご結婚をなさっているの?」

「いいえ、まだですけど」

「それじゃあ、察しようもないでしょうに」

と佐枝子が面白そうに笑い声をあげたので、須美子はちょっととまどった。

「でも、ご主人が急になくなったとしたら、だれにとっても、きっと大きなショックだと思いますわ」

「それは、ショックにはちがいないけれど、悲しみをともなってはいなかったのよ」

「どうしてですの？」

「独身の女の人って、自分だけは幸福な結婚ができるものと、無条件で思いこんでしまっているもののようね」

そう言われて、須美子は、いくらか赤くなって、まばたきをした。

「たしかに、そうですわね。冬山の魅力にとりつかれ、危険のことを考えない登山家のことを、いつも内心で軽蔑《けいべつ》していたけど、あたしもそれと同じ色盲状態になっているようだわ」

「なにも、恥ずかしがることはないわ。人間という生物はみな、すごく理性的なつもりでいるくせに、つごうの悪いことは計算に入れないのよ。必勝の信念とでも、いうんでしょうね。それがなければ世の中を生きていけないけど、世の中のごたごたのほうも、それによって発生しているらしいわ。またあたしも、そのたぐいだったのよ」

「じゃあ、不幸なご結婚を？」

「そうだったのよ。主人が死んで、うれしいショックを味わえたぐらいの……」

「不幸なご結婚をなさらなければならなかったなんて、とても信じられませんわ」

須美子の口調からは同情の色が消え、いつものなれなれしさに戻った。松平佐枝子は、それに応じて話しはじめた。

「早くいえば、あたしは斜陽族のようなものだったわけよ。のんびりと育ってきたけど、社会が混乱しているうちに、気がついてみたら、なにもかもなくなっていたわ。残っていたのは、家柄ぐらい。その時、その家柄をめあてに、結婚を申しこんできたお金持ちの男があらわれたのよ」

「家柄じゃなくって、美しさのほうが、めあてだったのじゃないかしら」

「どっちだかわからないけど、ちょうどいいお話だから、結婚してあげることにしたわ。必勝の信念よ。その時は不幸になるなんて、夢にも思わなかったわ」

「たちの悪い相手でしたの？」

「たちが悪いわけでもなかったけど、お金がある男の人は、だれも同じような症状を示すものね。結婚して気がついてみると、相手のほうでも結婚してあげた、という心境だったのよ」

「そんな点で一致するのは、ちょっと困りますわね」

「そうなのよ。もっとも、だれだって多少はそうなのでしょうけど、あたしたちは度が強すぎていたわ。両方とも、折れるという人生の技術を知らなかったのですもの。家柄が勝つか、お金が勝つかの戦争のようなものよ。そのうち、世の中の大勢は家柄の価値が薄れて、あたしのほうの旗色が悪くなってきたわ」

「あまりいい気分じゃあ、なかったでしょうね」

と須美子はうなずいた。ある程度はその情勢を想像することができた。

「いまでこそ、のんきに話せるけど、当時は、これで一生を過すのかと考えると、たまらなかったわ。脱け出す方法がないんですもの。仏教でいう地獄とは、あんな気分のところだと思うわ」

「かもしれませんね」

「ところがよ、不幸は突然に訪れてくるっていうけど、ほんとに突然、主人のほうに襲いかかってくれたわ。出張先で乗っていた車がひっくりかえって、死んでしまったんですもの」

「よかったですわね」

と須美子は思わず、ほっとしたように笑った。佐枝子のほうも、ひいきのチームが勝ったスポーツ記事をもう一度読みかえしているような、満足の微笑を浮かべた。

「なにもかも解決したわ。子供はなかったし、主人の財産は移ってくるし、それに付録として、たいしたことはないけれど、タクシー会社からの見舞金がくっついてきたわ。保険金も。しばらくのあいだは、信じられないくらい。これというのも、仏さまのおかげだわ」

「それで、信仰なさるようになったわけですの？」

須美子は、まだ話に飛躍がありすぎるように感じて、聞きたしてみた。佐枝子は首をふって、

「すぐにではないわ。どうしていいのかわからなかったけど、まず、かつての生活を再現してみようと思いついたのよ。そこで、むかし住んでいたところ、つまりここに土地を買って、ひっこしたわけよ。でも、一人じゃあ暮せないから、子供のころ、うちにいた婆やをさがしだしたわ」

「さっきのかたですのね」

「ええ。あの婆やも、まあ一種の斜陽付属族といったとこで、生活に困っていたわ。だから、とても喜んで仕事をしてくれるのよ」

その時、その婆やがあらわれて、礼儀正しく言った。

「お嬢さま、お菓子でもお持ちしましょうか」

須美子は自分のことかと思って、ふりかえった。だが、佐枝子がそれに答えた。

「そうしてちょうだい。お紅茶もね。だけど、お客さまの時には、あたしをお嬢さまと呼ばないようにね」

「はい」

婆やは、さがっていった。ますます帰りにくくなって、もじもじしている須美子に、佐枝子は笑いながら言った。

「婆やは、あたしをなんと呼んだらいいのか、わからないのよ。そこで、むかし通りに呼んでいるの。もっとも、あたしもわからないわ。未亡人になってしまっては、奥さまと呼ばれるのも変だし、なにかいい言葉はないものかしら」

「さあ、わかりませんわ。そこが、日本語の微妙なところなんでしょうけど……」

「まあ、どうでもいいことだわ。それで万事用が足りているのだから。なにしろ、あたしも婆やも、恵まれた状態にあるのよ」

「本当ですわね」

「落ち着いて考えてみると、みんな主人のおかげと気がついたわ。死んでしまった人には、うらみはないし、むしろ恩人だわ。とくにぜいたくをしなければ、株やなんかの配当で、なんとか暮してゆけるのですもの」

「うらやましいわ」

須美子は、実感のこもった声をあげた。

「このまま喜んでいたら、ばちが当ると思って、仏像を作らせたの。毎日、死んだ主人にお礼を言うつもりでね。そのまんなかのが、それなのよ」

佐枝子は床の間を指さした。須美子はさりげなく聞いてみた。

「ほかのは？」

「ひとりじゃ寂しいだろうと思って、いつのまにかあと四つそろえてしまったの。なかにはいいのがあるのよ。そのうち、しだいに仏さまのありがたさがわかってきたわ」

佐枝子もさりげなく答え、そのいい仏像がどれかには触れずに、話題を進めた。

「でも、こんな街なかにお暮しになっていて、仏教を信仰していらっしゃるなんて、珍しいことだと思うわ」

外国の旗をつけた白い建物のむこうの東京タワーと、この古い仏像。いちおうの説明はされたものの、二つのあいだにただよう奇妙な感じは、やはり消えなかった。考えこむ須美子に、佐枝子は微笑にのせた声で言った。

「おかしいかしら」

「ええ。月へ到着した探検隊がロケットから出てみると、スッポンのような生物を発見した。そんなような気持ちだわ。月では温度の変化がはげしいらしいから、甲羅《こうら》におおわれた生物がいたとしても、理屈にはあっているんでしょうけど……」

「理屈にあわないウサギでもあらわれたほうが、かえって驚かないのでしょうね。常識って、そんなもののようよ。山奥の村より街なかのほうが、ずっと仏教にふさわしい状態なのに、だれもそれに気がつかないんだわ」

「どうして街なかのほうが、仏教的ですの？」

「あらゆる種類の交通事故、食中毒、無意味な争い。いろんな災難が、うようよしているじゃないの。いつどんなことで、損害を受けたり、けがをしたり死んだりするかわからないわ。そして、その大部分は文句の持ってゆきどころのない、泣き寝入りのほか、どうしようもないものばかりだわ。科学が進歩しているっていっても、手のつけようがないらしいじゃないの」

「諸行無常の世、っていうわけね」

「そうでしょう。そこに気がつけば、仏さまに一歩近づいたことになるわ。すべてのものは流れ動いて、たしかなことは一つもない。これが仏教のもとなのよ。こんなに無常な時代は、いままでになかったのじゃないかしら」

「そうかもしれないわね。江戸時代なんかは、殿さまに手むかいさえしなければ、殺されることはなかったらしいけど、いまではなにもしなくても、理由もなく災難がふりかかってくる……」

「現代は、ひとが考えているほど合理的じゃないらしいわ。それなのに、その疲れを休養だ、薬だ、適当な運動だ、精神分析だなんて、合理的な方法で解決しようとする。チョウがどこへ飛んでいこうとするかを、コンピューターによって知ろうとしているようなものよ」

「三面記事など見ると、いらいらすることばかりですわね」

「仏さまは、すべてをお許しになる。その心境にならなければ、健康で現代を生活してゆけないわ。よけいなことを気にしていたら、頭がいくつあっても、自分のことに使えないわよ……」

佐枝子の説教がしだいに調子にのってきたので、須美子は切り換えを試みた。

「もう、ご結婚はなさらないおつもり？」

「そうそう、そういえば二三日まえの新聞に、ちょうどあたしと同じような女の人が、身上相談の投書をしていたわ。生活には困らないけど、主人が死んで、退屈ですることがありません、なんて」

と言いながら、佐枝子はそれを思い出そうと、ひたいに手を当てた。

「回答は何てありまして？」

「幸福な再婚をなさい、ですって。無難な答なんでしょうけど、なんとなくマンネリズムね。たまには、せっかく得た地位を大切にして、遠慮なく遊びなさい。もっととしをとったら、高級老人ホームにはいって、一日じゅうテレビを眺めて、のんびり一生を過すほうが賢明です。こんな回答も読んでみたいわ」

「でも、少しものたりないようよ」

「あたしは、現状で満足しているの。それなのに、男性獲得競争に参加して、まだ一回も結婚したことのない女の人のじゃまをしては悪いわ。仏さまの教えにも、そむいちゃうわよ」

「でも……」

「自分のとしも、考えなくてはね。若い美青年にだまされるのもいやだし、としよりもいやだわ。財産があっては、愛人にもなれないしね」

「としだなんて。まだお若く、お美しいじゃありませんの」

「それは、フロリナ製品のおかげよ。あたしのほうが宣伝するなんて、いつのまに立場が逆になってしまったのかしら」

佐枝子は、くったくのない笑い声をあげた。

その時。玄関のほうで、来客のけはいがした。須美子はやっと、帰るきっかけをつかまえることができた。

「お客さまのようだから、あたし、これで失礼しますわ」

「そう。いつもひまとは限らないけど、気がむいたら、またお寄りなさいね」

「ええ。すっかりおじゃましちゃったわ」

と須美子は立ち、見知らぬ男と玄関ですれちがって、帰っていった。

その男と話していた婆やは、佐枝子のところへ取り次ぎに来た。

「お嬢さま。文正証券の田島さまからご紹介をうけた、とおっしゃるかたがお見えになりましたが、どういたしましょうか」

文正証券とは、佐枝子が株の売買に利用している店だった。そして、田島というのは若いころ、彼女の亡父の秘書のような仕事をしていた男で、まじめな人物だった。松平家のためになんとか役立とうとして、いろいろと気をつかってくれている。時どき、株券を担保とする確実な金融の話を、彼女に紹介してきた。

佐枝子はちょっと、あわてた声をあげた。

「そうだったわね。きのう電話があったのに、すっかり忘れてしまっていたわ。どうしましょう、まだお金が用意してなかったわ。それというのも、晴れたお天気のせいよ。ふつうに曇ってさえいれば、忘れなかったはずよ」

「お通しいたしましょうか」

と婆やがまた聞いたので、佐枝子は鏡台にむかって、ちょっと顔をなおしながら言った。

「ええ、応接間のほうにね。それから、お茶をお出ししといて」

婆やはそれに従った。しばらくして、佐枝子は応接間に入っていった。そこは洋間で、壁には外国の風景を描いた油絵がかかっている。床にはじゅうたんが敷かれ、その上には、こった木製の家具が配置されている。佐枝子は、この部屋とも調和していた。

しかし、椅子にかけて待っていた、五十ぐらいの男の客は、あまり調和しそうもない、どことなく貧相な男だった。

「お待たせしましたわ。松平でございます」

と佐枝子が言うと、男はまず月並みなあいさつを口にして、立ちあがった。

「あ、きょうはけっこうなお天気で……」

「それがいけないのよ。曇ってさえいれば、頭もぼんやりしなかったのに……。どうぞ、おかけになって」

と佐枝子は椅子をすすめた。男はその意味不明な言葉にとまどい、目を激しく動かした。だが、椅子にかけながら、ポケットから名刺を出した。

「田島さんからご紹介いただきました、曽根という者でございますが、なにぶんよろしく」

「ええ。きのう電話で、田島さんからうかがっております。青光電機の株で、百万円お貸しするお話でしたわね」

「はい。株券は持ってまいりました」

男は風呂敷をあけ、株券の入ったうす茶色の大きな封筒を机の上に置いた。だが、佐枝子はあけようとせず、大げさな身ぶりで言った。

「それがねえ、忘れちゃってたのよ。天気がよすぎたし、さっきまでお客がいたりして、銀行に行って現金を出しておくのを、すっかり忘れていたの。三時は過ぎちゃったし、小切手でよろしいかしら」

彼女は腕時計をのぞきながら、頭を下げた。男は困ったようなようすで言った。

「現金でお貸し頂けるものと、予定していましたが……」

「あたしの小切手は大丈夫だけど、よそでは通用しないかもしれないわね。申しわけなかったわ、うっかりしていて。だけど、現金はいま、五万円ぐらいしかないのよ」

恐縮する佐枝子に男は言った。

「では、その五万円をお貸し願えませんか。じつは大至急、金が必要なので、それで田島さんにお願いしたようなわけです。あとは、あしたまたうかがった時にして……。もちろん株券は、お預けしておきますが」

「そちらさえよければ、かまいませんけど」

そわそわした相手だったが、株を置いてゆくのなら、そう心配する必要はなかった。

佐枝子は部屋を出て、五万円を手にして戻ってきた。それを机の上に置きながら、

「はい。いま新聞をのぞいてみたけど、きょうの青光電機の相場は百四十円ね」

男は現金を受け取り、大きな封筒を佐枝子の方へ押した。

「一万株ございます。百株券で百枚。どうぞ、お調べになって下さい」

彼女はなかをのぞき、枚数をかぞえた。

「たしかに。では、担保としてお預かりする証書を、お書きしますわ」

「それはあす、残りのお金といっしょに、お願いすることにいたしましょう。なにしろ、きょうは仕事の予定が、ぎっしりとつまっております。どうも、お手数をおかけしました」

男は早口でしゃべりながら、あわただしく帰っていった。それを見送って、佐枝子はつぶやいた。

「ずいぶん忙しい人だわ。でも、お金を用意しておくのを忘れて、気の毒なことをしてしまったわ。きょうは不運にみまわれそうな予感がしていたけど、いまの人の身の上のことだったようね……」

その時、廊下のすみで電話機が鳴った。佐枝子は立ってそこへ行き、受話器をとった。

「松平でございます」

「文正証券の田島ですが……」

相手が田島と知って、彼女はさっそく言った。

「きのうのお話のことでございましょう」

「ええ。さようでございます」

「それなら、ご心配なく。いま、お帰りになったばかりなのよ」

「帰ったって？」

と田島の声はなぜか驚きをおびた。

「どうなさったの」

「そんなはずはないのです。少し前に本人から、べつに金策がついたのでお借りしなくてすみます、と連絡があったところです。そこで、一応お知らせしておこうと思いまして……」

「だって、その曽根さんてかたは、株券を置いて行かれたわ」

「どうもようすが変です。ちょっと、その株券をお調べになってみて下さい」

「ええ……」

佐枝子は電話口をはなれ、いまの株券を持ってきて、田島に問われるままに答えた。

そして、気になる点が徐々に明らかになってきた。

預かった株券には青光電機工業株式会社と印刷されてあったが、百四十円の株価を示している会社の名称は、青光電機株式会社で、少しだけちがっていた。名前のちがいは少しでも、実体には大きな差があった。

一方は新しい照明器具を製造し、発展途上にある大会社だが、〈工業〉という字が余分にくっついたほうは、たぶんすでに倒産してしまった、近郊にある小会社らしいことが判明した。

「そうすると、無価値の株券をつかまされた、ってことになるわね」

と佐枝子は中間的な結論を出した。そして、株を置いていった男をたしかめあった。

しかし、そこにも食いちがいがあった。田島のいう曽根という男と、いまの男とは別人らしいことも判明した。

本物の曽根と田島の話を、喫茶店のとなりの席で耳にはさみ、頭を働かせた男のしわざと思われた。おそらく、あとで曽根に親しげに近より、名刺を手に入れたのであろう。

このような手口は、なかなかつかまえにくく、その男は二度と現れまい、とも田島はつけ加えた。

「けっきょく、ちょっとした巧妙な詐欺に、あたしが引っかかっちゃった、というわけね」

と佐枝子はこともなげに、最終的な結論を口にした。しかし、電話のむこうの田島の声は、恐縮の感情にあふれていた。きっと、頭を連続的に下げているにちがいない。

「まことに申しわけないことに、なってしまいました。立ち聞きされるような場所で、わたしが話をしたのがいけなかったのです。恩顧をうけた松平家のお嬢さまに対して、わたしがこんな不始末をするとは、おわびのしようがございません」

「いいのよ。相手のそわそわしたようすに不審を抱かなかった、あたしも不注意だったわ。一種の災難よ」

「災難ではございません。わたしの不注意による責任でございます。いっぺんにはできませんが、少しずつでも弁償いたします」

田島はさらに恐縮を重ねた。

「そう責任をお感じにならなくてもいいのよ。あなたには今まで、ずいぶんお世話になっているもの。これからも今までのように、証券界の情報を、なにかと早く知らせていただければ、それでいいわ」

「しかし、百万円も損害をおかけしては……」

田島は佐枝子の被害の額を、百万円だとばかり思いこんでいる。彼女はその点に気がついた。だがそれを五万円だと訂正するかわりに、なぐさめの言葉を送った。

「本当に気になさることはないのよ。そのご好意だけでも充分だわ」

「ありがとう存じます。しかし、それではわたしの気がすみません。いずれ……」

なおもくどくどと責任を主張しつづける田島との電話を、佐枝子は適当に打ち切った。そして、心配げにそばにやってきた婆やに、笑いながら言った。

「婆や。いまの男に詐欺にあったようよ」

「それはそれは、ひどい人も、いるものでございますね。お嬢さまのようなかたを、だますとは。こんどやってきたら……」

「二度とやってこないから、詐欺なのよ。まあ、そう怒らなくてもいいわ。仏さまの前には、悪人はいないのよ。小難ですんだし、そのうち、福に変ると思うわ」

「やっぱり、不吉なことが起ったわけでございますね」

婆やはしわの多い顔をしかめた。佐枝子は座敷へもどりながら、

「いいのよ。すんでしまったことだし、さわいでみても、しようがないわ。でも、なにかの因縁ね。さっき東京タワーを見あげて、模倣について話していたけれど、その模倣を利用した株の詐欺にかかるなんて。……テレビでも眺めて、気ばらしをするわ」

夕方ちかくなっていたので、婆やは台所へ行き、料理の用意にかかった。

佐枝子はテレビの前にすわり、スイッチを入れた。ブラウン管の上では、諸行無常のシーンがさかんに展開されていた。古い外国映画で、欲に目のくらんだギャングたちがおたがいにうちあい、つぎつぎと成仏しつづけていた。

彼女は気楽な姿勢で、しばらくそれを眺めた。部屋のなかの空気は、依然として調和を保っていた。詐欺のあとでもあり、テレビでは拳銃《けんじゅう》が鳴っているにもかかわらず、すべてはいつもと同じ、均衡ある位置を占めていた。

しかし、まもなく、その均衡が少しだけ乱れた。テレビの画面が不意に乱れはじめ

たのだ。チカチカした線が縦横に走りまわり、ギャングたちは、そのかなたにかすんでしまった。

彼女は手をのばし、チャンネルを切り換えてみた。だが、どの局も同じことだった。

「だめだわ、どこも。きっとブラウン管がだめになったんだわ。形あるものは必ず滅す、よね。ちょっと面白い映画だったのに」

佐枝子はこうつぶやきながら、スイッチを切った。

「きょうは、たしかに悪日だわ」

テレビをあきらめ、からだを持てあましたようすの彼女に、婆やがまた来客をつげにきた。

「テレビの修理会社の社員とかいうのが見えていますけれど、うちではたのみませんでしたね」

「ええ、たのんだ覚えはないわ。でも、ちょうどいいところよ。ぐあいが悪くなっちゃったのよ。会ってみるわ」

佐枝子はこう言って玄関に出た。茶色っぽい作業服を着て、白い手袋をした、三十ちょっとの男が立っていた。だが、彼女は相手より、相手が手にさげているものに気を奪われた。

新しい型の小型テレビ。その画面では、いま見ていた映画がつづいていた。ギャングたちは鮮明に動きまわっている。

「修理のご連絡をいただいたのは、こちらさまでしょうか。このへんとうかがってきたのですが」

と相手は言ったが、佐枝子はその小型テレビを見つめながら答えた。

「うちじゃあないけど、お願いできない?」

「どんなぐあいなのです」

と、テレビ修理会社の社員をよそおった黒田一郎は、さりげなく言った。

「さあ、ブラウン管がおかしいんじゃないかと思うんだけど。……あなたがなおすの?」

佐枝子は画面から目をはなさずに聞き、黒田は答えた。

「わが社の修理サービスは、セットをお預かりして、徹底的になおすことにしております。もちろん、そのあいだはこの小型テレビを置いてまいります。代金は、少しお高くなりますが……」

「いいアイデアね。禁断症状に一日も耐えられない、テレビ中毒患者が多い時代ですものね。あたしなんかも、さっき見はじめたこの番組が、気になってならないんですもの」

「見終ってしまえば、すぐに忘れてしまうでしょうに」

「ええ。そうわかっていながら、見てしまうところがしゃくね。ねえ、うちのテレビの修理をお願いするわ」

佐枝子は、哀願するような声を出した。どこの修理会社なのかわからないが、いまあるのより高価そうな、この新しい型の小型テレビを置いてゆくのなら、心配することはなさそうに思えた。

その時、電話のベルが鳴り、つづいて婆やがあらわれた。

「お電話でございます」

「どこからなの？」

「なんですか、税務署とか」

「どんなことかしら」

出なければならない相手だった。だが、テレビのつづきもいくらか気になった。そのようすを見た黒田は、イヤホーンをとりつけて渡した。

「あら、ありがとう。じゃあ、婆や。うちのテレビを、お渡ししてちょうだい」

佐枝子はこう言い、小型テレビを手に下げて電話機のほうに行った。そして、片方の耳にイヤホーンをさしこみ、もう一方の耳に受話器を当てながら応対した。

「なんの税金のことでしょうか。相続税のほうは、前にすんでいるはずですし、所得のほうの申告も、いつも正確にやっておりますが……。そちらの書類を、よく確かめてみていただけません……」

彼女は落ち着いた声で話した。

電話が終ると、そばに来ていた婆やが言った。

「なんの税金でございましたか」

「それが、まちがいだったのよ。よその家とかんちがいして、あとであやまっていたわ。……あ、さっきのテレビ屋さんは？」

「うちのを運び出して、自動車につんで行きました。うっかりして、いつなおしてくるかを、聞いておくのを忘れてしまいました」

「これを置いていったのだから、なおってこないほうがいいくらいよ」

佐枝子は笑いながら、小型テレビを下げて、座敷に入った。そのとたん、笑いは消え、驚きが代った。仏像がなくなっている。

「あら、仏さまがないじゃないの」

床の間に並んだ五つのうちの、右から二つ目のが消えていた。婆やもあわてた声で、佐枝子に言った。

「いまの男のしわざでしょうか。でも、持って出ていったのは、たしかにテレビだけでしたけど」

「きっと、テレビのなかにかくして持っていったのよ。ちょうど、それくらいの大きさですもの」

「とんでもないことに、なってしまいました。あたしが、つきっきりで見張っていればよろしかったのですが、ちょっと台所に立ってしまいまして。帰る時をたしかめればいいとばかり思っていて……」

婆やは泣き顔になって、頭をさげた。

「婆やのせいじゃないわよ。こんな手ぎわのいいことをした男ですもの。防ぎようがなかったでしょうね。たとえ、つきっきりでいたとしても、なにかの方法で気をそらされたにきまっているわ」

「でも、そばにいさえすれば……」

「だめだったでしょうね。タバコに火をつけるようなふりをして、ネズミ花火なんかを庭に投げたかもしれないわ。婆やが縁側できょろきょろしたら、同じことよ」

「仏さまを盗み出すなんて、ひどい人です。さっそく、警察にとどけましょう」

婆やは勢いこんだが、佐枝子は首をかしげ、眉を寄せた。

「そうね。だけど、佐枝子は人相を見ていないのよ。テレビにばっかり気をとられていて。婆やは覚えている？」

「それが……小型テレビの形が珍しいので、あたしも。それに、出て行く時は、なにか持ち出しはしないかと、そのほうばかり注意していたのでございますよ」

「警察に、とどけようがないわ」

と佐枝子は、あまり気が進まないようすだった。大切な仏像、五つのうちで最も高価な仏像だったが、あまり表ざたにはしたくなかった。仏像の素性はよくても、それを手に入れたのは、素性がよくないとのうわさもある店を通してであった。

仏像を取りかえしたのはいいが、どこかのお寺から盗難届けでもでていて、そのままそっちに持っていかれてはつまらない。

佐枝子は座敷にすわった。仏像が一つ消えて、いままで完全だった部屋の調和が、大きく傾いてしまった感じだった。彼女はため息とともに言った。

「きょうは、最大の悪日だったわね」

「どうなさいますか、お嬢さま」

「そうねえ。あわててもしようがないし。あしたになったら、近くの神社でおみくじでも引いて、それに従うことにするわ」

「そんな気まぐれをなさっては」

「ほかにどうしようもないし、こんな時にはそのほうがいいのよ。お釈迦《しゃか》さまだって、二十九歳のときに気まぐれを起し、王子の地位をお捨てになられたのよ。常識に従っていたら、仏教は世にあらわれなかったわ……」

ある神学

「さあ、若旦那。お起きになって下さい」

ふすま越しに、勢いのいい老人の声がした。それに応じて、牧野邦高は床のなかで眠そうに言った。

「もっと小さな声にしてくれよ、吉蔵。きのうは夜おそくまで仕事をしていたから、眠くてかなわんのだ」

部屋のすみには小さな和机があり、上には紙をはさんだままの携帯用英文タイプライターと「ホーム・アンド・ガーデン」という美しい外国雑誌が数冊のっている。

「そんなことは、言いわけになりませんぜ。毎朝六時に起せというのは、若旦那の言いつけです。あっしは目覚し時計のようなもんです。時計に言いわけをなさっては、おかしくはありませんか。それに、仕事とおっしゃっても、内職ではありませんか。神主という、看板の本職をお忘れになってはいけません」

「わかったよ」

邦高は苦笑いをしながら起きあがり、布団をたたみ、白っぽい和服に着かえた。そして、窓の障子をいっぱいにあけ、深呼吸をしながら、ひとりごとを口にした。

「きのうは晴れていたが、けさ早く雨が降ったものとみえる」

雨はすでにやんでいたが、空は薄く曇っていた。しかし、あたりの緑はしっとりとぬれ、いきいきと輝いていた。いろいろな種類のかず多い樹木は、神域を形成するための必要な役目を、充分にはたしている。樹木は巧みに配置されて、五百坪ほどのこの土地を、その何倍もの奥行きを持つように見せていた。

また鳥居、神殿、いま邦高が顔を出している社務所。さらに、白髪が品のいい割合でまざった彼自身まで、なにもかもが完全に組みあわさって、神々《こうごう》しい小世界を作りあげていた。もし、こずえの上にそびえる東京タワーさえなかったならば、玉砂利をふんでここに立った人は、地方の小都市の由緒ある神社にいるような、錯覚を抱くにちがいない。

邦高はふりむいて、ほんの少しだけ不満な口調で言った。

「おい、吉蔵。いつも言うようだが、その、若旦那だけはなんとかならんか。宮司とか、先生とか。どうしてもだめなら、せめて若というのを外してくれ。わたしは五十一歳だ」

「あっしは六十五です。このとしになって、いまさら癖をなおすこともないでしょう。それに、このあいだ耳にした話では、むりに癖をなおそうとするのは、悪い影響があるそうですよ。中気にでもなったら、ことです」

「その学説は、子供に対するものだよ」

「では、神社の責任者ですから、社長とでもお呼びしましょうか」

吉蔵はふすまをあけ、コーヒーの入った大きなカップを運んできた。それを持つ日にやけて乾いた手には、緑のにおいがしみこんでいた。また右手の指の花バサミによるタコも、長い年月を植木ととりくんで過してきたことを示していた。

「社長か……。まだしも、若旦那のほうがいい」

邦高は机の上を片づけ、そこにコーヒーを置かせた。彼は机の下の英国製ビスケットの缶をあけ、コーヒーとともに何枚かをつまみ、簡単きわまる朝食を終えた。

それから、ゆっくりと葉巻をくゆらせはじめた邦高に、吉蔵は話しかけた。

「若旦那も、ほんとに変ったかたですな。学歴もあるし、なくなられた先代は昔の政治家として、ほうぼうに顔が広かったではありませんか。その気になれば、いまごろは一流会社の社長になっている年配でしょう。まったく、もったいない。なぜ、出世なさる気をなくされたのです」

「いつか話したろう。二十年ほど前に、女房に逃げられた時からだよ」

吉蔵は首をかしげながら聞いた。

「いつかうかがった時には、若旦那が出世なさる気力を失ったので、奥さまが出ていった、ということになっていましたぜ。あっしが少し、もうろくしたかな」

「いやな思い出は、早くうやむやにしてしまったほうが、いいものだ。しかし、わたしの人生で、父の死が大きな境目になったことだけは確かだな。選挙を控えての死だったので、わけのわからん金が、たくさん残された。だれも返せといってこない。その時から、わたしは目が覚めたのだから」

「なんだか若旦那だけが、世の中に背中をむけて、眠りはじめたように思えるが……」

「そんなことはない。ほかの連中はそんなことがあると、一時的に目が覚めたような気分にはなろうが、たちまち、また眠りについてしまうだろうな。あとをついで、政治をやってみるかと」

「そうですかねえ」

「そうとも。人びとのあくせくした働きようを見ろ。夢遊状態ででもなかったら、とてもああ夢中になって、動き回れるものではない」

「なんです、そのムユウとかいう言葉は？」

「つまり、みなが寝ぼけている、という意味だよ。わたしは肉体的にはよく眠るが、精神的にはずっと不眠症らしい」

「むずかしい話になってきましたが、とにかく若旦那はいいかたですよ。実力のない人が出世を軽蔑するのはよくあることですが、若旦那はちがう……」

「いや。わたしだって、その気になっていたとしても、あまり偉くはなれなかったろう。処世の方針を変えたおかげで、その判定がごまかせているだけだ」

「そんなことはありません。若旦那はたしかにいいかたです」

邦高は葉巻の灰を落し、明るく笑った。

「まあ、とってつけたようなことを言うな」

「本心からですよ。先代の大旦那にかわいがられた植木屋、という因縁だけなのに、身よりをなくして途方にくれていたあっしを、ひきとってくださった。そればかりか、生きがいである植木の仕事をやらしていただける。ご恩を忘れるわけにはいきません。あっしは口べたですが、年に一度は折をみて、あらためて頭を下げることにしています。これはことしのぶんです」

口では冗談めかしながらも、はげしくまばたきする吉蔵に邦高は言った。

「義理や人情の話はその程度で中断して、CMもやれよ。植木屋としてのおまえの腕は、すばらしいものだ。わたしのためにも、ずいぶん役立っている」

「いえ、植木についても、若旦那のほうが上です。なにしろ、外国の雑誌に作品がのるのですから。芸が身を助けるとかいう、いやなことわざがありますが、ここまでくれば本物です」

吉蔵はそばの「ホーム・アンド・ガーデン」誌をぱらぱらとめくった。これは米国の家庭向けの雑誌で、室内装飾や庭園に関することを主な内容としている。そしてその一冊には、日本の造園についての邦高の寄稿、および彼のデザインによる庭園の写真が、カラーで美しく掲載されていた。

「そんなことはない。わたしのは設計だけだ。実際にあたって、おまえが腕をふるって整えてくれたおかげだよ。それに、外国の雑誌にのるなどといっても、たいしたことではない。わたしは外国の日本ブームというものについての、対応法に気がついただけのことだ。いや、まぐれと言うべきかな」

と言いながら、邦高も雑誌をのぞきこみ、まんざらでもなさそうな表情をした。

「若旦那は、まったく遠慮ぶかい。しかし、実力ですよ。若旦那があっしを指揮して作ったこの神社の森なんか、たしかに本物です。作ってから十五年ほどなのに、数百年もたった、歴史のあるよその神社より、もっと古く見えますよ。神代からあったと言っても、信用する人があるでしょう」

「それも、おまえのおかげだよ」

「あっしの腕をほめていただくのはうれしいが、しかし、なにも神社までこしらえることは、なかったのじゃありませんか。どうも、道楽が過ぎるといった感じが……」

「わたしは道楽でやっているつもりではないが、そう思うかな」

「神社とはお参りにゆくためのもので、自分で手をかけるものとは、考えたこともなかったもので……」

と吉蔵は首をかしげた。

「信仰に目覚めた者が、神社を作っていけないことはない。いや、どこの神社だって、そもそもの起りは、そうしてできたものだ」

「それにしても、お父さまに死なれて、神社をお作りになるとはねえ。気まぐれを通り越しています。あっしは時どき、ここの神さまは、アマノジャクという神じゃないのかと、考えこんでしまいますよ」

相続税が安くなるとアドバイスされてとは、言いにくい。

「もったいないことを、いってはいかん……」

その時、邦高は玉砂利のうえを駆けてくる足音を聞き、口をつぐんだ。見ると近所の子供だった。坊やは邦高に話しかけた。

「ねえ、おじちゃん。神さまってなあに」

坊やはそとに立って、窓から首をのぞかせていた。邦高はビスケットを一枚出し、それを手に窓ぎわに行って、手渡した。

「なんでそんなことを、急いで聞きにきたんだね」

「だって、知りたくなったんだもの。パパに聞いたんだけど、よくわかんないんだ。おじちゃんに聞けば、神さまってなんだかを、教えてくれるだろうと思ったんだ」

邦高は微笑した。

「このごろの子供は、知識についての情熱が大きいな……。で、坊や。神さまとはだね、つまり、ホウレン草のようなものだよ」

坊やは目をぱちぱちさせ、ビスケットを飲みこみながら、聞きかえした。

「ホウレン草って、ポパイの食べるやつだね」

「そうとも。テレビで知っているだろう」

「うん。ポパイってのがいいほうで、ブルートというのが悪いほうなんだ」

「もうひとり、オリーブという女の人がいるだろう。わたしたち人間は、ちょうどオリーブのようなものだ。いつも、いい力と悪い力にねらわれている。時どき人間は、悪いほうにあこがれたり、悪いほうの力が勝ちそうになったりする」

「でも、ポパイはいつも勝つよ」

「いよいよとなると、ホウレン草があらわれるためだ。この世の中で、悪い力がひろがらないのは、神さまが助けてくれているからなんだよ。わかったかい」

「うん。よくわからないけど……」

「だけど、ホウレン草の出てこない、ポパイの映画を考えてごらん。たいへんなことになるだろう」

「うん。それはほんとだね。第一、つまんないや」

坊やはビスケットを食べ終り、また駆け出していった。それを見送っていた吉蔵は、感心したように言った。

「若旦那の理屈は、妙に筋が通っていますな。このあいだは、商店の主人に、信用を例にひいて神さまを説明なさっていたが」

「わたしたちのまわりの連中は、おそろしく進歩的なのか、おそろしく原始的なのか、そのどっちかなんだろう。なにしろ、無形の存在というものを、認めようとしないんだから。抽象的に考える能力が、ゼロだ。もっとも、そういう相手をなっとくさせた時は、楽しいものだよ」

「若旦那もあと十年ほどすれば、横丁のご隠居といった顔つきになりますよ。しかし、あっしはまだ、神さまがなんなのかわからない」

「おまえは義理人情というものを、ちゃんと身につけているから、それでいいんだよ。神は、それを知らない連中を助けるためにある」

「そんなものですかねえ。で、若旦那はこれだけ信仰していて、ご利益はありましたか」

「ああ、もちろんだとも」

「いったい、どんなご利益があったんです。庭園の改造についての注文が、このごろはめっきりふえ、だいぶ景気はよくなってきましたが、とくに神さまのおかげとも思えませんよ」

吉蔵はふしぎそうな表情になった。邦高は手をのばしてコードをさしこみ、軽いうなりをたてる電気カミソリを顔に当てながら言った。

「この土地のことだよ。五百坪はある」

「なるほど。このへんの相場を聞いてみると、あっしなど気の遠くなるような値段なんですね。まったく、信じられない」

「この土地が、おやじの唯一の遺産だった。ほかのことをやっていたら、わたしも社長にはなれていたかもしれないが、これだけの個人財産を作れたかどうかわからないな。それも、あくせく働いた上でのことだ。これというのも、神さまとともに、わたしが目覚めつづけてきたからだろう」

「また、目覚める話がでましたね」

「社会の混乱期には、もう政府を信用しないなどと、目覚めたようなことを言っていた人が多い。しかし、すぐにまた眠りについて、じわじわ進むインフレを子守唄と聞きながら、目をとじてしまったようだ。それでも、時どき目が覚めるのか、一時的にさわぎたてるが、すぐにまた眠ってしまう。それとも、悪夢とでも思って、ねごとを叫んでいるのだろうか」

「若旦那は信心深いくせに、人間のこととなると、口が悪いようですな」

「現在のわたしは、すべて神さまのおかげだよ。神社にしてあるために、いたずら小僧たちも、夏にセミ取りにくるぐらいで、野球をやりには現れない。しつっこい不動産屋にも、悩まされない。駐車場を作ったら、などと怪しげな事業家もやってこない。神々しいムードが満ちているためだ。服装のきちんとしている女性は、決して痴漢に襲われないのと同じことだろうな」

「そういえないこともないようです」

「わたしの造園の技術の、見本にもなっている。不要な植木をひきとり、べつな庭に売るまでの一時あずけの場所にもなっている。すべて順調ではないか。祭礼の寄付を強要して、近所をあわてさせないでも大丈夫だ。もっとも、定収入がないのであせったこともあったな。家相が悪いようです、などといって庭園の改造をむりに押しつけたこともあった」

「そうでしたね。しかし、見ちがえるほど近代的な庭になり、相手も喜んでくれましたから、悪いことではなかったでしょう」

「ああ。その上、よそを紹介してくれるようにもなったからな。もう万事好調だよ」

「で、いずれは土地を手放されるのですか」

と吉蔵は気がかりなように聞いた。

「そんなつもりはないよ」

「それなら、いくら値上りしても、しないのと同じことになりませんか」

「吉蔵も、なかなかいいことを言うようになったな」

邦高はひげをそり終り、電気カミソリを畳の上に置いた。

「だったら正札をつけかえて、ひとりで楽しんでいるようなものですよ。土地を売れば膨大なお金になるにしても、それまでは田舎に住んでいるのと、同じことでしょう。しかも、お売りになる気がないのなら、威張る権利も出てきませんよ。若旦那、宝の持ちぐされといったとこですな」

「それでいいのさ。持ちぐされになるからこそ、宝なのだ。核兵器などいい例だ。持っていない国は軽くあしらわれるが、真価を発揮させたりする国は、けぎらいされる。宝というものは、持っていてその上にあぐらをかき、そしらぬ笑い顔をしているのが正しい活用法らしい」

「財産というものが、それぐらいの意味のものでしたら、つまらないじゃありませんか」

「ああ、つまらないものだ。倹約に倹約を重ねて、巨万の富を残して死ぬ人があるが、考えようによってはその額は、自分は一生のうちで、こんなにエネルギーをむだづかいしましたと、数字で示しているようなものだ」

「若旦那も、なかなかいいことをおっしゃる。あっしなんかも、生きているうちにつかえばいいのにと、そんな人の話を聞くたびに思います。しかし、だれもがそれを理想として、あくせく働きつづけているのは、どうしてなんです。若旦那も、そうおっしゃりながらも、ご自分で値上りを楽しんでいる……」

と吉蔵は首をかしげながら、身を乗り出した。邦高はそれをかわすように立ちあがり、部屋のすみの鏡台にむかって、髪にブラシを当てた。そして、白いチックを少しつけると、品よく仕上った。彼はふりむいて、

「わたしにも、よくわからん。まあ、一種の趣味やスポーツのようなものなんだろうな。コレクションにしろ、勝負事にしろ、つまらない事になんでそう熱中するのかと、そばで水をかけても消えるものではない。趣味は人を盲目にし、そこでは理屈が通用しない」

「まあ、早くいえば、神さまのようなものですね」

「吉蔵、おまえは正直で腕がよくて、いい男だ。だが、時どき不穏なことを言い出して困るな。不敬なことを口にしたければ、よそで言ってくれ。この神域内ではつつしんでくれないと、わたしの立場上ぐあいが悪い。……みなさい。あのように感心な人もいる」

邦高は指さした。吉蔵は、そっちをむいた。犬を連れた外人が、鳥居をくぐってきた。そして、犬の鎖は鳥居に巻きつけ、自分だけが玉砂利をふんで神前に進んだ。不器用な柏手《かしわで》の音が響いてきた。

「ああ、メルヘンとかいう、ドイツ料理屋の主人の、フリッツさんですね。あの人は

いつも、犬の鎖を鳥居に巻きつける。西部劇の馬のつもりでいるんでしょうか」

鳥居の根もとの犬を眺めて、邦高は軽くうなずいた。

「どうもそうらしいな。わたしはあれからヒントを得て、鳥居の起源についての新説を立てた。神域に家畜を連れこまないための、横木のようなものから発展したらしい、とね。そのうち、説をまとめて外国の庭園雑誌に送るつもりだ。小型の鳥居ブームが、始まるかもしれない」

「とんでもない。見ていて、いい気持ちではありませんよ。しかも、犬や馬をつないで、もし小便をかけられたら……」

吉蔵は面白くない顔をした。邦高はそこを指摘した。

「おまえの言い分もおかしいぞ。信仰心がないなんて言ってて、神罰を気にしている。それとも、日本的というものだろうか。家より門、神域より鳥居のほうを重視する」

「しかし、それが常識ですよ。若旦那、そんな説は口にしないほうがいいでしょう」

「犬や馬が小便をして、畜生に落ちたところで、問題はないと思うがな。しかし、わたしも商売にさしさわりのある説は、発表しないほうがいいかもしれない。そのかわり、吉蔵。おまえも神罰をみとめているんだから、神さまもみとめたらどうだ」

「どうもねえ。若旦那の説教は手をかえ、品をかえだからかなわない。考えておきますよ。……あっしは、植木の上の鳥の巣箱を修理してきます」

吉蔵はそそくさと立ちあがり、植木バサミを持って、神殿の裏のほうに出ていった。それと入れちがうように、フリッツが社務所に歩いてきて、邦高に声をかけた。

「牧野さん、お早うございます」

「お早うございます。フリッツさん。しかし、あなたみたいな外国人は、珍しいですね。お若いのに、朝から神社におまいりなさるとは」

「わたしは、日本について勉強しているのです。そして、最も日本的なものは、神社だと気がつきました。このあいだ、おとうさまが死んだのでこの神社を作ったと、あなたに聞いて感心しました。そうでなくては、いけません。だれも科学、科学だ。固有の文化と伝統をまもる人こそ、尊敬されるべきです。抵抗もなく、外国の新しさを追う人ばかりなら、日本という国の意味はありません」

邦高も頭をちょっとさげた。

「ありがとう」

「いまに、あなたの努力がみのり、禅ブームにかわって、神道が世界的な流行になるかもしれません。カミカゼという言葉は国際的ですが、その本質はまだなぞです。それを知ろうと試みる人がふえるかもしれません。観光会社がもっと宣伝でもすれば

「……」

「変なことにならなければ、いいんですがね。しかし、それにしても、フリッツさん、あなたは熱心です。毎朝のように、おまいりにいらっしゃる。あなたを見ならえと、いつもうわさをしているのですよ」

「そういえば、この神社はいつも静かですね。なぜです。日本の人は、信仰心が薄いのではありませんか」

と首をかしげるフリッツに、邦高は反論した。

「そんなことは、ありません。みな神を信じていますよ。ただ、それが純情すぎるのです。ここが大きな特徴でしょう。ちょうど、女の人の前で照れている、器用でない少年といったところです。あるいは、かつて気まずい別れ方をした恋の相手に、めぐりあった時のような感じでしょうか。心では強く意識していながら、それを打ち消し、知らん顔をしようとしているのです」

「なるほど。そうかもしれませんね」

「わたしたち日本人も、いまに外国なみに老成してくると、みなあなたのように、ぬけぬけと神社にやってくるようになりますよ」

邦高は口がすべったのではないかと気にしたが、フリッツはふとった顔に微笑を浮かべながら、ぬけぬけと答えた。

「その、ぬけぬけとはどんな意味の言葉かわかりませんが、わたしのはおまいりではなく、朝の運動のためです。日本の人は運動の見物は好きだが、自分ではしませんね。わたしもその風習にひきこまれ、日本に来てからずいぶんふとってしまいました」

「では、散歩のためだったのですか」

「ええ、ここは木が多く、散歩にはいちばんいい場所です。町からしだいに緑がなくなってゆくのは、残念ですね」

と、フリッツはまわりの樹々を見あげながら深呼吸をし、ため息のように吐いた。

「同感です。わたしはそれの解決策として、木の植えてある庭はどこも固定資産税を免除しろ、という意見を新聞に投書したのですが……」

邦高は得意の緑地帯論を述べはじめたが、フリッツはそれをさえぎり、話題を変えた。

「それはこのあいだ聞きました。しかし、あなたは本当に投書が好きですね。いつかは、お金持ちの未亡人の話を作りあげ、身上相談に投書なさったとも聞きましたが、なんでまた、そんなことが好きなのですか」

「神主というものは、孤独な職業です。時どき人間界へ手紙を出し、安否をたしかめてみたくなる。といったところでしょうね」

「なるほど。教会でしたら、信者たちが懺悔《ざんげ》にやってくる。日本の神社では、その逆のようなことがおこなわれている。風習のちがいですね」

とフリッツは妙な受け取り方をした。

「いやいや、風習ではありません。わたしだけでしょう。ある雑誌の懸賞がきっかけでした。気まぐれで投書してみたら、選者の気まぐれで佳作に入選したのです。ちょっといい気持ちだったので、投書の味を覚えました」

「いったい、どんな懸賞だったのですか」

「よくある問題ですよ。無人島に流されるとしたら、一冊の本として何を持って行くかというものでした」

「それで、なんと答えたのですか」

「ロビンソン漂流記です」

「たしかに、選者の気まぐれですな。しかし、それによって、あなたが投書マニアになったのだから、少しは意味もあったわけでしょう……」

フリッツは笑い声をあげたが、途中で急になにかを思いだしたように、言葉をきった。邦高は聞いてみた。

「どうしました」

「そうそう、投書といえば、おとといの夜でした。わたしの店で、あなたの投書を前にして怒っている人がいましたよ」

邦高は相手をみつめ、ふしぎそうな口調で言った。

「わたしの投書ですって？　どうして、わたしの投書とわかったのです」

「あなたの字でしたよ」

「どうして、わたしの字だと？」

「ここの、おみくじです。まえに、あなたが、このおみくじは自分で書いて印刷させた、と話していたでしょう。それと同じ字でした」

フリッツはそばのおみくじの販売機を指さし、推理の理由を説明した。

「しかし、あなたは、日本の字を読めないのでしょう」

「ほんの少ししかね。だけど、わたしは美術品に興味を持っています。筆づかいの特徴はわかりますよ。この点では、漢字を字として見る人より、絵の一種として見る人のほうが、正しい判断をするものです」

「そうかもしれませんね。酒の味をみわける役は、あまり酒好きにはつとまらないそうですから。……で、どんな人でしたか」

「そう、黒田さんという、この近くのマンションに住んでいる、わたしぐらいの年齢の男の人です。若い女の人といっしょに来て、陽気にしゃべっていましたが、そのうち、あなたの手紙を出して、口をとがらせはじめました。おかげで、酒をたくさん飲んでくれて、店ももうかりました。日本の人は面白くないことがあると、酒をたくさん飲む」

「それで、どう怒っていましたか」

「はじめは、犯罪がどうのこうのと話していましたが、手紙を見てからは、小さな声になって、聞こえませんでした。帰りぎわには、成功を祈って、とか言っていましたよ」

「すると、あの投書だな。あれは雑誌社に送ったものだが、ご本人はこの近くに住んでいた人だったのか……」

　邦高は、うなずきながらつぶやいた。

「あの手紙には、なんと書いてあったのですか。犯罪とか、成功とか。おだやかでありません」

「いや、推理小説の批評をしたのですよ」

と、邦高は適当にごまかした。

「そうでしたか。あなたの投書がそんな分野にひろがっていたことも、黒田さんが作家とも知りませんでした。本質というものは、わかりにくいものです。……では、わたしはいつものように、おみくじを引いて帰りましょう」

おみくじの販売機に貨幣を投げ入れるフリッツを見て、邦高はあらためて聞いた。

「あなたはいつも、おみくじを引きますね。なんのためです。おまいりでなく、散歩である。それに、日本の字が読めない。意味がないではありませんか」

「つまり、入場料のつもりです。散歩の場所を提供してもらい、緑を眺めさせてもらっていますから。……ひとつ、読んで下さい」

フリッツはおみくじを引っぱり出し、邦高のまえにひろげた。

「吉。近く新しい事態が訪れます。こう書いてあります」

「最後には、いつも同じ字が並んでいますが、それも読んで下さい」

「問題が訪れたら、身近な人に相談なさい、です。どれにも書いてあります。こうしておけば、そう大きなまちがいは起らないでしょうから」

「それは、たしかですね。いい方法です」

とフリッツはうなずいた。

「とにかくいい運勢ですよ、フリッツさん。あなたに、幸運が訪れるという意味ですから」

「それはちがいます。わたしは、あなたのために貨幣を入れました。ですから、その運勢はあなたのものです」

その時、待ちくたびれた犬が、鳥居の根もとでほえた。そこでフリッツは軽くあいさつをし、鳥居に巻きつけておいた鎖をほどき帰っていった。

それを見送りながら、邦高はつぶやいた。

「まったく変った人だな、あの男は。おみくじを、緑の募金のつもりでひいている」

そして、彼は立ちあがり、部屋のなかを少しかたづけ、また窓ぎわにすわった。予定の書きこんであるメモを繰ってみたが、ここ二三日は特に仕事はなかった。近くに建てられるビルの地鎮祭は四日後だし、新築のホテルからたのまれている結婚式は、五日後だ。

また、内職である庭園デザイナーの仕事も、一週間ほどは、出かけなくてもすむ種類のものだった。吉蔵を行かせれば、それで用が足りる。

邦高はのんびりした表情になり、和風の机の下にある、新しく取り寄せた造園学の本に手をのばそうとした。しかし、玉砂利を踏む柔かい足音に気づき、それをやめた。

彼が顔をあげると、和服を着た四十ぐらいと見える、色白な女性が歩いていた。上品な歩き方のため、玉砂利も普通の人の時のような、がさつな音をたてなかった。

彼女は神前で立ちどまり、しばらく頭をさげた。それから、ゆっくりと社務所のほうにむかってきた。困った事情のあることを示す表情が、美しい顔の上にみとめられた。

邦高はすわりなおし、神域を構成する一因子といった、いつもの態度を作った。

彼女はハンドバッグから貨幣を出し、おみくじの販売機にそっと入れた。

軽い音とともに出てきた、おみくじに目を走らせ、彼女は邦高に話しかけた。

「あの、ちょっとお願いが……」

「はい、なんでございましょう。ご結婚でございましょうか」

彼は重々しい声で言った。それを聞いて、彼女はとまどったようすで答えた。

「あら、結婚だなんて。あたしはもう、結婚だの恋愛だのには、縁がございませんわ。

……だけど、なぜだしぬけに、そんなことをおっしゃるの。しかも、しかつめらしく。なにかの冗談なのかしら」

「いや、神社へのご依頼でいちばん多いのが結婚式で、つぎが建築関係のおはらいでございます。おみうけしたところ、建築関係のかたではなさそうでしたので、つい、そう申しあげてしまいました」

「そうだったわね。結婚式には神主さんが、ほとんど必需品だってことを、すっかり忘れていたわ」

彼女は自分のかんちがいに気がつき、打ちとけたような笑声をあげた。邦高もまた、固苦しく装っていた表情を、少し解いた。

「人生のお葬式は坊さんがやっていますが、恋愛のお葬式は神主の仕事となっています。このような分業は、わが国独特のものでしょうな」

「その中間で起る、夫婦げんかの仲裁は、またべつの人の役目だしね。バラエテイに富んでいて、楽しいわね」

「ところで奥さま。ご用件は、なんでございましょう。……まあ、どうぞおあがり下さい。ゆっくりお聞きいたしましょう」

邦高は部屋に入るようすすめ、彼女はそばの玄関からあがってきた。そして、軽く頭をさげた。

「あたし、松平と申します。この少し先に住んでおります。だけど、奥さまではありませんわ。主人はだいぶ前になくなっていますから、正確には未亡人なんでしょうけど、響きのいやな言葉ですわね。まあ、独身女性とでもいったところですわ。うちの婆やは、お嬢さま、なんて呼んでくれますけど、それもおかしいわね……」

その時、台所のほうから吉蔵の声がしてきた。

「若旦那。巣箱の修理をすませましたよ」

邦高はそれに対して、

「おい、お客さまがいらっしゃる。お茶を二つ持ってきてくれ」

とたしなめ、苦笑いをしながら佐枝子に言った。

「あなたがお嬢さまでも、べつにおかしいこともないようですよ。で、お話とおっしゃるのは？」

「これですわ。身近な人に相談するように、と書いてあるのを読みましたの」

と、彼女はさっきから手にしていた、おみくじをさし出した。こんどは邦高のほうがとまどった。

「ええ、そうは書いてありますが、身近な人というのは、ご家族とか、お知りあいという意味です。病気でしたら、お医者さまという意味にもなりますが……」

邦高はおみくじを受け取り、冗談ととったものかどうかわからないままに、当りさわりのない返事をした。佐枝子はうなずきながら、

「それは存じておりますけど、あたしには、その身近な人がいませんの。家族や親戚が少ないのはのんきでいいんですけど、こんな時には困ってしまいますわ。婆やでは

しようがないし」

「こんな時、とおっしゃると？」

「失《う》せものですわ」

邦高はおみくじを返しながら言った。

「これは末吉《すえきち》です。すぐには出ないかもしれませんが、いずれは見つかりますよ。安心して、お待ちになってみては」

「それがねえ、あまり安心しても、待ってもいられないのよ」

と佐枝子に困った表情が戻ってきた。

「いったい、どうなさったのです」

「盗難にあってしまったの」

「そんな場合の身近な人とは、警察という意味にとっていただけるはずですが」

「それがねえ……」

彼女の表情は、変らなかった。邦高は少し好奇心を帯びた声で言った。

「お話しになってみませんか。職業上知り得た秘密を口外していけないのは、神主も医者や弁護士と同じことです。お役に立てるかどうかは、わかりませんが……」

「じつはね、美術品が盗まれてしまったの」

「どんな品です」

「仏像なのよ。やはり、神主さんに持ち込む話としては、ちょっと筋がちがうようね」

「そんなことはありません。原子炉や自動化工場のおはらいも、神主の仕事ですから。それにくらべれば、いくらか身近なことになるでしょう」

吉蔵が入ってきて、不器用な手つきでお茶をおいて出ていった。

佐枝子はすすめられるままにお茶を口にし、事のあらましを話した。きのうの夕方、テレビの画面が乱れ、偶然のように修理屋が現れたこと。電話にでているすきに、テレビに入れて持っていってしまったことを。

「……というわけで、盗まれちゃったの。小型テレビは手に入ったけど、とてもそれくらいでは、損害の埋めあわせはつかないわ」

邦高はうなずきながら聞き終り、

「なんとなく、見事ですな。その時かかってきた、税務署のまちがい電話というのも、それに関連がありそうですよ」

「あたしが一番ふしぎなのは、なぜああ、ぐあいよく修理屋が現れたかよ。うちのブラウン管の寿命を、待ちかまえていたわけではないでしょうし、まさか、テレビ塔にのぼって、細工をしたわけでもないでしょう」

彼女は木々の上の東京タワーを見あげた。

邦高も首をかしげながら、つぶやいた。

「いや、画面を乱すぐらいのことは、できない話ではないかもしれませんよ。となりの工場に高周波ミシンとかいう機械があって、そのおかげでテレビが見づらいという苦情を、聞いたことがあります……」

「そういえば、自動車がそばを通ると、画面がゆれたりしますものね」

と佐枝子があいづちを打った時、邦高はやっと思い出したといった調子で、ひざをたたいた。

「そうそう。雑誌だかで、悪質なテレビ修理屋の話を読んだことがありました。たしか、電波を出す小型の装置を使って、めざす家のテレビ画面を乱しておく。そこにブラウン管を持って出かけていって、寿命が来ていますといって取り換え、代金をせしめるという方法でした」

「でも、それでは、あんまりもうからないでしょうに」

「一回ではたいしたことはないでしょう。しかし、その取り外したブラウン管を新品と称して、また次の家に持ち込むわけですからね。早くいえば、その装置とブラウン管ひとつで、永久に金になるというしかけですよ」

「悪質というより、現代的といったほうがいいようね。このごろは、わけのわからない計画を持ちまわるだけで、けっこう生活している人も、ずいぶんいるようだわ。……だけど、本当にそんな事をやった人が、いるのかしら」

「さあ。犯罪批評家と称する男が書いていた話でしたよ。ちょっと面白い読み物なんですが、うそともつかず、本当ともつかないところがありますから、なんとも言えませんね。……それより、どうして警察に届けないのです」

「テレビに見とれて、相手をよく見なかったといったら、笑われてしまうわ。それに……」

「それに？」

「ここがお話ししにくい点なんですけど、その仏像を買ったお店が……」

と佐枝子はまた、言いよどんだ。

「どうだったのです」

「それからまもなく、盗品を専門に扱っていたということで、警察にあげられ、品物を全部没収されて、店じまいになってしまったのよ」

「とすると、それも盗品かも……」

「ええ。きっと、そうじゃないかと思うわ。とても安かったのですもの。でも、まさか警察にその仏像を持って、聞きに行けないしね。はい、それも盗難届けの出ている品でした。ご協力ありがとう、なんて言われて、ただで取りあげられてしまったら、つまらない話ですものね」

「なるほど、そうでしたか。そのような由緒のある品では、盗まれても警察には言いにくいわけですね。しかし、にせ物ということはないんでしょうか」

古い美術品にはにせ物が多いらしいことを、邦高はいくらか聞いていた。しかし、その点を注意されても、佐枝子はあまりあわてなかった。

「そんなことはないと思うわ。あたしも仏像については、ある程度だけど勉強したのですもの。それに毎日、身近に置いて眺めてきたのだから、にせ物だったら、いままでにぼろが出ているはずだわ」

「そうかもしれませんが、知らぬは亭主ばかり、という風潮の世の中です。一応は疑ってみる必要も……」

佐枝子は面白そうに笑った。

「あら、そんなことをおっしゃると、奥さまがお怒りになるでしょうに」

「いや、怒るとすれば、知らぬは女房ばかり、という言葉を使った場合ですよ。しかし、どっちにしろ、わたしには関係がありません。ひとり者です。正確に言えば、ここ二十年近く、ひとり者です」

「奥さまは、どうなさったの？」

「たいしたことではありません。ただの離婚です」

と邦高は軽く片づけた。佐枝子は、離婚を簡単に扱ったその言葉にとまどったのか、あまり深く聞いては悪そうだと察したのか、話をもとに戻した。

「仏像を買った時に、鑑定書がついていましたわ。……この報福寺に伝わる仏像は、ほぼ五百年まえに作られたものにまちがいない、といった内容のものが。あたしだって、現代が証明書の時代だぐらい、知ってますわ。卒業証書、免許証、推薦状。こういったものがくっついていないと、落ち着いて安心できませんわね」

「しかし、その鑑定書がにせかも……」

と邦高はまた意地の悪い質問を加えたが、彼女は依然としてあわてなかった。

「鑑定をした古美術研究所というのを、電話帳でひいて、電話で聞いてみましたわ。そちらで、こんな鑑定書をお出しになりましたか、って。あたしの名前は言わずによ」

「すると？」

「たしかに出しました、って。そのお寺にも問いあわせれば、さらに完全なんでしょうけど、へたには聞けないから、それはやめたわ。でも、本物と思ってもいいんじゃないかしら」

「でしょうね。あくまで疑い通したら、世の中に本物なんか、一つもなくなってしまうかもしれない。なんだか、話が本物のことで、ずいぶん寄り道になってしまいましたな」

「盗んだ人は、どうするつもりかしら。さっと売り払うつもりなんでしょうけど、そんなことをしたら、まえにお寺から出されていた盗難届けによって、自分までつかまってしまうわね。それを考えると愉快だけど、あの仏像が警察をへて、お寺に戻ってしまい、二度と眺められなくなることを考えると、なごり惜しいわ」

と佐枝子は複雑な表情を示した。

「いささか、こみいっていますね」

窓のそとの東京タワーを見あげながら感想をのべる邦高に、佐枝子は身を乗り出して、

「なにか、いいお知恵はございません。仏さまに縁のない神主さんなら、かえって名案が出るんじゃないかしら。冷静な第三者として」

浮かばなかった。

と飛躍した要求を持ち出した。しかし、そうは言われても、邦高もすぐには意見が

その時。鳥居をくぐった足音が、あわただしく社務所のそばに来て止った。

「お嬢さま。やはり、ここでしたか」

松平家の婆やが息をきらせながら、窓ごしに言った。佐枝子は少し驚きはしたが、すぐにたしなめた。

「婆や、どうしたのよ。うちを留守にしては、いけないわよ」

「ちょうど、いつもの酒屋さんの配達の人が来たので、ちょっと留守をたのんでおきました。あの人なら、大丈夫ですよ」

「それはいいとしても、そんなにあわてて、どうしたのよ」

婆やはそばの邦高を気にする表情をしたが、佐枝子が、かまわない、といった目くばせをすると、息を整えながら話しはじめた。

「きのうの泥棒から、電話が……」

佐枝子はあわてて聞きかえした。

「それで、なんと言ってたの?」

「きのうの仏像についてだが、もう警察にとどけたのか、とか……」

「婆やはそれに、なんと返事をしたの？」

「警察に知らせることは、お嬢さまがあまり、気の進まないごようすでしたので……」

「そう答えてしまったの？」

「ええ」

それを聞いて、佐枝子は困ったような顔になった。

「そんなことを言わなければよかったのに。さては、なにかいわくのある仏像かもしれないと、相手が気づいてしまったかもしれないわ。せっかくの切札を、一枚むだにしてしまったわね」

そばで聞いていた邦高は、腕を組みながら口をはさんだ。

「いや、相手が売りに持ち歩きかけて、ようすのおかしいのに気がつき、方針を変えたのかもしれませんよ」

婆やは申しわけなさそうに頭をさげ、いいわけをした。

「あたしも、泥棒からの電話とわかっていれば、もっと注意をいたしましたよ。でも、そのことがはっきりしたのは、つぎの言葉ででした。いずれまた電話をするから、かえして欲しいのか、あきらめるのか、それまでにきめておいてくれ、と言っていました」

邦高はまた、口をはさんだ。

「盗難事件ではなく、誘拐事件になったようですな」

「冷静になっていただけるのはありがたいんですけど、解決についての知恵も、出していただけないかしら」

佐枝子は助けを求めるような口調で、また、いくらか文句めいた口調で言った。そこで邦高は、婆やにありふれた質問を試みた。

「相手はほかに、なにか言いませんでしたか。よく思い出してみて下さい」

「それだけでしたね。……いえ、そういえば終りに、どうですスマートな盗み方だったでしょうとか、得意になっていましたけど……」

婆やは、ほほに手を当てながら答えた。佐枝子はそれを聞いて、

「面白くないことを言われちゃったわね。相手に威張られるということは、こっちがそれだけ、スマートな間抜けだった、という意味になってしまうわ」

と顔をしかめた。だが、邦高は組んでいた腕をほどきながら言った。

「相手がスマートという言葉を口にしたとは、重要なことです。あるいはそれが、スマートでない結果を犯人にもたらすようになるかもしれません」

その、なにか確信ありげなようすに、佐枝子はふしぎそうな、また期待にみちた声をあげた。

「あら、そんなことが、なにかの手がかりになりまして？」

「手がかりというより、基本ですよ。自分がスマートだと得意がる人間は、たいていそのために失敗するものです。自分は金もうけがうまいとうぬぼれている男は、そのことで失敗し、美人であるとうぬぼれている女性は、それで失敗する。多くの人によって証明ずみの法則のようなものです。……あなたはおきれいでいて、それを得意がらない。だからいままで、失敗をなさらなかったのです」

念のためにつけ加えた補足の部分を、彼女は聞きとがめた。

「あたしはべつにきれいでもないから、第一、得意がることができないわ。でも、仏像を盗まれたのは大失敗ね。その法則もちょっと怪しいわ」

と佐枝子は微笑した。そして、婆やがそとに、さっきから立ちつづけていたのに気がつき、早く家に戻るようにと命じた。婆やは急ぎ足で戻っていった。

それから彼女は、あらためて邦高に言った。

「お話ししているうちに、なんとなく安心したような気分になってきましたけど、仏さまがうまく戻ってくるかしら」

「大丈夫ですとも。気分という言葉はたよりないでしょうが、現状に対する総合的判断と言いかえれば、立派なものです。わたしも、お手伝いいたしましょう」

彼は佐枝子をはげまそうとして、貨幣をさがして立ちあがり、おみくじの販売機に入れた。出てきたおみくじを開いて、彼はちょっと顔をしかめた。それには凶と印刷されてあった。

「占いはどうでしたの？」

と佐枝子は答をうながした。あまり吉ばかりだと、かえっておみくじの権威を失うのではないかと思って、ほんの少しまぜておいた凶が出て、邦高は少し困った。しかし、あわてることなく説明した。

「解決しそうです。いま、犯人の立場にたって、おみくじを引いてみました。この通りです」

彼女はそれを受け取って眺めながら、

「お話しの通りなら、おめでたい感じね。だけど、さしあたって、どうしたらいいかしら。犯人から電話もかかってくるでしょうし……」

「その時は、適当にあしらって、交渉を先にのばして下さい。そのあいだに、わたしは心当りを至急、調べてみましょう」

「どんな心当りなのか知りませんけど、よろしくお願いしますわ。ほかにどうしようもありませんもの。でも、手伝っていただけるのはありがたいんですけど、ご迷惑じゃありませんの」

「このところひまですし、わたしも一度は探偵のようなことを、やってみたいと思っていました。それにはいい機会でしょう」

佐枝子は目を細くした。

「男のかたって、いつまでも子供みたいなことを、お考えになっているのね。あなたもけっこう、気まぐれですのね」

「このごろは世の中のすべてが気まぐれですから、浮世の問題にむかう時は、こっちもそれに歩調をあわせて、気まぐれになったほうが、ぴったりするわけです」

「でも、神主さんの探偵っていうのは、あまりぴったりしないんじゃないかしら」

「そんなことはありませんよ。むかし外国には、ブラウン神父という名探偵がいましたからね」

「頭のいい探偵ですの？　ブラウン管の発明者みたいな名前だけど」

「いずれは、ブラウン管のなかにも、あらわれる人物でしょう。……おい、お茶を持ってきてくれ」

邦高は浮き浮きした口調になり、吉蔵にお茶のお代りを運ばせた。佐枝子はそのお茶を飲みながら、

「お礼のほうは、どういたしましょうか」

「そうですね、成功したら、お庭の改造でもやらせてもらいましょうか。あの男の植木屋としての腕はたしかですし、わたしもその方面については、いくらか研究をしています」

「でも、神々しい庭なんかになっては……」

「そんなには、しませんよ……」

邦高はそばの雑誌を引きよせ、造園についての知識をひろうした。ひとしきり雑談をしたあと、佐枝子は水面をすべる白鳥のように、玉砂利の上を帰っていった。お茶を片づけに、ふすまをあけてまた入ってきた吉蔵は、彼女を見送っている邦高に言った。

「となりで聞いてましたけど、若旦那も物好きですね。それとも、いまのご婦人が美人だったせいですか」

手帳

「ちょっといい眺めね」

おだやかに流れる空気を吸いこみ、それを吐き出しながら、副島須美子は言った。

ここは黒田の住んでいるマンションの屋上。黒田の部屋をまた訪れた彼女は、あたりの景色を見てみたいと思い、屋上に案内してもらった。

「ああ、気分転換のための軽い運動には、ちょうどいい場所だ。もっとも、重い運動はいけない。いつかナワトビをやって、下の部屋の住人から、うるさいと文句が出た」

と、黒田も深呼吸をしながら言い、体操のような身ぶりで手を大きく動かした。

さまざまな家々がびっしりと並び、ところどころに、大きな広告板をかかげたビルが首を出している。また、ここからは東京タワーのほかの三本のテレビ塔をも、一つの視界におさめることができた。

「東京には、テレビ塔が四つあるわけね」

「補欠があるのは、安心感につながるね」

家々のあいだを、意味もなく大きなカーブを持った道、細い道に接続している、とてつもなく広い道路などが走っていた。木に竹をつぎ、さらに針金を使ってねじ曲げた盆栽に似て、変化に富んだ眺めだった。

「そこの森は、神社なんでしょう」

あたりを見おろしていた須美子は、近くを指さして聞いた。

「ああ、いつか前を通った神社さ。しかし、ふしぎな神社だな」

「どう、ふしぎなの?」

「境内をのぞいてみると、完全に近いほど神々しい気分にあふれている森だ。それなのに、こうして上から眺めてみると、どことなく安っぽい感じがする。わけがわからない」

「出かけていって、聞いてみたら?」

「いや。それではつまらない。理由をあれこれと想像しているうちが、けっこう楽しいものだ。それに、そんな質問をしにいったら、神社も面くらうだろうしね」

「怒られるか、頭がおかしいと思われるかの、どっちかでしょうね」

「しかし、まさかこんな批評をされているとは、あの神社も気がつかないだろう。知らぬが仏、といったところだ」

と黒田は笑い、須美子もつりこまれた。

「でも、そんな批評は少し無茶ね。テレビをうしろから眺めて批評しているのと、大差ないようよ」

仏とか、テレビとかの言葉が出て、話題はしぜんと一昨日のことに移った。

「それにしても、スマートに仏像を持ち出せたものだ。申しぶんない出来ばえだった」

「だけど、あたしに批評させれば、幸運が手つだってくれたおかげのようね」

「そうかもしれないな。しかし、幸運も実力のうちだそうだ。いや、実力とはすなわち、幸運のべつな呼び方かもしれない」

「あたしが時間をみはからってかけた電話、税務署の女事務員らしい感じが出ていたかしら」

と須美子は、自分の演技の効果を知りたがった。黒田はうなずきながら言った。

「あわてて電話口へむかい、腰をすえてねばろうとしたようすを見ると、まあ及第といった出来だったらしい。もっとも、税務署と聞くと、だれの頭もほかの事を一切考えなくなるものらしいから、そのおかげのほうが大きかったのじゃないかな」

「変な条件反射が普及しちゃっているのね」

「税制には無関心でいて、税務署をこわがる。銃声をこわがるくせに、その鉄砲を持ち歩く人間に無関心な、山の鳥や獣とたいしたちがいがない……」

「手ぬかりは、べつになかったかしら。あまり問題が大きくなったら、困るわ」

「大丈夫さ。親戚の工場から借りた車はかえしたし、テレビの画面を乱す電波発生器も分解して捨ててしまった。仏像はきみの家だし、相手は画面に気をとられ、ぼくの顔は見られなかった。持ち出したテレビは、本当の修理屋に預けてある。なにもかも、すがすがしいくらいスマートにいった。しかし、あまりすがすがしいのは、なんとなく不安なものだ。そこで、きのう電話をかけてみた」

「そうしたら?」

「婆やさんがでた。まだ、警察には届けてないそうだ。あるいは、あの仏像になにかいわくがあるのかもしれないな……」

「じゃあ、いまのうちに、かえしましょうよ。これで目的を達したわけでしょ。未経験のために、犯罪批評の筆がにぶることもなくなったわけだし……」

「それはそうだが……」

とつぶやきながら、黒田は空を見あげた。小さな飛行機が、雲のきれ目をゆっくりと飛んでいた。須美子は聞いてみた。

「どうしたの。かえすのが惜しくなったの」

「そんなことはない。なんだか、もうひとひねりしたくなったのさ。あれをたねに、身代金をとってみよう」

「統計的には、二回目の犯罪は成功しにくい、とか言ってたじゃないの」

「いや。野球の延長戦、政治の延長国会のように、これも第一回目に含まれる。それに混乱が複雑なほど、当人にとって解決のうれしさは大きいものだ。あの女主人をあとで喜ばせるには、もう少しはらはらさせたほうがいい」

「あまり悩ませては、お気の毒よ。いいかたですもの。同性のあたしも魅惑されたわ」

「ぼくの見た感じでも、いかにも女らしい人のようだった。ひとつ、全女性の代表となって、この悩みを味わってもらうことにしよう。女性というものはいつも、男性を混乱におちいらせ、悩ませ、はらはらさせている。つまり、最後に与える喜びの印象を、一段と高めようとするためにね……」

「そうなってくると、あたしも女性の一員だから、考えなおさなければならなくなるわけね」

黒田のしゃべりすぎに対して、須美子は口をはさんだ。彼はあわてて言い足した。

「それは困るよ。乗りかかった舟じゃないか。第一、物ごとを二つに分けて考えることしかできないというのは、単純すぎる。スポーツの試合だって、両軍選手のほかに、場内整理係や、記録係が必要だ。きみはさしずめ、選手以上の実力を必要とする、審判というところかな。きみが自分を、ただの女性の一員と思っているのならべつだけど……」

「苦しい理屈ね。口説き文句だったら警戒するところだけど、この件については従ってもいいわ。これからどんなことになるのか、ちょっと興味があるもの。……それで、これからどうするの」

「さっそく、交渉の電話をかけにいってこよう。自分の部屋のを使っては、ぐあいの悪いことになるかもしれないからな。……きみは、きょうはどうする予定だい。フロリナ化粧品を持ち歩くかい」

「そうね。訪問してまわっても成績はあがりそうにないし、その交渉の結果も早く知りたいわ」

「なんだったら、ぼくの部屋で待っててもいいよ」

「そうしようかしら」

二人は話しあいながら屋上からおり、黒田の部屋に戻った。彼は手早く服を着かえて出ていった。

ひとり残った須美子は、しばらく椅子にかけておとなしくしていた。だが、やがて退屈を感じてきた。

掃除でもしてあげようかと見まわしたが、部屋のなかは案外きれいだった。おそらく、アイデアに詰った時、黒田が気を変えるために掃除をしてしまうのだろう。棚のビックリ箱はこのあいだ見てしまったし、机の上をのぞいてみたが、わけのわからない図形を書きちらしたメモばかり。

彼女は悪いとは思ったが、台所に近い押入れの一つをあけてみた。そこにはピストルや保安官のバッジといった、子供用のオモチャがしまってあった。黒田の親戚の工場で作った製品らしかった。あまり彼女の興味をひく品ではなかった。

そこでしかたなく、机のそばの小さな本棚をさがし「科学実験全集」といったのは敬遠して、なかでもましな「世界の幽霊」という本を手にした。

「ロマンチックな本がないということは、黒田さんがロマンチックだからかしら。ロマンチックでないからかしら……」

こうつぶやきながら、彼女はその本を読みはじめた。そして、まっ昼間に静かな部屋に出る幽霊という章に読み進んで、いくらか無気味な不安を感じた。
その時。チャイムが鳴って、彼女は椅子から飛びあがった。
須美子はその音が幽霊の出現ではなく、来客を知らせるチャイムらしいと気がつい
て、立ちあがった。そして、ドアを細目にあけて言った。
「いまは留守ですわ。あたしではよくわかりませんから、またいらっしゃっていただ
けません?」
だが、その若い男は落ち着いた表情で、絹糸を吐く蚕のような、なめらかな口調
で答えた。
「ご主人さまがお留守でも、奥さまに聞いていただければ、よろしいのでございます。
いいえ、奥さまのためのお話でございます……」
奥さまとまちがえているところから、ご用聞きや集金の人ではなさそうだと、察す
ることができた。
「生命保険は入っているし、ミシンもあるわ。投資信託を買う余裕はないし、新聞も
いまのままでいいわ……」
と須美子は、いちおう機先を制してみた。だが、若い男は頭を下げ微笑を加えて、
「そんなものではございません。美しさの見本を、お持ちしたわけでございます

……」

と化粧品らしいものを示した。なるほど、こうやらなければいけないのかと、感心している須美子に、男は調子づいてつづけた。

「……おたくでは、どんな化粧品を？」

「まにあってますわ。うちはフロリナ化粧品よ」

「フロリナもけっこうですが、高いばかりで、あまりよくないといううわさもございます」

「わかっているわよ。化粧品も選挙の候補者と同じで、内容よりも外観と、ムードと、演説ね」

彼女は押しかえすように言い、

「でも、奥さま……」

と連呼しつづける相手を、ドアでさえぎった。自分よりはるかに上手なセールスマンのおしゃべりを聞いていると、劣等感におそわれて、いらいらしてくる。

しかし、すぐにまたチャイムが鳴った。しつっこいものね、と須美子は顔をしかめた。それとも、こうねばらないとだめなものなのかしら。さっき見つけたオモチャのピストルで、驚かしてやりたいわ。そんなことを考えながら、またドアをあけ、大声を出した。

「うるさいわねえ。いつまでも帰らないと、警察に電話するわよ」

だが、彼女はあわてて肩をすくめ、ちょっと舌を出した。そこに立っていたのは、レインコートをはおり、ラフな帽子をかぶった中年の男だった。

「あら、ごめんなさい。いまのセールスマンかと思ったので……」

須美子は、ドアから身を乗り出してみた。若い男はとなりの部屋の前で「奥さま……」と、同じようなセリフを繰りかえしていた。

かくして、牧野邦高は、どなられて舌を出されるという、思わざる応対を受けて呆《ぼう》然《ぜん》となった。

「黒田はいま、外出中でございますが」

と須美子はけろりとした表情で言った。そんな表情でもしなかったら、恥ずかしくてどうしようもない。

「奥さまでいらっしゃいますか」

と、邦高はやっと言葉を口にした。

それを聞いて、須美子は笑いをかみころした。あら、また奥さまとまちがえている。

とすると、この人もやはり黒田とは交際のない、セールスマンのたぐいにちがいないわ。ひとつ、退屈しのぎのため、どこまで奥さまらしく装えるか、やってみようかしら。

どことなく品のある相手で、そう警戒すべき人物とは思えなかった。彼女はその計画を実行に移した。

「ええ。ちょっと、おはいりになりませんか。……どんなご用件でしょう」

にこやかに招き入れられ、帽子をポケットに入れたレインコートを壁にかけ、部屋に通されてから、邦高はあらためてとまどった。彼は、黒田がひとりで部屋のなかにいるものと思い、そのつもりで作戦を立ててきた。

もちろん、仏像を持ち出したのを、黒田のしわざと断定して乗りこんできたわけではない。だが、なんとなく疑わしく思えてならなかった。そのため、犯罪批評で電波を利用して画面を乱す、悪質なテレビ修理屋をとりあげたことがあること。フリッツの店で投書を読み、なにかを決意したのではないかということ。スマートという言葉が口ぐせらしいこと。これらをそれとなく話題として、遠まわしに、かつ論理的にさぐりを入れ、反応を観察してみようと思って出かけてきたのだった。

しかし、チャイムを押したとたんにドアが開き、突然あらわれた若い女にどなられ、舌を出され、けろりとした顔になったかと思うと、微笑とともに通されるという、まったく予期しなかった応対の連射をうけた。そのため、じっくりと練った計画も、くずれた積木細工のように、頭のなかで混乱状態におちいってしまった。

といって、いつまでもまごまごしてはいられない。

「……じつはその、こういう者です」

彼は無意識のうちに、内ポケットにあった黒い小さい手帳を出してしまった。そして、すばやくもとに戻した。警察手帳。「警察に電話する……」などと叫ばれたため、ついつり込まれてしまったようだ。あるいは、すぐに名刺を出すという習慣のせいかもしれなかった。いつも名刺入れのはいっている所に、たまたま警察手帳があったのだ。

もっとも、本物ではなかった。表紙に金文字で印刷されてある字は〈少年警察手帳〉となっている。邦高はオモチャ屋から買って、これを何冊か持っていた。植木に登ったりして境内を荒す子供をみつけると「ターザンごっこは古いよ。警察ごっこのほうが高級だろう」と言って、一冊を渡す。つまり、巧みに追い払うための品だった。

「あら、刑事さんでしたの。失礼を申しあげてしまいましたわ」

相手のしぐさを見て、須美子は内心、どきりとした。刑事が、なんのためにやってきたのだろう。まさか……。しかし、あわてた態度をとるわけにはいかなかった。

須美子は相手を、窓ぎわの椅子に案内した。そして、なんとあいさつをしたものかと迷ったあげく、苦しまぎれに、おせじの意味でこう言った。

「お見うけしたところ、刑事さんとは思えませんでしたわ。どことなく品があって……」

それを聞いて、邦高もどきりとした。にせ刑事となって他人の住居に入ったことがばれると、簡単にはすまない。子供ならばいたずらですむが、大人となると許されない行為となる。

心にやましいところのある黒田ならば、驚きが支配して、オモチャの手帳を疑うどころではなかったろう。しかし、この女はいっこうにあわてない。それどころか、刑事でないことを見やぶっているような、気になることを言った。いまの手帳をもう一度見せてくれ、などと言い出されたら、困ったことになってしまう。

しかし、いまさらどうしようもなく、彼はごくありふれた言葉をかえした。

「奥さまこそ、まだお若くて、主婦らしい感じは少しもいたしませんよ……」

須美子は微笑をつづけていたが、表情の裏では青ざめてしまった。奥さまでないことを、相手は気づいているらしい。しかし、その断定が下せないうちは、自分からさわぎたてて、疑いをますようなことはしないほうがいい。彼女はそしらぬ顔で言った。

「警察のお仕事って、たいへんなんでしょうね」

邦高には、どうとも答えようがなかった。刑事とは質問するほうの役で、される立場になるとは考えてもみなかった。彼は部屋のなかを見まわしてみた。テレビが置いてあったが、それが仏像を入れて持ち出したものかどうかは、見きわめようがなかった。テレビというものは番組だけでなく、装置まで画一化されている。

「簡単には説明できませんが、まあ、テレビの警察物の番組を、ずっとつまらなくしたものと考えて下さればいいでしょう。……しかし、眺めもいいし、けっこうなお住いですな。マンション生活は便利で、暮しいいことでしょう」

彼はそとを見ながら、答を質問にきりかえた。彼女はすぐに応じなければならなかった。

「え、ええ。テレビの団地ドラマのようなものですわ」

そして相手の言葉と大差ないものであることに気がついて、手の甲で口を押え、笑いでごまかした。

邦高も、それとともに笑った。おたがいの警戒心は消えなかったが、さっきからの緊張はいくらかほぐれた。彼は立ちあがりながら、

「見なれない箱を、たくさんお持ちですね」

と言い、棚のビックリ箱に近よった。

「あら、それにおさわりになっては、いけませんわ」

と、須美子はあわてて注意した。ビックリ箱の効果は、自分が充分に体験している。刑事さんを驚かし、印象を強めたりはしないほうがいい。

「なんですか、この箱は」

と聞きながら、邦高は手は触れずに、目を近づけた。彼はこれが電波を発生し、テレビの画面を乱す装置ではないかと思ったのだが、それらしいようすのものはなかった。

「ビックリ箱ですわ。主人の仕事ですの」

「そうでしたか。犯罪の批評家としての、黒田さんのお名前はうかがっていましたが、そんなご趣味があるとは知りませんでした」

「趣味ではございませんわ。ビックリ箱のほうが本業、批評のほうが趣味ですの。……刑事さんは、なにか趣味をお持ちなの」

「特にあげれば、庭園でしょうね」

「まあ、刑事さんらしくもないわ」

「いいや。庭いじりといった程度の意味ですよ」

と、またも邦高は、あわてて言葉をにごした。しばらく会話がとぎれ、須美子はがまんができなくなり、気になってならないことを、ついに、さりげなく質問してみた。

「で、どんなご用でいらっしゃったの？」

邦高にとっても困った質問だった。仏像をさがしに来たとも言えない。そこで、架空な話を作りあげた。

「じつは五日ほど前の夜に、この近くでひき逃げした車がありました。もしかして、目撃なさったかたがあればいいと思って、お聞きしてまわっているわけです」

「まあ、そうでしたの。たいへんなお役目ですのね。うちでも新聞で見て、危いことだと話しあっていたところですわ」

須美子はほっとし、あいづちを打った。架空な話にうなずかれて、邦高はとまどったが、あるいは事故が本当にあったのかもしれない、事故は都会の日課だからな、と思いながら話を進めた。

「こちらで目撃なさっていると、助かるのですが、黒田さんなら、犯罪の批評をやっておいでですから、観察もこまかいでしょう」

「そうですわね。だけど、あの晩はずっと、ここにおりましたわ。お役に立てなくて、残念ね」

「いや、あまり期待しておうかがいしたわけではありません。交通事故の調査は、地味で根気のいる仕事です」

邦高はちょっと刑事ぶって答えた。

「ご同情しますわ。お茶でも召しあがっていらっしゃいません？」

彼女は仏像のことでなかったとわかり、肩の荷をおろしたように、気軽になって言った。そして、台所に入っていった。

「いえ、どうぞおかまいなく」

と言いながら邦高は、この機をのがさず、部屋のすみのテレビに近より、うしろから内部をのぞいてみた。だが、仏像はそこにはなさそうだった。

須美子は台所から、なかなか出られなくなってしまった。湯沸器はなんとか動き、お茶と急須は見つかったものの、茶碗がどこにあるのか見当がつかなかったのだ。グラスやコーヒー茶碗につぐわけにもいかず、コーヒーでやりなおすのも時間がかかる。といって、あまりがたがたと不慣れな音をたてて、さがし回るわけにもいかない。困ったあげく、さっきあけた戸棚のなかに、オモチャにまざって茶碗が一つあったことを思い出した。

「きのう割ってしまって、こんなお茶碗で失礼ですけど……」

と言いながら、それをお盆にのせて戻ってきた。そして、机の上におき、お茶をついですすめた。

「では、せっかくですから、ごちそうになって帰りましょう」

邦高はなにげなく手にし、口に近づけた。しかし、その時。彼は、

「あっ」

と叫び声をあげて、茶碗を床に落してしまった。茶碗のなかから突然、お茶が勢いよく飛びあがり、顔にかかってしまったのだ。彼はハンケチを出し、顔をふいた。

それを見て、須美子も同じように驚いた。なんでこんなことになったのか、わけがわからなかったが、失礼な結果になっていることだけは、はっきりしていた。

「とんでもないことを、してしまいましたわ。やけどを、なさいませんでした？」

彼女はうろたえながら聞いた。

「そう熱くはありませんでしたから、そのほうは大丈夫です」

「でも、お洋服のほうが、ひどいぬれかたですわ。あちらでふいてまいりますわ。ちょっと、お脱ぎになりません？」

邦高はそれに従った。

彼女は台所に服を持っていって、手ぎわよく水分を除いた。どうしたというのでしょう。夢のような話だわ。茶碗のお茶が飛び出すなんて。

須美子は服を手に台所から戻りながら、さっきの戸棚をのぞいてみた。そして、そこにオモチャにまざってもう一つあった品に、たまらない誘惑を感じた。黒い小さな手帳で、おもてに〈少年警察手帳〉と書いてある品。

これと、いま持っている服のなかのとを入れかえたら、どんなことになるかしら。こんな機会は二度とないし、あわてていたので、ふいている時に落ちたのを、そばにあったのとまちがえてしまったといえば、言いわけもできる。

相手のようすをうかがうと、男は床にかがみこみ、茶碗の割れたのを手にして、好奇心にみちた表情で眺めていた。

「黒田さんの気まぐれが伝染したのかしら。それとも、この部屋には気まぐれの魔力がひそんでいるのかしら……」

須美子はそっとつぶやき、その誘惑に負けた。

「とんだご迷惑をおかけしてしまって……」

と須美子は服をさし出した。それを受け取りながらも、邦高は茶碗をいじりつづけていたが、やがて感心した声を出した。

「なるほど。うまく考えたものですな」

「どうなっていましたの？」

自分の家の茶碗について、来客に質問するのも変だと気にしながら、彼女は聞いた。

「二重底になっていて、なかにしかけがありました。お茶をつぐと、その熱の力で、液体を噴きあげるわけでしょう」

「そうでしたの。でも、あたしは科学のことは、よくわかりませんわ」

「一定時間ごとにお湯を吹きあげる、間歇《かんけつ》温泉というのがあります。きっと、それにヒントを得てお作りになったのでしょうな」

「そういえば、主人は前に、伊東の温泉のみやげ物屋からたのまれて、なにか作ったと言ってましたわ。そのお茶碗とも気がつかずに使ってしまって、ほんとに申しわけございません」

須美子はつじつまをあわせて、また頭をさげた。だが、完全にはあわなかった。

「いや、伊東に間歇泉はありません。九州のほうでしょうね。アメリカのイエロー・ストーンの国立公園のは有名ですが」

彼女はそわそわしながら言った。

「刑事さんて、科学や地理にも、ずいぶんおくわしいのですわね」

「い、いや。わたしだって、よくは知りませんよ……」

邦高もまた、そわそわした。これ以上ここにいると、なにが起るかわかったものではない。にせの刑事がばれないうちに、切りあげたほうがいいらしい。

「では、これで失礼します」

彼女はほっとしながらも、一応ひきとめた。

「まもなく戻ると思いますけど。それで、ひき逃げについてなにかわかりましたら、お電話でもいたしましょうか」

「いや、連絡はけっこうです。そのうち、お寄りするかもしれませんが……」

邦高は玄関にむかいながら答えた。警察へ電話などされたら、面倒なことになってしまう。彼は壁のレインコートをはずしながら、服の内ポケットに手帳がそのままあることを確かめた。まあ、これを落していかなければ、なんとでも言いわけはできる。

邦高は安心し、簡単なあいさつをして帰っていった。

ひとりになって、須美子は大きなため息をついた。しばらく椅子にかけて気を静めた。

それから立ちあがり、戸棚にむかった。いまの収穫、本物の警察手帳というものを、早く眺めてみたかったのだ。しかし、彼女はそれを手にし、まばたきをしながらつぶやいた。

「変ね。たしかに入れかえたはずなのに、やはり子供のオモチャだわ。あたしの頭がおかしくなったのかしら。それとも、さっき読んだ本のなかの、真昼の幽霊のしわざだったのかしら……」

電　話

副島須美子を部屋に残してマンションを出た黒田は、しばらくあたりを歩きまわった。大通りに出たり、横丁に折れたりして、ゆっくりと散歩をつづけた。気まぐれを決心に変えるためであり、交渉の文句を頭のなかでまとめるためでもあり、また、電話をかけるのに適当な場所をさがすためでもあった。

決心と文句はある程度かたまったが、公衆電話のボックスはこのへんにはなく、赤電話を利用する以外になかった。彼は小さなタバコ屋をみつけて、一枚のハンケチを買い、お釣りとして受け取った貨幣を、そばの赤電話に押しこんだ。

しかし、彼は途中でやめ、受話器をもどした。自分の決心を、あらためてたしかめるためだった。だが、すぐに赤電話の下部の小さな窓に指を入れ、いま戻った貨幣をつまみ出し、改めて上の投入口に入れた。

劇場の椅子を終幕前に立ったり、買う気になった宝くじをやめたり、婚約指輪を返したりするには、なにかよほどのことがなければならない。いまの黒田には、決心を中止するに充分な、その、よほどのことがなかったのだ。

やりかけた番号を押す動作を、彼はまたもやめた。そして、用意した交渉の文句を、整理しながら小声でくりかえしてみた。

彼は貨幣を投入口に移し、三度目となったが、また受話器をおいた。相手の家に警官が待ちかまえていて、電話局を調べ、すぐにかけつけてくるのではないかと気になったのだ。だが、彼の知っている限りでは、そんなつかまりかたをした例はなさそうだった。

黒田が四度目の動作に移りかけた時、店番をしていた女が声をかけてきた。

「困りますよ。お金を入れたり戻したりして遊んでは。子供じゃないんでしょう。それとも、赤電話のかけ方を知らないんですか」

三十ぐらいの、意地の悪そうな女だった。どうも、タバコと電話を扱う者には、いくらか役人臭がある。値切れないせいか。黒田は肩をすくめた。ここでは、落ち着いて電話をかけられそうにない。彼は女に言いかえした。

「いや。ためしてみただけだ」

「面白半分に電話をためされては、困ります」

「ためしたのは貨幣のほうさ。お釣りにニセの貨幣をつかまされては、かなわないからな。本物かどうかは、赤電話を使って確かめるのが一番いい」

いやな顔をした女を見て、黒田はにやにやしながらそのタバコ屋をはなれた。どこか別の所で電話をしよう。彼はぶらぶらと歩きつづけた。そして、気がついてみると、ドイツ料理屋のメルヘンの前に来ていた。

ドアをあけてのぞいてみると、客はなく、主人のフリッツが一人でテーブルの上を掃除していた。

「いらっしゃい、黒田さん。お昼の食事でもなさいますか」

フリッツは、黒田をみとめて声をかけた。

「いや。ちょっと電話を借りようと思ってね。急いで出てきたので、電話をかけ忘れてしまい、ここまで来て気がついた。……あ、コーヒーを一杯もらおうかな。これから、こみいった仕事がある。ドイツのコーヒーを飲むと、精神が重厚で論理的になるだろう」

「お作りしましょう。でも、いつもの黒田さんらしくないことをおっしゃいますね。ドイツ産のコーヒーなど、ありませんよ。コーヒーはすべて、散漫な人間の住む熱帯地方の特産です。重厚なのはカップだけです」

と言いながら、フリッツは用意にかかった。だが、時間がかかりそうなのを見て、

黒田は電話機のそばに寄った。こんどは、ためらうことなくダイヤルを回し終えた。そして、

「松平さんですね。奥さまはおいでですしょうか。このあいだのテレビ修理屋ですが」

ギャング役の吹き替えをやる声優に似た声を出そうと試みたが、いっこうにすごみのある口調にはならなかった。しかし受話器の奥では、取り次いだ婆やのあわてた声が、小さく響いていた。

「たいへんです、お嬢さま。このあいだの泥棒のやつが、また電話してきました。どういたしましょう。電話線を勢いよくたぐって、ここに引っぱり寄せ、なぐってやりたい気持ちです……」

その言葉から、彼は警官が張りこんでいないらしいことを察した。といって、あまりゆうゆうともしていられない。しばらく待ち、彼がいらいらしはじめた時、やっと松平佐枝子の声となった。

「あら、すっかりお待たせしてしまったわ。ごめんなさい。いま、お茶を飲みかけていたとこだったのよ……」

あわてた感じのない、朝の高原でさえずる小鳥のような調子だった。その意外さに、黒田は少し気勢をそがれ、用意の文句がすぐには出てこなかった。そこで、

「そちらにお預けしてある、テレビのぐあいはいかがでしょうか」

「良好よ。……で、そちらにお預けしてある、仏像のぐあいはどうなの？」

「良好ですよ」

「こわしたりしたら、警察に届けるわよ」

「警察に届けなければ、こわしませんよ」

「届けたとしたら、どうなるしかけになっているの？」

「タイムスイッチつきの、オーブンのなかにしまってあります。ぼくがつかまって家に帰れない場合は、自動的に丸焼けになり、仏さまは火葬で成仏してしまいます」

　黒田はちょっと驚かしてみた。だが、佐枝子の声はあまり驚かなかった。

「まるでインディアンごっこね。でも、そんなことは、なさらないほうがいいわ。なかに火薬が仕込んであるのよ」

「まあ、おたがいに冗談はやめて、話しあいのほうに移りましょう」

　黒田は交渉に入るのを急いだが、邦高の忠告を受けている佐枝子のほうは、電話のむこうでいっこうに急がなかった。

「このごろはやりのスローガンね。新聞を見ると、社説や外電から、政治面や身上相談の欄まで、話しあえ、という標語で埋まっているようよ。いまに、流行歌ができるんじゃないかしら。あたしの子供の時分には、でかんしょ節なんてのがあったけど、それだと、話しあえ、話しあえで半年くらす……」

歌い出したわけではなかったが、本筋から離れてゆく彼女の話を、黒田は引き戻そうと試みた。

「おいやでしたら、仏さまはどうなっても知りませんよ」

「あら、あたしだって、その現代の標語にさからうつもりは、なくってよ。……じゃあ、うちへいらっしゃったら。落ち着いて話しあうには、いいんじゃないかしら」

「そんなことをしたら、おたくの婆やさんに、ひっぱたかれる目にあいそうです」

「じゃあ、あたしのほうから出かけましょうか」

「そうですね……」

黒田は指先きで電話機をなでながら、首をかしげた。買いたてのハンケチで、汗を押さえる。考えていたように交渉がうまくは進まず、変な方向に曲りかけてきた。それに、一カ所から長く電話しつづけるのは、やはり注意したほうがいい。そこで、

「……では、パール・ホテルのロビーではどうでしょう」

「最近できた、大きなホテルでしょう。うちから、そう遠くはないわね」

「ええ。一階のロビーの奥のほうの席で、ミルクでも飲んで待っていて下さい」

「いいわ。すぐ出かけるわ」

「女の人のすぐは、すぐではありませんから、一応、二時間後ということにしましょう」

黒田は腕時計をのぞきながら、電話をきった。いつのまにかそばに来ていたフリッツが、コーヒーを入れた厚目のカップをさし出して、話しかけてきた。

「なんだか、ぶっそうなお話でしたね」

「え、いや。なんでもないさ」

「おかくしになっても、知っていますよ」

「な、なにをですか」

と、黒田は少しあわてた声を出した。

「推理小説の、たねを仕入れたのでしょう」

フリッツは邦高からそう聞いていたので、笑いながら答えた。黒田も、相手が犯罪批評のことを誤解しているのだろうと察し、ほっとして笑った。

「よくご存知ですね。だれが言ってたのか知りませんが、そんなようなものです。……しかし、いまの電話は、頭が疲れました。催眠術のかかりはじめは、こんな気分なのだろうな」

と、濃いコーヒーを一気に飲む黒田に、フリッツが言った。

「みごとな結末になるように、祈りますよ」

メルヘンを出た黒田は、パール・ホテルにむかって歩きはじめた。だが、このまま直行しては、着いてから時間をもてあますことになる。

彼は古本屋に寄り、もっともらしい顔つきで立ち読みをし、三十分ほどつぶした。そこを出てから、スーパー・マーケットのなかを歩きまわって、また、二十分ほどをすごした。

古道具店や時計屋の飾窓をのぞきこみながら、やっと、パール・ホテルに着いた。だが、まだ一時間ある。

ここは外国人の観光客を目当てに、高台のはずれに建てられたホテルで、かなりの部屋数をそなえていた。優美さに欠けていたが、新鮮ではあった。うるおいには欠けていたが、豪華だった。

黒田は親戚の会社のオモチャの輸出のことで、外人客をここに訪問したことが、すでに何回かあった。彼は玄関を入り、ロビーをのぞいてみたが、佐枝子の姿はまだ見当らなかった。

ロビーにつづいて売店があり、外人には日本的な印象を与え、日本人には東南アジア的な印象を与える模様をほどこした、銀器や竹製品などが並べてあった。彼はそこでオペラグラスを買い、ポケットに入れ、エレベーターで三階にあがった。そして、自動車が横付けになるたびに、胸をときめかせながら、玄関を見おろせる場所に移った。もっとも、動悸《どうき》のほうは、さっき飲んだコーヒーがむやみと濃かったせいかもしれない。

やがて、松平佐枝子が視野にあらわれた。彼女はひとりで、歩いてやってきた。黒田はオペラグラスを動かし、連れがあるのではないかとさがしたが、それらしい人影はなかった。彼女の表情にもまた、護衛をつれているといった、警戒や緊張の色がなかった。

彼女が玄関から入るのを見きわめ、黒田は階段を下りた。ロビーのうえ、中二階のような位置にバーがある。昼さがりのため客はなく、バーテンがひとりで退屈そうにグラスをふいていた。

黒田はバーのカウンターにもたれた。ここからは、ロビーの椅子にかけている佐枝子を、まっすぐに見とおすことができた。下からは見あげにくいし、それに、多分顔を覚えられてはいまいと、その点は安心だった。彼はバーテンに声をかけた。

「電話を貸して下さい……それから、ウイスキーをダブルで至急たのむ。まず、緊張をほぐし、それから交渉にはいるとしよう……」

ウイスキーのつがれたグラスが出された。黒田はそれを手にして、ロビーを見おろした。下では佐枝子が、入ってきてすぐに注文したのか、運ばれてきたミルクのコップを手にして、飲もうとしているところだった。

彼はそれにあわせ、乾杯をするようなしぐさをし、勢いよく飲んだ。それから、電話機を引きよせ、小声で交換手に言った。

「ロビーにつないで下さい」

そしてロビーが出ると、

「すみませんが、松平佐枝子さんという人を呼んでいただけませんか。……ええ。四十ぐらいの、和服をきた上品な女の人です。ミルクを飲んで待っているのだろうと思いますが。そこでお会いする約束をしたのですが、うかがえなくなりそうなので……」

「少々、お待ち下さい」

との答があり、まもなく、ロビーを横切るボーイの姿が見えた。ボーイは佐枝子にたずね、彼女がうなずくと、運んできた電話機をそばの机の上に置いた。そして、コードの一端を壁のコンセントに差し込み、どうぞといった身ぶりをして、戻っていった。彼女は受話器を手にした。

「松平でございますが。どなた？」

それを聞くと、黒田はポケットのオペラグラスを出し、目に当てながら言った。

「さきほどの、テレビの修理屋です」

視野のなかの、拡大された佐枝子の表情には、あまり変化が起らなかった。だれかに合図をしたようすもなければ、がっかりした感情も浮かんでこなかった。また、その声にも。

「あら、どうなさったの。お約束の時間でしょう？」

「申しわけありませんが、よく考えてみると……」

「来られなくなった、というわけなのね。せっかく、あたしが出かけてきたのに」

「しかし、こちらとしても、のこのこ出現してつかまってしまうことは、主義と目的とに反します」

「つかまえたりは、しないわよ。あたしにとっては、仏像のほうが大切ですもの。あなたをつかまえても、仏像が戻らなければ意味がないわ。床の間の柱にあなたをしばりつけてみても、仏さまの代用にはならないでしょうし……」

オペラグラスのなかで、佐枝子は面白そうに笑っていた。ふわふわと海のなかを泳ぐ、透明なクラゲを連想させるものがあった。

「お会いするのは、仏像をお返ししてからゆっくり、ということにいたしましょう」

「それなら、早く返してちょうだいよ。あの仏像がないと、歯が一本抜けたように、部屋がなんとなくしっくりしない感じだわ」

「それはお困りでしょう。治療代さえいただければ、すぐに歯をなおしてさしあげます。ただし、健康保険ではだめですがね」

黒田はやっと、身代金の請求をきりだすことができた。だが、佐枝子の応答は依然として、ペースが乱れなかった。

「お金を払わなければならないの?……自分のものを自分で買って、損をするなんて理屈にあわないようよ」

「手数料です」

「農家が自分で作ったお米を政府に売り、配給として買いもどすと、差額が出て得をするとかいう話じゃないの。買いもどしの手数料なら、あたしのほうが受けとるべきだわ」

「そうお考えになってはいけません」

「どう考えたら、いいのかしら」

「一つの経験をお買いになると考えたら、どうでしょう。小さな失敗をしておくと、将来二度と、同じような失敗を大きくくりかえさないですむものです。第二次大戦というむだな散財をしたからこそ、第三次大戦のブレーキとなっているわけです。これを格言の形でまとめると、こうなります。小さな災難を買っておくと、大きな災難の魔除けとなる」

「キャッチフレーズのようなものが、でてきたわね。だけど、その格言は怪しげな感じよ。しょうこりもなく失恋をくりかえす人もあるし、競馬の損をますます大きくしている人だって、たくさんいるわ」

「愚かな人の場合を例にあげては、この場合に適当ではありません。あなたのように健全な人は、学びとった人生経験を正しく役立たせるはずです。……つまり、月謝のようなつもりで、お払い下さい」

黒田は話しながら、オペラグラスをのぞくのをやめ、バーテンのようすをうかがった。だが、いろいろな酒癖の客を見つけているせいか、双眼鏡をいじりながら電話をする彼を、べつに気にもしていないらしかった。

「でも、月謝免除という場合もあるわ」

「それはいけません。金を払わないと、効果があがらないものです。同じ映画でも、高い入場料を払って一流の劇場で見たほうが、感銘が深い。また交通違反なども罰金を払うからこそ、身にしみて二度と犯すまいという気になるのでしょう」

「あら。なんだか、あたしのほうが悪いことをしたみたいになってきたわね。……で、その月謝というのは、おいくらなの。あたしは月謝免除のうえ奨学金をもらいたいほど、いい生徒ぶりだと思っているんだけど。参考のために、お聞きしたいわ」

黒田は金額を告げるまでにこぎつけた。

「たいした額ではありません。百万円です」

「たいした額よ、百万円なんて。とてもそんなには、お払いできないわ」

黒田は、ご主人の遺産を相当お持ちでしょう、と言いかけた。だが、それを口にすると、相手が副島須美子に疑いをむけはじめるのではないかと思い、やめることにした。

「払えますよ。財産がないとおっしゃっても、あの仏像があります。あの仏像を売れば、少なくとも百万円にはなるでしょう」

「遠まわしなおっしゃりかたねえ。遠慮ぶかいのかしら、それとも、まわりくどいお話をして、楽しんでいらっしゃるの……」

オペラグラスの奥の視野で、松平佐枝子は微笑していた。また、彼女の声は電話線を伝ってきて、受話器の奥で微笑していた。

「少し、調子がおかしいようですね」

黒田もつりこまれて笑いながら、一方の手のオペラグラスをバーの台の上においた。そして、またハンケチで、ひたいを押えた。フリッツが面白半分に濃くしたせいか、さっきのコーヒーが頭のなかをまだ、張りつめた糸のようにしていた。同時に、いま飲んだウイスキーは、頭のなかを弾力のあるゴムで改装しようとしていた。

「……つまり、お金を払わないと、仏像を売っちゃう、ってことでしょ」

と、彼女の声はそれにおかまいなく響いていた。黒田は目をこすりながら答えた。

「早くいえば、そういうことになります。こちらで処分して、百万円に変えてしまってもいいわけですよ。あるいは、もっと高くなるかもしれない。その時は、お釣りをお送りしましょう」

「あら、そんなのんきなことを考えていらっしゃるの。素人《しろうと》のかたって単純なのね。それとも、単純に考える人のことを、素人と呼ぶのかしら」

「話を混乱させてはいけません。あの仏像が高価な品であることは、まちがいない……」

「その点については、ごまかしようがないわね。あたしが大切にしていて、返してもらいたがっているのですもの」

「高価なものが、高く売れる。ふしぎなことは、ないでしょう。単純と言ってはいけません。真理と言って下さい」

黒田は事態をわかりやすくしようと試みたが、なかなかうまく進まなかった。

「たとえばね、プレミアムつきの、音楽会の入場券があるとするわ。高価かもしれないけど、音痴の人は買わないわよ。一つの真理でしょう」

「その場合も、音楽好きの人をさがせば、高く売れます」

「だけど、仏像好きの人をさがすのは大変よ。まさか、新聞広告でさがすわけにも、いかないでしょう。結局、どこかの古道具屋に持ちこむ。すると、素人だと、なんだかんだとけちをつけられ、値切られても言いかえせない。二束三文になってしまうわ。つまらないじゃないの」

佐枝子は仏像が古道具屋に運ばれるのを心配して、真顔になって強調した。黒田もまた、仏像をすぐに売る計画を立ててはいなかったので、いちおう賛成した。

「そういうことも、あるかもしれませんね」

佐枝子はほっとし、もとのペースに戻った。

「あたしに任せれば、高く売ってあげるわよ。いくらか知識はあるし、あの仏像の鑑定書も持っているし……」

「盗品を処分するために、被害者の手をわずらわすとは、前例のないことです。ぼくの収集した資料にも……」

黒田は途中で、言葉をにごした。犯罪の批評家であることを、察知されては困る。

「前例にこだわることは、ないじゃないの。宮内庁を舞台にした犯罪なら、べつでしょうけど」

佐枝子は飛びまわるチョウのように、軽やかな口調で言った。彼はまた、ひたいを押えた。頭のなかでは、コーヒーのカフェインと、ウイスキーのアルコールとが乱闘中だった。そんな状態でチョウを追いまわすことは、むずかしい。

「ここらあたりで、話を本筋に戻しましょう。百万円お出しになるか、なれないかです。お出しになれば、おかえしする。だめならばおかえしできません。あとをどうしようと、こちらの勝手です。しばらくながめて、あきたら穴をあけ、電気スタンドにでもして使うことにしましょう。文字通りに後光を発するわけです。うまく作れなかったら、捨ててしまうかもしれません」

「いくらなんでも、それはもったいないわ。お札に火をつけて懐中電灯がわりにした、むかしの成金とおなじだわ……」

佐枝子の声は困った調子をおび、とぎれた。黒田はここらあたりで態勢を立てなおそうと思い、ふたたびオペラグラスを手にした。彼女は、なにかを考えているような表情をしていた。

「それで、どうなさいます。百万円に関する件は……」

黒田がうながしてしばらくすると、レンズのむこうの佐枝子の顔が、明るく変化した。同時に、受話器からも声がわき出してきた。

「……すっかり忘れていたわ」

「なにを思い出したのです。役に立つことでしょうね」

「そうよ。株券があったわ。青光電機という会社の株券だけど」

「新製品の宣伝をさかんにやっている、ちかごろ景気のいい会社でしょう」

「きょうの相場はちょっと下って百三十円ぐらいだわ。それが一万株……」

「そうすると、百三十万円ということになりそうですね」

「そういう計算になるかしら」

「なるもならないも、簡単な算数ではありませんか。もっとも、売買手数料でいくらかへるでしょうが、大勢に影響はありません。それをお売りになればいいでしょう。あるいは、株券のままいただいてもけっこうですよ。株券なら仏像とちがって処分しやすいし、値上りを待って売ることもできる。仏像はそれと引き換えに、すぐおかえしいたします」

行きづまっていた交渉がいくらか進展して、黒田はにっこり笑った。佐枝子のほうもまた、面白そうににっこりしていた。

「そうねえ。それも一つの方法ですわね……」

にっこりしながらも、佐枝子は即答をしなかった。そして、自分のこの思いつきの楽しさを味わった。

このあいだ〈青光電機株式会社〉とまぎらわしい〈青光電機工業株式会社〉という名の、倒産会社のぼろ株券一万株を、巧みにつかまされてしまった。もっとも、普通なら百万円になるところだったが、幸運にもその損害は五万円にとどまっていた。しかし、いかに少なくても損というものは、心のどこかに絶えずひっかかっていて、なかなか消えるものではない。佐枝子についても同じだった。

それが今や、なんとなく役に立ちそうな形勢になってきた。相手はそれと交換に、仏像をかえしてくれそうだ。仏像を盗まれたという損害を、ぼろ株券をつかまされたという損害で解決できそうになってきた。彼女はむかし覚えさせられた、ひとをばかにしたような初等数学の法則を思い出した。マイナスとマイナスとを掛けるとプラスになる。それが実感をともなって、あざやかに浮かびあがってきた。

しかし、同じプラスに変えるのならば、有効に使って、最大限の効果をあげなければ……。

一方、そんなことを知らない黒田は、

「それだけの株券があるのを、忘れていたなんて、おうようなことではありませんか。請求額の百万円、は安すぎたかな」

と、ふしぎさと感嘆のまざった声を電話機で送った。

彼女はその言いわけを兼ねながら、つぎの作戦を展開した。

「財産が多すぎて忘れていたのではないわ。思い出したくないから、忘れていたのよ。それに、手もとにおいてなかったし……」

「というと、どこかに預けてでもあるのですか」

「預けてあるといえば、預けてあることになるわ。だけどそれをかたにお金を借りているの」

と、佐枝子は架空な話を築きはじめた。

「なるほど、質屋ですか」

「まあ、そんなようなものね」

「で、いったい、いくら借りているのです」

と黒田は好奇心を抱いた。副島須美子の報告では、相手はかなりの財産を持っているはずだった。しかし、あるようでないのが金、という昔からの統計がある。それに、女性が女性に話すことは、年齢に関する以外の点では、少なめに信じるほうがいいものなのかもしれない。

「たいした額ではないんですけど……」

と、彼女は気をもたせた。

「ここまで話してきて、いまさらかくすこともないでしょう」

「じつは十万円なのよ。それだけ持っていかないと、株券をかえしてもらえないの。どうかしら、そのための十万円を、しばらく貸していただけないかしら」

「なんですって。十万円を貸してくれと、おっしゃるのですか」

黒田は、受話器に驚きの声を送りこんだ。頭のなかではまた、コーヒーとウイスキーとが、洗濯機の水のように渦を巻いた。彼はオペラグラスの焦点を正しく合せ、相手の顔をうかがった。

だが、佐枝子の表情は真顔のようだったし、伝わってきた声も冗談らしくなかった。

「そうなのよ。それがないと、株券は動かせないわ」

黒田は気を静めて少し考え、態勢をたてなおして聞きかえした。

「しかし、そんな必要はないと思いますよ。株券のうち十万円ぶんだけを、その人に渡せば、残りはかえしてくれるでしょう。わけを話して、たのんでみたらどうです」

「仏像を盗まれて、その身代金に必要だからって？」

「そこまでは、言わなくてもいいでしょう。相手の人が損をするわけでもないし、きっと、承知してくれると思いますがね」

だが、佐枝子は架空の設計図を、この点を解決したさらに完全なものにした。

「普通ならそうでしょうね。でも、ちょっとたちの悪い金貸しなの。一万株をひとまとめにした売渡し担保とかいう形式だとか称して、お金を持っていかないと、だめなんですって。あたしがばかだったのね」

「なんとかして流させ、それでもうけようという魂胆のようですね。ひどいやつです」

「あなただって、そうお思いになるでしょう。あたしもそれを考えるとあんまり腹が立つので、思い出したくなかったのよ。……十万円を貸していただけないのなら、あたしのかわりに、かけあいに行っていただけないかしら」

黒田は佐枝子の話に引きこまれそうになったが、なんとか自分をとりもどした。

「それは困りますよ。そんな仕事まで押しつけられては、たまったものではない」

「そうおっしゃられると、あなたにたのめる筋合いじゃあないわね。……この株券のお話は、思い出さなくても同じことだったわ。やっぱり、百万円は作れそうにないわね。仏像をかえしていただくのも、あきらめなくては……」

と彼女は残念そうな口調で言った。

「しかし、十万円があれば、その一万株が手もとに返ってくるのですか」

黒田はしばらく考え、未練のありそうな声を出した。交渉をここまでこぎつけたのに、いま投げ出したらまた出発点に戻らなければならない。十万円さえ出せば、工事の終った道路、油をさした機械のように、万事が円滑に進みはじめる場合なのに。

それを察したのか、察しなかったのか、受話器からは彼女の意外な返事が返ってきた。

「株をとり戻すには、十万円じゃ足りないかもしれないわ。二十万円ぐらいかしら」

「二十万円ですって? またどうして、そう急にふえる計算になるんです」

黒田は妙な声を出した。やっと投球モーションに入ろうとしたとたん、打者にバッターボックスを外された投手のような調子だった。

佐枝子からのその返事は、ボックスのそとでゆうゆうと汗をふく打者のような調子だった。

「利息のことを、忘れていたのよ。はじめに借りたのは七十万だったわ。少しずつ返して、いま残金が十万円になったところなの。だけど、その十万円がなかなか返せないし、いままでの利息も全部すんでいないから、それぐらいの利息になっている計算だと思うわ」

「すると、合計で二十万円を必要とするわけですね」

「ええ。でも、利息のほうは、十万にはなっていないと思うんだけど……」

と彼女はいくらか数字を下げた。

「二十万円ねえ……」

と黒田はつぶやき、それが電話線で彼女に伝わった。

「どうかしら、二十万円。お借りするのは、ちょっとの間でいいのよ。そのお金で株券を取りかえして、あなたにお渡しすればいいわけでしょう。一万株だから、少なくても百二十万円の価値はあるわ。そうすれば、お借りした二十万円を差し引いて、ちょうど百万円がそちらに残る計算になるでしょう。株価のあがるのを待てば、もっとになるわ」

佐枝子の話が論理的になったのに応じ、黒田の質問もまた、論理的になった。

「計算は、たしかにそうなります。しかし、二十万円をお貸ししたはいいが、株券がこっちの手に渡らない、という状態になったら困ります。なんのために冒険を試みたのか、わけがわからなくなってしまう」

「でも、あなたにはすでに、担保がいっているじゃないの。それをお忘れになっては困りますわ。素人には売りにくいといっても、あの仏像は捨て値でも二十万にはなる品よ。ですから、あなたが損をなさる心配はないわけでしょう。もちろん、あたしだって借り倒すつもりはないわ。仏像を、かえしていただきたいのですもの」

「それはそうでしょうが……」

「資金をお出しになって、もう一回、冒険をなさったらいかが？　それとも安全第一で、捨て値の二十万円のほうで満足なさるおつもり？　若いかたは、賭けをやってごらんになるべきではないかしら……」

佐枝子は、巧妙にしゃべりつづけた。えさに食いついた魚を、釣糸を切らさないように、少しずつたぐりよせている感じだった。ぼろ株をえさに、仏像を釣りあげなければならないのだ。

「お話の要点は、だいたいわかりました。しかし、少し考えさせて下さい……」

黒田はオペラグラスを置き、こぶしでまたひたいをたたいた。予想もしなかった形になった現状を、整理してみなければならない。

「……だいぶこみいったお話になりましたが、結局、仏像をとりもどすために、百万円をお払いになることになりますね」

と黒田は要約し、念を押した。思いきりがよすぎるように、考えられないこともなかった。

佐枝子はその点をも、巧妙にごまかした。

「あの仏像は、あたしにとって、かけがえのない品ですもの。それに、お金をたたきつけて、いやな金貸しと早く縁を切りたい気持ちも、おわかりになるでしょう」

「経験はありませんが、そうかもしれませんね。外国からのニュースには、膨大な手切金を払って離婚した、というのがよくありますが、金銭を超越できる力は、さっぱりしたいという衝動ぐらいかもしれません」

「そうときまったら、貸していただくのは、早いほうがいいわ」

「ま、まって下さい。まだ、きまったわけではありませんよ。いまのお話を、一人でよく考えてみてからです。また、決心がついたとしても、二十万円は大金ですよ。工面をするのにも、少しは時間をかけないと……」

「それもそうね」

「いずれまた、お電話します。では、きょうのところは、一応これで……」

と、彼は区切りをつけた。

「では、ご成功をお祈りするわ」

という彼女のあいさつで、電話は終わった。

黒田は受話器をかけ、その手でハンケチを持ち、汗をふいた。交渉中につかまらないですんだとはいうものの、身代金の請求のためにかけた電話が、相手から成功を祈られて終わる結末になるとは、予想もしなかった。

佐枝子は椅子から立ちあがり、静かな歩き方でロビーを横切って帰っていった。

彼女が視野から消え、黒田はオペラグラスをポケットにしまい、バーテンにウイスキーの追加を注文した。頭のなかでまだつづいている、コーヒーとウイスキーの戦争ごっこに、早くけりをつけなければならない。つがれたグラスを口に傾け、彼はウイスキーの援軍を送りこんだ。そして、何回か息をつくと、やっと気分が落ち着いてきた。

いまの会話に、バーテンが不審を抱いたのではないかと、いくらか気になった。しかし、よく考えてみると、二十万円をつごうする話で終わったのだから、その心配はなさそうだった。彼は、お客さまのなさることに余計な干渉はいたしません、という態度のそのバーテンに支払いをすませ、パール・ホテルを出た。

黒田はタクシーに乗り、マンションに戻った。部屋に入ると、副島須美子が椅子にかけてぼんやりとしていた。二人はそれぞれ、どこか気の抜けたような相手の表情を、しばらくのあいだ見つめあった。やがて、須美子が話しかけた。

「どうだったの、身代金の交渉は？」

「ああ。二十万円だすことで話がついた」

「まあ、ずいぶん少ないのね。もっと大きく持ちかけるのかと思っていたわ」

「いや、その二十万円は、むこうからもらうのではなく、こちらから出すお金だ」

という黒田の答に、須美子は目を丸くした。

「まあ。どうして、そんなことになったの。信じられない話だわ」

「ぼくでさえ、考えもしなかった結末だ」

「仏像をスマートに持ち出したつもりだったけど、なにか証拠になるような物を落したか、指紋が残っていたかしたのでしょう。それを見つけた松平さんに、脅迫されたわけね。二十万円を出さないと、警察に訴えるとか……」

彼女は気になっていた心配を、想像の形で話しはじめた。黒田はそれをさえぎり、

「いや、つかまるような、へまはしていない。しかし、仏像の身代金の百万円を作るために、二十万円が必要なんだそうだ」

「結婚をするために仕度金を出したり、入札について保証金を入れたりする話は聞いたことがあるけど、身代金を取るのにも準備金がいるなんて……」

須美子は事情を知りたがった。彼は松平佐枝子との、交渉のあらましを説明した。その二十万円を渡すことにより、相手は百二十万円ほどに相当する株券を質屋からうけ出す。それと引き換えに仏像をかえす……。

須美子はうなずきながら聞いていたが、

「理屈は通っているけど、変なことになったものね。泥棒に追い銭とかいうことわざがあるようだけど、それを逆にしたみたいね。頭をすっきりさせて、検討してみる必要がありそうよ。コーヒーでもお飲みになってみたら?」

彼は手と頭とを振った。

「やめておこう。さっき空き腹で飲んだコーヒーとウイスキーとが、頭にかけあがってひろがり、まだ妙な気分だ。いかに均整が好きなぼくでも、この二つが頭のなかで均整を保っている状態は、あまり好きでない」

「気持ちが悪い?」

「ちょっと説明しにくいな。……きみの顔も、夢と現実のカクテルのような表情に見えるよ」

「あら、それは黒田さんのせいじゃないわ。あたしのせいよ。お留守のあいだに、この部屋でわけのわからないことがおこったわ……」

彼女は、黒田の留守中に刑事の訪問を受けたこと、面白半分にその手帳をすりかえたこと、だが、あとで調べると、確かにすりかえたはずのオモチャの手帳が、そのまま残っていたことを話した。

「なるほど。幽霊かもしれないな」

「いやよ、驚かしたりしては」

と彼女は高い声をあげた。

「いやなのは、幽霊ではなくて、きみの幻覚だった場合のほうだろうな。神経科の病院に送りとどけなくては、ならなくなる」

「それも好ましくない状態ね」

「幽霊でもなく、幻覚でもないとすると、残ったのは、その男が、にせ刑事ではなかったかということになる」

と黒田が言うと、須美子はうなずいた。

「あら、そうとも考えられるわけね。……そういえば、どことなく上品で、おっとりとしていて、刑事さんらしいところがなかったわ」

「そんなことを口にしたりすると、本物の刑事に怒られそうだな。にせのほうが上品だなんて……」

彼女は笑いながら、

「じゃあ、言いなおすわ。迫力と緊張感に欠けて、まがぬけていたようよ。本物だったら、服を脱いで渡すなんて不注意はしないでしょう……。でも、あたしは手帳を出されたので、すぐに信用してしまったわ。心の底では役人をこわがっているという、日本的性格の持ち主であることを、はしなくも暴露してしまったわけね」

「いや、そう気にすることはない。にせ刑事というやつは、そもそも、なかなか防ぎにくい、やっかいな犯罪に属している。本物の手帳がどういうものかを大衆に知らせておかないと、発見できない。といって、あまり知らせすぎると、偽造の手帳が現れる……」

彼は批評家ぶった口調で言い、そのオモチャの警察手帳をそっとつまみあげ、鼻に近づけた。須美子はふしぎそうに聞いた。

「なにをしているの？」

「においをかいで、落し主をさがすのさ」

「それは無理でしょう、犬でもないと」

「もちろん、犬にやらせる。メルヘンの主人が犬を飼っている。いつだったか、この犬はナチの秘密警察の完成した訓練法でならした、とか言っていた。本当かどうかは知らないが、いずれその犬を借りて、にせ刑事をつきとめることにしよう」

黒田は手帳を紙に包んで、戸棚にしまった。彼女は話をもとに戻した。

「……それで、二十万円のほうはどうするの。やはり、松平さんに渡すつもり？」

「ああ。そのつもりだ。しかし、まずその金を用意しなければならない。きみの家にかくしてある、例の仏像を質屋にでも入れるかな」

「ちょっと待ってよ。そんなことをしたら、身代金と引き換えに、仏像がかえせなくなるじゃないの」

「その解決法として、きみにひとつたのみができた。あの仏像の模造品を大至急で作ってくれないか。引き換えの時には、一応その模造品を渡すことにする。このあいだの話だと、きみはたしか、彫刻をやっているとか……」

「ええ。だけど、あんな名作の模造は、そう簡単にはできないわよ。時間もないし、才能もないし……」

「駄作でいいよ。大きさと、だいたいの形が似ていれば、それでいいんだ」

「駄作とはひどいわ。けんそんで言ったのに……」

と須美子は文句を言ったが、やがてつぶやいた。

「……でも、勉強になるから、やってみようかしら」

アンテナ

地下鉄の銀座駅。

黒田一郎はズックのカバンを片手に、その改札口の近くの壁ぎわに、ぼんやりと立っていた。副島須美子に問題の仏像の模造をたのんでから、四日ほどたった午後。彼女から、いちおう作ってみた、との連絡があり、ここで待ちあわせることにしたのだった。

黒田は腕時計をのぞいた。だが、いらいらした表情はなく、あたりのざわめきを味わっているといった感じだった。彼のようにマンションの四階で暮していると、時どき、生物としての都会に接したくなる。

まわりには、地下鉄特有の、湿気を含んだ空気がこもっている。それは都会の分泌している汗のようだった。また、一種のにおいがただよっている。浅草のにおい、日本橋、新橋、赤坂、渋谷などのにおい。これらをまぜあわせた東京の体臭というものがあるとすれば、それはこの地下鉄のにおいにちがいない。

地底をはう音が大きくなり、車両がホームに入ってくるたびに、なま暖かい空気が動き、巨大な吐息を思わせる。それにつづいて人びとの流れが激しくなり、また、とだえるようにまばらになる。ある周期をもって繰り返されるさまは、脈を打つ太い血管のようでもあった。

しかし、その脈の一部にかすかな乱れが起りはじめた。一個所の壁面のそばに、人だかりができはじめたのだ。

人びとは好奇の目つきをむけ、なかには首をかしげる者もあった。そして、そのような行為は、さらに何人かを引きつけた。

その壁面から、アンテナが出ていた。湾曲した針金が、花びらのように四つ。針金のところどころには、小さな枝分れのように、細い針金が出ている。そして、ゆっくりと回転している。

やがて、やじうまの代表という感じの男が、駅員に話しかけ、駅員は迷惑と不審と同情のまざった身ぶりで、その男の顔をしげしげと見つめかえした。

そんなさわぎを横目でながめていた黒田は、ふいに声をかけられた。

「お待ちになった?」

彼がふりむくと、ボストンバッグを持った副島須美子が、そばに立っていた。彼は

腕時計を見せながら、

「約束の時間はいまだよ。もっとも、ぼくは早く来てしまった。下町の親戚の工場に寄ったのだが、用事がすぐ片づいてしまったのでね」

だが、須美子はあたりのざわめきに、すぐ気がついた。

「なにかあったの？」

「なにかを探知する、レーダー的な装置ができたらしい」

「まさか。そんなことが……」

「ありえないからこそ、さわぎになるのさ」

須美子はそう言われて、人だかりの頭ごしに、自動販売機のそばの壁面についている妙なアンテナをみとめた。

「あら、ほんとだわ。どんなふうになっているのかしら。近よって見てきましょう」

目を丸くして歩きかける彼女を、黒田はひきとめた。

「よしたほうがいいよ。やじうまに参加したい欲望を押えられるかどうかが、その人間の教養度を決定する。一犬虚にほえ、万犬実《じつ》を伝う、というやつさ。歴史上のくだらない大事件のほとんどは、ひとりの狂人のたわごとと、やじうまとの協力による作品だ。ここでにやにやしながら、やじうまのさわぎを見物しているほうが、はるかに面白いし、楽しい」

「でも、気になるじゃないの。好奇心のない人間は、調味料を使わない料理のようなものよ。存在価値がないわ」

「変な格言を作り出したな。しかし、この場合はちがうんだ」

「なぜなの……」

二人が見ていると、駅員が人ごみをかきわけて、自動販売機に近づいた。そして、手をのばしてアンテナをもぎとり、駅の事務室のほうに持ち去っていった。やがて人だかりは散り、そこのようすはほかのと同じ存在にもどった。

須美子は笑い声をあげた。

「なあんだ。だれかの、いたずらだったのね」

「そうだ」

「よく考えてみれば、あんなものにレーダーが取りつけられるわけがないわ。それなのに、あれだけ人が集ったのだから、人間て案外たあいがないものね。和製のウイスキーを外国製のビンに入れかえて並べておくと、バーのお客たちがありがたがって飲むそうだけど、それと同じようなものね」

「そういうきみだって、手帳を出されただけで、にせの刑事を信用しちゃったぜ」

と黒田はこのあいだのことをからかった。彼女は顔を赤くし、舌を出した。

「やられたわね。……でも、いまのいたずらは、ちょっと気がきいていたわ。きっと、頭のいい人が考えついたんでしょうね」

「ああ、ぼくもそう思うな」

「黒田さんは、ずっとここに立っていたのだから、どんな人がやったのか、気がつかなかった？」

「気がついたとも」

「で、どんな人だったの？」

黒田はそれには答えず、手に下げていたズックのカバンを少し開いた。須美子はなかをのぞきこんでみた。

そこには、いまのと同じアンテナがいくつか入っていた。コードはついてない。台の裏がゴム製の吸盤になっているとわかる。須美子は小声で叫んだ。

「まあ、黒田さんがやったのね」

「気のきいた物を作った、頭のいい人物とは、すなわち、ぼくということになる」

黒田は面白そうに微笑した。須美子はしばらく、あっけにとられていたが、そのうち聞かずにはいられなくなった。

「どうして、そんな物を作ったの。しかも、たくさん。どこで作ったの。どうするつもりなのよ」

彼はその説明をした。

「さっき、しばらくぶりで親戚のオモチャ会社に寄ったのだ。松平さんに渡す、例の二十万円を借りようかと思ってね。だが、行ってみると、思いがけない幸運が待っていた」

「なんだったの？」

彼女はさきをうながし、黒田は手のカバンをたたいた。

「だいぶ前にこのアイデアを思いついて、渡しておいたのだが、見本を作ってアメリカの商社に送ったらしい。むこうでは売れると見込みをつけたらしく、まとまった注文が成立していた。ゆっくり回るのが、意味ありげでいいらしい。苦心したのは、壁にくっつけるしかけのほうだがね。工場では大量生産をやっていたよ。そして、ぼくはまとまったボーナスをもらうことができたわけだ」

「よかったわね。……だけど、こんな無意味なものが、そんなに売れるのかしら」

「意味のある物、機能のある物、価値のある物、それだけに取り囲まれて生活していると、人間はどうかなってしまうんじゃないかな。これからは、無意味なものが生活の必需品として、大きく浮かび上ってくるらしい」

「買った人は、なんに使うのかしら」

「たとえば会社なんかでは、金庫の上にとりつける。来客はふしぎがって眺め、たまりかねて質問する。そこで冗談とわかり、おたがいに打ちとけ、商談がすらすらとまとまる、ということになるかもしれない。アメリカ人は冗談が好きだから、いろいろな利用法を考え出すだろう。トイレのなかの壁にくっつけるとか……」

須美子は興味をそそられた。

「ちょっと実験してみない？」

「ああ。やってみるか」

二人は地下道から出て裏通りに曲った。高級な洋品店だの、バーなどが並んでいる通りだった。

速力を落した小型の乗用車が、二人のそばをゆっくりと追い越していった。その時、黒田はカバンからすばやくアンテナを出し、自動車の屋根の上に押しつけた。

その自動車はそのまま進み、大通りに出る所で一時停止した。通行の人たちは、なんのために取りつけてあるのかと、興味深いようすで車内をのぞきこみ、べつに変ったものもないので、つぎにはさらに、ふしぎそうな目つきになった。

一方、運転席の男はなぜ人びとがのぞきこむのか、わけがわからず、不審と不満と不安の混合した表情だったが、やがて速力をあげて大通りを走り去った。

「車を下りて気がつくまで、何回となくのぞきこまれるだろうな」

「いくらか、人の悪いいたずらじゃなかったかしら」

妙なアンテナを屋根にくっつけたまま、遠ざかって行く車を見送りながら、須美子は気になるように言った。

「どちらかといえば、善良とはいえないだろうな。しかし、安い物とはいえ、あのアンテナを進呈したわけだし、いまの人もそれを使って、新しい方法のいたずらを考え出して楽しむことだろう。それに、しばらくは話題にも困らない。だから、その埋め合せは、充分についていることになる」

「そういえばそうね。……なにかもっと、べつな物にくっつけてみたくなったわ」

彼女はいたずらっぽい声に変った。

「じゃあ、デパートにでも入ってみるか。いろいろな品物がそろっている。気のきいた品があったらメモして、アメリカの商社に知らせてやろう」

と黒田は提案し、二人はデパートに入った。まず、エレベーターで最上階にあがり、売場を歩きながら、下の階に移っていった。

「あったわ。ほら、あれにつけてみたらどうかしら。きっと、傑作だと思うわ」

ふいに須美子は、黒田を軽くつっついた。彼はそのほうを見たが、苦笑しながら首をふった。

「なるほど。たしかに傑作にはちがいないが、どうもね……」

そこは仏壇の売場だった。陳列してある、黒檀《こくたん》でできた仏壇の上にアンテナをのっけてみる試みには、たしかに面白みはあったが、また、抵抗感もあった。

「あたしはいいアイデアだろうと、思うんだけどな。あの世と、次元を超えて連絡しているようで」

「神棚より似合うね。……しかし、ここでやってみるのはよそう。仏壇売場は閑散としていて、店員は退屈そうな顔をしている。いたずらをしたら、すぐに飛んできて注意されそうだ」

二人はそこを離れ、下の階におりた。だがそこは呉服売場で、アンテナのオモチャをのっけてみるのに適当な物はなかった。

その下の階は電気器具の売場だった。各社の製品が並んでいたが、ここでは使いようがなかった。

その階を少し歩いてみると、冷蔵庫が陳列してあった。黒田は女店員のすきをうかがい、冷蔵庫の上にニセのアンテナをとりつけた。冷蔵庫を万引きする者などは、考えられないせいか、店員たちはだれも気づかなかったようすだった。

彼は須美子とともに、はなれた所に立って、人びとの反応をうかがった。

やがて、二人連れの男がそれを目にとめたが、急ぎの用でもあるのか、足もとめず、こんな会話をしながら通りすぎていった。

「おい、アンテナつきの冷蔵庫が出たらしいぞ」

「販売競争がはげしくなったからな。それぐらい出来るだろう。電気製品を買うのは、おそいもの勝ちだな。毎年毎年、便利になる」

「デラックス型というやつだな。付属品がたくさんつけば、高級品になる。われわれ日本人は組合せを作る名人だ。いまに、時計つきのガクブチとか、自動消火器つきのストーブとか……そうだ、お棺にも使えるベッドなんかを、考え出すやつがあらわれるかもしれないぞ。万能崇拝の国民性もいいが、ほどほどでないと、あまり感心できないな」

「なんだ、そういうきみだって、二十何種かの成分を含有していると称する、妙な名の保健剤を、ありがたがって飲んでいるくせに」

二人は笑いながら行ってしまった。須美子は黒田と、拍子抜けしたような顔をみあわせた。

「驚かない人もいるなんて、ちょっとした驚きね」

「あんな連中は、ライオンぐらいの大きさのウサギを見ても、UFOが目の前に着陸しても、ありうることさと、まったく動じないんだろうな。考えてみると、困った傾向だ。そんな人びとがふえているとなると、わがビックリ箱の産業も、かならずしも永遠の安定企業でなくなってくるぞ……」

しかし、その時、こんどは中年の婦人が、問題の冷蔵庫の前で立ちどまった。そして、ふしぎそうな顔で、手をのばして扉をあけ、なかをしげしげとのぞきこんだ。そのうち、それに気づいた若い女店員がやってきて、説明をした。

「これは最新型で、あらゆる性能が完備している製品でございます」

「なにをリモコンするんですの」

「それは……」

と首をかしげる店員に、婦人の客は上のアンテナを指さした。

「それとも、なかの物がくさりかけた時、それを知らせる電波を出すためのアンテナですの?」

女店員はアンテナに触れてみたが、底の吸盤で固着しているため、簡単には動かなかった。女店員は同僚を呼び、またも、やじうまがどこからともなく集りはじめた。

黒田と須美子は、いいかげんでその場をきりあげた。

「やはり、物見高い連中はまだまだ多いようだ。アメリカでも同じことだろう。冗談あそびのオモチャとしてのこのアンテナも、まああの成績をあげるにちがいない。もらったボーナスが多すぎたのではないかと、気にすることもなさそうだ。かくして、きょうは運よく、思いがけない金が用意できた。この調子だと、万事うまくいくだろう。さっそく、松平さんに送ることにしよう」

「本当に送るつもりなのね」

「ああ。えさをつけずに魚を釣ろうとする精神は、よくないからな」

「贈り物なしで、女の子と交際しようとする精神もよくないわ。あたしにも、なにか買ってくれる気はないの」

と須美子は抗議をした。

「そう物質的なことを言うなよ。ぼくと知りあってから、無形的にずいぶん得るところがあっただろう。それに、この際は重大な計画が進行中だ。完了まで待ってくれ。まもなく、百万円が入ってくる。物質的なことは、それからにしてくれよ」

黒田の話に、彼女はすなおにうなずき、笑いながら言った。

「男の人って、目的に熱中しはじめると、だれでも同じような状態になるものね。あたしは、安心して待っていることにするわ。黒田さんを信用しているし、それに、問題の仏像はあたしの家に、人質になっているのよ」

「おいおい、この大切な時期に、問題をさらに複雑にするようなことを、言い出さないでくれよ……」

こう言いながら、黒田はオルゴールの売場に寄った。そして、いろいろなメロディーのを調べたあげく、モーツァルトの子守唄の鳴る箱を選んだ。須美子はふしぎそうに聞いた。

「どうするの、そんなもの買って?」

「松平さんへの贈り物さ。この曲ならば、心がなごやかになって、こっちへの信用が高まるだろう」

彼は店員を呼び、代金を払いながら、

「贈り物として、配達をお願いします」

「かしこまりました」

「それから、オルゴールのなかに、この手紙を入れて届けて下さい」

と黒田は内ポケットから、封をした白い封筒を出した。なかには一万円札が二十枚はいっている。

「かしこまりました。明後日にはお届けできましょう。で、のしは、おつけいたしましょうか？」

予期しなかった質問に、彼はとまどった。

「のしをつけて……。そう、内祝とでも書いて下さい」

彼は届け先として松平佐枝子の住所を書き、差出人のほうには架空な所を記した。

それをすませて、彼は須美子にささやいた。

「いまの世の中で、絶対に信用できる存在といったら、一流のデパートぐらいしかない。あの二十万円は、確実に松平さんに届くだろう」

デパートを出た二人は、裏通りをしばらく歩いて、上品そうな喫茶店をさがして入った。落ち着いた感じのつくりで、客は少なかった。静かなピアノ曲が、内部の空気のなかをやわらかく泳いでいた。

「感じのいい店ね」

「ああ。十代の連中の集っている店は、しっくりしないね。いつの世でも、そうらしいけど」

壁ぎわの椅子に腰をおろし、須美子はため息をつきながら言った。

「ああ、くたびれちゃったわ。デパートのなかを歩くっていうのは、けっこう疲れるものね」

「品物に気をとられながら、つい歩いてしまうからさ。売場を全部まわると、十キロ以上もの距離になるとかいう話だ。ボールを追いながらゴルフ場をまわるのと、原理の点では同じことだ。将来、太陽灯と空気清浄装置が完備したら、デパートのなかを歩くほうが、ゴルフに行くよりはるかにいい運動になるだろう」

二人は紅茶を注文した。やがて紅茶が運ばれてきて、レモンのにおいがかすかにただよった。黒田は口をつけ、身を乗り出して言った。

「ところで、仏像の模造品を早く見たいものだな」

「ええ、実物以上の傑作よ」

須美子はボストンバッグをあけ、仏像を出してテーブルの上においた。

「や、これがそうなのか……」

彼はしげしげと眺めた。もちろん似ていないことはなかったが、数百年まえの仏像と称するにしては、表情をはじめ、どことなく近代的だった。現代物しかやったことのない新劇の俳優が、不意に映画にひっぱり出されて、一夜づけで江戸時代の殿さまの配役を押しつけられた、という感じがしないでもなかった。

「どうかしら。あまり急がされたから、いくらかあたしの個性が出ちゃったかもしれないわ。だけど、寸法は合っているわよ。バスト、ウエスト、ヒップ、身長。みな本物どおりよ」

「まあ、いいだろう。完全を望むのが無理なことは、こんな場合、しかたがない。……だが、古色蒼然《そうぜん》とした色あいがよく出ているな」

と黒田はその点には感心した。

「図書館で調べたら、硝酸という薬品を使うといい、とあったの。ためしにやってみたら、表面が黒っぽくこげて、わりとうまくいったわけよ」

「なるほど。ひとつ、その硝酸とやらを、飛行機で空からまいたら面白いだろうな。東京の浮わついたけばけばしさが、おさまるかもしれない」

テーブルの上の仏像の模造をなでながら、須美子は不満めいた口調で言った。

「これも松平さんにあげてしまうわけね。さっきは二十万円を送ったし、最初には小型テレビを進呈したし、つぎこむ一方じゃないの……」

黒田はあわてて弁解した。

「まあ、そう言わないでくれ。きみへのこの彫刻代は、成功の暁に必ず払う。きょうのところは、なにかごちそうするから、一応かんべんしてくれ」

「じゃあ、うんと豪華なものを食べることにするわ。これだけの彫刻を作るのに、けっこうエネルギーを使ったのよ。その実費だけでも、補給しなくては」

黒田はさっきアンテナを入れていたズックのカバンを出し、仏像の模造をそれにしまった。

喫茶店を出ると、薄暗くなりかけた街の空で、ネオンの花が咲きはじめていた。二人は名の知られた中国料理店に入って夕食をとった。

食事をしているうちに、須美子は思いついたように言った。

「だけど、テレビの犯罪物なんか見ていると、たいてい身代金を受け取る時に、つかまってしまうようよ。この点についての、対策はあるの？」

黒田はビールのグラスをあけながら、意見をのべた。

「こんな方法はどうかと考えているんだが……。あらかじめ、相手の家のそばに犬をつないでおく、それから、電話をかける」

「なんてかけるの？」

「その犬の首に、包みを結びつけろ。そして、すぐに犬を放せ、とね。犬は勢いよく駆け戻ってくるわけだ。行方をつきとめようとしても、人間の足では追いつけない。また、交通の混雑する時刻を見はからってやれば、自動車をもってしても、追いかけることは不可能だろう。犬に追いつけないんだから、そこが自動車のあさましさ……」

　彼は愉快そうに笑ったが、須美子は疑問を一つ提出した。

「途中で犬がひかれでもしたら、ことよ。小説の出だしの場面なら面白いけど、現実に起ったら、なにもかも水の泡だわ」

「大丈夫と思うな。混雑の時刻なら、乗り物はすべてのろのろ運転だから、その心配はあまりない。交通の混雑する時刻は、統計的に事故が最も少ないそうだ。……交通事故による死傷を防ぐつもりなら、道路の拡張を中止して、乗り物にのろのろ運転させろ、なんて投書が新聞にでていた。投書したやつは、どこかの神主だったが、妙なことを考えつく神主がいるものだな……」

　彼女は首をかしげながら聞いていたが、

「お話を聞いていると、うまく行きそうだけど、なんとなく、机上の空論的な感じがするわね」

「それでいいのさ。共産主義にしろ、養殖真珠にしろ、そもそものはじめは机上の空論だったはずだ」

「でも、よく検討してみたほうがよさそうよ」

食事を終え、須美子はお茶を飲みながら言った。黒田はタバコに火をつけてから、

「もちろん、研究はしてみるよ。メルヘンの主人のフリッツが、犬を飼っている。これから寄って、それとなく聞いてみるとするかな。いっしょにくるかい」

「きょうはやめておくわ。仏像つくりで、このところ、ちょっと睡眠不足なの」

二人は中国料理店を出て、そこで別れた。

黒田はタクシーに乗り、二十分ほどでメルヘンについた。夕食どきのせいか、席は満員で、黒田はすみにある、バーのカウンターの椅子にかけた。フリッツは注文を聞きに来た。

「なにになさいます」

「食事はすんだ。じつは、ちょっと聞きたいことがある。しかし、忙しそうだな。しばらく、ビールでも飲んでいよう」

「そうしてください」

フリッツは黒田の前に、ビールのびんと、グラスと、チーズの皿とを出した。それをゆっくりと飲み終わったころ、店の忙しさが一段落し、フリッツが戻ってきた。

「黒田さん。なんのお話です」

「あなたは犬にくわしいのでしょう」

「ええ、普通の人よりはね」

黒田は、犬を利用しての身代金の運搬について、どう質問したものかと、さっきから考えていた。しかし、あからさまに聞いては、あとで表ざたになった時に困る。といって、遠まわしに聞く方法も思い浮かばなかった。

そこで彼は、ひとまず別な問題のほうから取りかかることにした。

「このあいだ、にせ刑事がやってきたのですよ。まぬけなやつで、手帳を落して行った。その手帳のにおいで、相手をつきとめられないかと思うんだが……」

「近くにいる人なら、できるでしょう。お手伝いしましょうか。わたしの犬は最新の訓練をほどこしてありますから、優秀ですよ。ごらんになったことがあるでしょう」

黒田は苦笑いしながら、

「失礼だけど、見たところでは、あまり素性の正しい優良種らしくありませんね」

「そんなことを言ってはいけません。人間とは勝手なものですね。人間自身については、人種や素性などによる差はない、大切なのは教育だ、などと言っている。そのくせ、犬については優良種の存在を信じている。どこかに、なにか微妙な矛盾がありそうですね……」

「いや、お説はよくわかりました。では、あなたのお手並み、いや、犬のお手並みを拝見させて下さい」

「いいですとも。わたしは毎朝、犬をつれて散歩をします。その手帳を持って、おいでください。いっしょにさがしましょう。もっとも、雨の日は中止ですが、うまくつきとめることができるといいですね……」

二十万円

雨が降っていた。空が義理をはたしているような、申しわけ程度の雨でなく、といって、どしゃ降りでもなかった。いかにも雨らしい雨として、降りつづいていた。

松平佐枝子は座敷のなかで、なんということなく机に身を寄せて、ガラス戸ごしに庭を眺めていた。若すぎもせず、年をとりすぎてもいず、いかにも女らしい姿だった。

世の中には、男性のなかにあって初めて女性らしさのあらわれる女も多い。だが、彼女の場合はひとりでいる時も、たえず女性の香気を発散しているようだった。

その昼すぎの時間は、雨や彼女と歩調をあわせて、静かに流れていた。そのうち、ふすまをあけて婆やが入ってきた。

「お嬢さま。お茶をいれてまいりました」

「あら。どうもありがとう」

ぼんやりと答えた佐枝子を見て、婆やは気づかわしげに言った。

「テレビでもごらんになったら、いかがです。盗まれた仏像のことを、くよくよとお考えになるのは、からだのためにもあまりよくございません。……あのテレビ塔からは、いまでも電波が出つづけです。それを見物しないでいるのは、もったいないような気がします。あたしのような年寄りは、どうもむだということが、気になってなりません」

婆やは雨に煙る東京タワーのほうを指さした。本気でそう思っているようにも、また元気づけるための冗談のようにもとれた。

佐枝子はゆっくりと笑いながら、

「いいのよ。乾いた砂漠ならば、テレビの西部劇でいつでも見物できるわ。だけど、雨だれが植木の葉に当り、集って流れ、どこへともなく地面にしみ込んでゆくところは、こんな日でないと眺められないわ。こういうことで時間をつぶすのは、現代では一種のぜいたくよ。テレビをつけなくたって、べつに、ばちが当るわけでもないでしょう」

「それはそうですけど……」

「それにあの小型テレビは、仏像が盗まれちゃった時に、泥棒が気をそらせるのに使って置いていったものでしょう。それを思い出すと、スイッチを入れる気にもならないわ」

佐枝子は座敷のすみのテレビに目をやり、ちょっと、いまいましそうな表情になった。

「でも、なんにもなさらないでいると、気がめいってしまいましょう。といっても、この雨ではお出かけになるわけにもいきませんし……」

「あまり心配しなくていいのよ。晴れた日より、雨の日のほうが好きなんですもの」

「そういえばこのあいだ、晴れた日にはいやなことが起ると、お話しになっておいででしたね」

「ええ。雨の日は、人間がいくらか人間らしくなる日ですもの。きょうのような日には、なにかいいことが起るんじゃないかしら」

「だとよろしいんですが……」

その時、玄関のほうで来客のけはいがした。婆やは立ちあがって、座敷を出ていった。やがて、美しい包装紙に包まれた品を二つ、手に持ちながら戻ってきて報告をした。

「デパートからの配達でした」

「なにが届いたのかしら。このところ、デパートに出かけて、買物をした覚えはないんだけど……」

と佐枝子はふしぎそうに言った。婆やはそれを机の上に置き、貼《は》ってある紙の名前に目を走らせながら、

「贈り物のようでございます。一つは知らないかたですが、もう一つは、文正証券の田島さまからです」

「あけてみましょう」

佐枝子はまず、田島からの包みをほどき、彼の名刺がそえられてあるのを見つけた。先日は不注意のため損害をおかけ致し、申しわけございません、とりあえず、おわびの印として……。といった意味の文が、書き加えられてあった。彼女はそれを読んでから、つぶやいた。

「ほんとに義理がたいお話だわ。こんなにして下さらなくてもいいのに。あとで、お電話でもしておきましょう……」

彼女は今となっては、田島にむしろ感謝したい気分になっていた。手ちがいとはいえ、彼のおかげで、まぎらわしいぼろ株の一万株を、つかまされてしまったのは事実だった。しかし、損は五万円にとどまっているし、仏像を取りもどすのに、それがうまく利用できるかもしれない情勢になってきている。

「なかは、なんでございましょう。けっこう重い感じでございましたが……」

と婆やはうながすような声を出した。佐枝子はボール紙の箱をあけて、小さく叫んだ。

「テレビだわ。小型のテレビよ。ふしぎねえ。いま、泥棒の置いていったテレビでは見たくない、なんて話していたばかりでしょう。きょうは、願いのかなう日かしら……」

そして、もう一つの包みを手にし、首をかしげながらつぶやいた。

「……知らないお名前だわ。どなたかしら。贈り物を下さるようなかたは、いまのところほかに心当りがないけど……」

「もしかしたら、あの神主さんではございませんでしょうか。このあいだのようすでは、お嬢さまに気があるようにも……」

と婆やは言いかけ、佐枝子は少し赤くなりながら、たしなめた。

「まあ。そんな品《ひん》のない言葉を使っては、だめよ。第一、あの時はじめて会ったばかりだし、お話は仏像を取りもどすための相談よ。それに、お名前は牧野さんとおっしゃるのよ」

包みの贈り主の名は未知の人でも、あて先はここで、配達ちがいではなかった。

「では、だれかのいやがらせでは。……あたしは泥棒が入ってからというものは、すぐに悪いほうに気をまわしてしまいます。ノイローゼとかいう病気にでもかかったのでしょうか」

と婆やはひたいに手を当て、ため息をついた。

「大丈夫よ。デパートが配達してきたのですもの。変な品物のはずがないわ。それに、きょうは、悪いことの起らない日らしいもの」

佐枝子はこう言いながら、包みをあけた。彫刻をした、小さな木の箱がでてきた。

「きれいな箱でございますね。でも、なかから、とんでもない物が現れて、驚かされるのでは……」

と、こわごわのぞきこむ婆やを、佐枝子は笑った。

「仏さまが盗まれた時のことを考えたら、あれ以上の驚きはありえないわ。それより、婆やがノイローゼになったことのほうが、思いがけない現象よ」

彼女はためらうことなく、箱のふたを開いた。モーツァルトの子守唄のメロディーがはじまった。雨だれが金や銀でできていたら、こんな音をたてるのではないかと思われる、オルゴール特有の音色《ねいろ》だった。

彼女はしばらくその曲に耳を傾けていたが、箱のなかに白い封筒があるのに気がついて、なにげなく封を切り、叫び声をあげた。

「あら。びっくりしたわ」

「なんでございます、お嬢さま。驚くことはない、とおっしゃったばかりではございませんか」

封筒のなかに一万円札が二十枚あるのを知って、佐枝子は説明した。

「このあいだの泥棒からの、贈り物よ」

「えっ。泥棒から……」

と婆やは身をひいた。泥棒ノイローゼも、まんざらうそではなさそうに見えた。

「二十万円を送ってきたのよ」

「そうでございましたか。少しは良心があるようです。だけど、簡単に信用なさってはいけません。にせ札かもしれません」

「大丈夫よ。この感触の一万円のにせ札は、作るのも使うのも大変で、ありえないそうよ。もし、にせ札としたら、額面以上の価値のある存在になるわ」

「泥棒がそんな大金を送ってくるとは、どういうつもりなのでしょう。そんなお金を受け取ったりすると、あとのたたりが……」

「いいのよ。わけを話してあげてもいいんだけど、ちょっとこみいっているから、そのうち、ゆっくりしてあげるわ。でも、まさか本当に送ってくるとは……」

佐枝子は面白そうな口調で言い、ぱらぱらと快い音を立てて、お札の数をかぞえた。そして、立ちあがって、座敷のすみにある鏡台の引出しにしまった。

オルゴールは曲をかなでつづけ、佐枝子はそれにあわせて、楽しそうに歌った。婆やはわけがわからないので、あっけにとられた表情になった。

そのため、玄関のほうの、

「ごめん下さい」

という声が耳に入らず、二度くりかえされて、二人はやっとわれにかえった。婆やは玄関にむかい、戻ってきて告げた。

「あの、神主さんがおみえです」

「ここにお通ししてちょうだい」

と佐枝子は命じ、あたりに散らばっている包み紙を、手ぎわよく片づけた。そして、やがて入ってきた牧野邦高を迎えた。

「このあいだは突然おうかがいして、長いことおじゃましてしまいました。あとで考えて、ご迷惑じゃなかったかと……」

「いえ、どうせわたしは、ひまな身分です。……しかし、それにしても、いいお声ですね」

邦高はすすめられるのに応じて、座布団にすわりながら言った。彼女はそれで、いまの歌声を聞かれてしまったことに気がつき、あわてて口を押えた。

「あら。……ところで、盗まれた仏像について、なにか手がかりでもつかめまして？」

佐枝子は急いで、邦高が答えなければならない方向へと、話題を変えた。

「まだ、慎重に探偵中というところです。いちおう盗まれた現場も拝見しておきたいと思い、出かけてきたわけです。きょうは雨で、うちの吉蔵も植木の仕事に出かけられず、ちょうどいいので、留守番をまかせてあります」

彼も、当りさわりのない返事をした。刑事をよそおって黒田の部屋を訪れ、意外なことの連続にであったことは口にしなかった。にせ刑事がばれそうになり、逃げるように帰った話は、あまり名誉なことではない。

しかし、邦高はいくらか探偵らしさを示さなければ悪いと思い、もっともらしくハンケチを出し、手を包んでそばの小型テレビを持ちあげて言った。

「これですな、犯人の残していった品は」

「あら、それはいまデパートから届いた品よ。例のテレビはあれ。だけど、相手は手袋をしていたから、いずれにしろ指紋は残っていないわ」

彼女は床《とこ》の間のほうを指さした。邦高はうなずきながら、

「なるほど。犯人は費用を節約して、安物のテレビを使い、すぐこわれてしまったわけですな。考えられることです。それで、新しくお買いになった……」

「いいえ、犯人の置いていったのは、立派な新品だったわ。これはもらい物なのよ」

「そうでしたか。……で、このテレビの音楽にあわせて、いまお歌いになっていたのでしょう」

「ちがうわ、このオルゴールよ」

佐枝子はオルゴールのふたをあけ、メロディーをわきあがらせた。邦高は座敷に入ってきてからの推理がことごとくはずれ、頭をかきながら、曲に耳を傾けた。

「いいご趣味ですね。もっとも、いくらか少女趣味的な感じはしますが……」

「あら、あたしはそんな物は買わないわ。それも、もらい物。しかも、犯人からのよ」

邦高の推理は、またもはずれた。

「少女趣味の犯人ということになりますな。相手の性格についての、一つの手がかりになります。……しかし、なんで犯人がこんな物を……」

邦高は犯人からの贈り物と聞いて、いささか驚いた。だが、いままでの失点を取りかえすべく、腕を組みながら、重々しい声を出そうと努めた。佐枝子は笑いながら、説明にかかった。

「あなたのご指示に従ったおかげよ。じつは泥棒から、また身代金の請求の電話があったの。その時、このあいだの打ち合せどおり、話をはぐらかし、引きのばしているうちに、いい考えが浮かんできたのよ。女性には、おしゃべりをしているうちに頭がさえ、名案をうみ出す能力があるのを、相手は気がつかなかったのかしら」

「女性の長電話も、いちがいには批判できないことになりますね。それで、どんな名案です」

「百万円なんてお金は、すぐには作れない。知りあいから借りるにしても、交通費だの手みやげ代がかかる。少し貸して下さいって言ったら、オルゴールに入れて、本当に送ってきたというわけよ」

と佐枝子は、あまりくわしい話をしなかった。だが、敵をあざむくにはまず味方から、というつもりからではなかった。面白い計画を打ちあける楽しみを、もう少し先までとっておきたかったのだ。

「たいした手腕ですね。たくさんですか」

「たいしたことはない金額よ……」

と彼女はぼかし、そばの包み紙を指さしながら聞いた。

「……差し出し人が書いてあるけど、どうせ、でたらめでしょうね。デパートに問いあわせたら、注文した人の人相がわからないかしら」

「人間の記憶力というものは、それほどよくはありません。しかも、無数の人が出入りする、デパートの売場ではね。この筆跡も、おそらく書体を変えて書いたでしょうから……」

邦高は行きづまって、困ったつぶやきをもらしていたが、不意に腕をほどき、勢いよくひざをたたいた。

「……そうだ。やはり、あいつにちがいない。さっきお話ししたように、この贈り物が相手の性格の手がかりとなりましたよ」

「なにか思いつきまして？」

「ええ。心当りのある男のようすを、少しさぐってみたのです。すると、ビックリ箱を趣味だか、仕事にしていました」

「あんまり、少女趣味とも思えないわね」

「いや、問題は箱のほうです。人は無意識の時に、その性格をあらわすものです。いつも箱のことを考えているため、ついオルゴールを選んでしまったのでしょう。フロイドという人の説によると、ここになぞをとく鍵が……」

だが、佐枝子は首をかしげて、

「でも、それだけでは、きめ手にならないんじゃないかしら。フロイドって人が、どんな名探偵か知らないけど……」

「たしかに、きめ手としては不足でしょうな。たとえ、性格的には同一人物と断定ができたとしても、はっきりした物的な証拠がないと、相手を恐れ入らすわけにはいかないでしょう」

邦高はまた行きづまり、目をつぶって、腕を組みなおした。佐枝子は軽くあいづちを打った。

「困ったわね」

「ええ、困った時代です。目に見える物でないと、だれもが、なにひとつ認めようとしないのですから。神さまはさぞ、なげいておいでのことでしょう」

彼は神主としての立場からも、慨嘆した口調になった。

「仏さまもよ。……なにか物的な証拠が、残っていればいいんですけど」

そのうち、オルゴールのぜんまいがゆるんだため、さっきから鳴りつづけていた、モーツァルトの子守唄が終わった。

邦高は不意に目を開いた。

「ありそうですよ」

「そうかしら。犯人の残していった品は、あの小型テレビだけなのよ。それに、さっきもお話ししたように、指紋もついてはいないわ。……テレビのドラマにでてくる犯人だと、服のボタンかなにかを、うまいぐあいに落してから、帰ってくれるのでしょうけど」

彼女は座敷のなかを見まわした。掃除は毎日しているし、なにかが落してあったとしても、いまとなっては手おくれのように思えた。

「いや、においがあります。このオルゴールはどうかわかりませんが、あのテレビは、たしかに犯人が持ってきた品です。いくらか、においも移っているでしょう」

「でも、においでは、目に見える物的な証拠とは言えませんわ」

「それを目に見える形に、なおすことができればいいわけでしょう」

邦高の思いつきは、しだいに軌道に乗ってきた。

「と、おっしゃると」

「犬を使うのです」

「あら。犬を飼っていらっしゃったの？」

「いや、わたしは飼っていません。しかし、近くに住んでいるフリッツという外人が、毎朝のように、犬を連れて散歩にやってきます。それを借りることにしましょう」

「利口な犬なのかしら」

「彼はいつも、こんな優秀な犬はない、と言っています。しかし、実力はどうでしょうかね。趣味の問題となると、大げさに自慢したくなるのが通例ですから……」

だが、佐枝子はこの案に興味を持った。

「面白そうね。でも、あまり犬が利口すぎると、ことよ。テレビのにおいをかがせたとき、電波を出している東京タワーにむかって駆け出すかもしれないわ。それとも、道を歩いているテレビタレントを見つけて、ほえつくかしら……」

笑いながらも彼女が賛成してくれたので、邦高はいくらか得意げに言った。

「名案でしょう」

「だけど、はたして、うまく行くかしら。あれから日もたっているし、相手のにおいは、いくらも残っていないんじゃないかしら。それよりも、あの仏像の置いてあった場所のにおいをかがして、仏像のにおいをたよりに相手を追わせるほうが、犬としても仕事がしやすいように思いますわ」

と佐枝子は床の間のあたりを指さし、思いつきを提案した。

「いや、犬の立場ならそうでしょうが、わたしの立場では、小型テレビのにおいのほうが仕事がしやすいのです」

「どういうわけですの?」

と彼女は身を乗り出し、邦高のほうは、少しずつ調子がでてきた。

「犬の能力がどれくらいのものか、わたしには見当がつきません。それに、犬がほえたぐらいでは、まだ、きめ手には弱いようです。その場合を考えておかなければなりませんし、犬を主役とするのは、子供番組ならいいでしょうが、万物の霊長として恥ずかしい話です。わたしの計画では、テレビと犬を小道具にして、わたしが主演するつもりです」

「どんな台本でおやりになるの」

「わたしはテレビを下げ、犬を連れて相手の家に乗りこみます。犯人でなければ、なんの反応も示さないでしょうが、心にやましい点があれば、相手ははっと驚くでしょう。それをきっかけに問いつめ、白状させるのです……」

と説明しながら、邦高は考えた。乗りこむとしたら、あの黒田の妻と称する女性のいない時間を選ばなければなるまい。あの若い女は、どうも苦手だ。

「驚くかしら。その男は、ビックリ箱が趣味なのでしょう」

「かえって驚くでしょう。犯人は頭のいい男です。頭が悪ければ、ぬけぬけとごまかすかもしれませんが、頭がいいだけに、かえって気をまわして、普通以上に驚いてくれるにちがいありません。……愉快ではありませんか、ビックリ箱を仕事としている男が驚くのは。思考の盲点です。医者の不養生とかいう、ことわざもあります」

「推理の進め方が、だんだん探偵さんらしくなってきたようですわ。そのほうが本職みたい。いっそ、転業をなさったら。神主の不信心、ということわざは、ないのかしら」

佐枝子は笑い声をあげ、邦高はちょっと頭をかいた。

「からかってはいけません。はじめにくらべ、大いに目鼻がついてきました。では、例のテレビをお借りして行きますが、かまいませんか」

「どうぞ。どうせ、いま一台いただいたところですもの。二台あっても、しようがありませんわ。左右の目で、べつな番組を同時に見物はできませんし……」

「それから、そのオルゴールを送ってきた、包み紙もお借りすることにしましょう。ここに書いてある架空の名で、不意に呼びかけてみると、相手はさらに驚くにちがいありません。問いつめる時の役に立ちます」

と、そろそろ帰ろうとする口調と姿勢とになった邦高を、佐枝子はひきとめた。

「ごゆっくりしていらっしゃったら。お渡しする物がもう一つあったのを、すっかり忘れていたわ」

「なんです。相手の家に乗りこむ時に使えそうな、いい小道具がほかにあるのでしたら、それだけ助かります」

「なんにでも使える小道具よ……」

と佐枝子は立ちあがり、鏡台の引出しからさっきの二十万円を出し、紙に包んで戻ってきてさし出した。

「……あの、少しですけど、なにかと費用がかかると思いますから」

邦高はなにげなく開き、中味が一万円札で二十枚と知り、

「お金のことでしたら、ご心配なく」

と、かえそうとした。だが、彼女はそれを受け取ろうとしなかった。

「勝手にこんな問題を持ちこんだのですから、ただというわけにもまいりませんわ」

「いや。このことに時間をさいたからといって、べつに仕事にさしつかえることはありません。むしろ、単調な生活に変化がついて、楽しさを味わえます」

「でも、あたしの気がすみませんわ」

「いただくのでしたら、事件が解決してからということにいたしましょう」

「あなたにおあずけしておくのでしたら、同じことですわ。まさか、神社をほっぽり

出して、夜逃げをなさることもないでしょうし……」

佐枝子は彼に渡そうと努めた。この二十万円は、まったく期待しなかった収入だった。そのため、大いに気前よくもなれた。

仏像を盗まれた損害は、もちろん大きい。だが、ぼろ株を利用してそれを取り戻すには、いずれ邦高のような男に活躍してもらう場面が訪れてくるにちがいない。そして、さきにお金を渡しておいたほうが、その時の活躍に身を入れてくれるにちがいない。

「では、一応おあずかりしておきましょう……。それにしても、金額が多すぎます」

彼は辞退するのをあきらめ、金の包みをポケットに入れた。女性が熱心にすすめるものを、あまり強く断わっては礼儀にも反する。

「多すぎるとお思いでしたら、そのぶんで、お庭の手入れをお願いすることにするわ」

「そういたしましょう。見ちがえるように、改造してさしあげますよ。……いや、いまのお庭が悪いというわけではありませんが」

邦高は縁側のほうに寄って、庭を眺めた。さっきからの雨は、まだ静かに降りつづいていた。しばらく雑談をしてから、彼は小型テレビを手に、神社へと帰っていった。

つぎの日の朝。

牧野邦高は社務所の窓をあけ、そとに目をやった。きのうの雨は夜のうちにあがり、晴れた空となっていた。小鳥たちのさえずりが空気を縫い、神域の木々は雨のシャワーでよごれを落した緑の葉を、青空にひろげている。そのむこうには東京タワーが……。

すがすがしさと、静かさがみなぎっていたが、邦高にとっては見なれた、特に珍しくもない風景だった。しかしけさの彼はいつもとちがい、はじめて目にしてでもいるような、新鮮な表情をしていた。

吉蔵が入ってきて、簡単に部屋を掃除しながら、声をかけてきた。

「若旦那。けさはなんだか、ごきげんがいいようですな」

「ああ」

と邦高は否定をしなかった。このところ、単調だったいままでの生活に変化がつきはじめ、しかもそれが、いちおう順調に展開している。人間にとって、変化をともなった順調ほど、好ましい状態はない。

きのうはまた、一段と順調だった。仏像を持ち去ったのが黒田という男であるとの、疑惑の念がさらに高まった。それを追及するうまい方法も思いついた。金には困っていないとはいえ、二十万円の思いがけない収入もあった。この調子ならすべてが解決し、松平佐枝子の心からの感謝を受けることができるのも、まもなくにちがいない。

「なにがうれしいのですか、若旦那。きのうお買いになった、あの小型テレビですか。そういえば、遠足に出かける子供みたいな、楽しそうな顔つきですぜ」

と吉蔵は部屋のすみを指さした。

「いや。あれは買ったのではない。大事な借用品だ。さわらないように、注意してくれ」

「こわれやすいのですか」

「いや、においがだめになってしまう」

「ははあ、いよいよ発売になりましたか。においの出るテレビとかいうのが」

「そうではないが、まあ、しばらくさわらないでくれ。……そろそろ、やってくる時刻なのだが……」

邦高は適当に答え、ぼんやりと鳥居のほうを見つめながらつぶやいた。きょうは天気もいいし、フリッツが朝の散歩にやってきてもいい時間だった。

彼は二、三回、時計をのぞき、少しだが待ちくたびれたようすになった。しかし、

「あ、やってきたぞ」

と、軽く叫び、吉蔵はそちらを見て、意外そうに言った。

「なんだ、フリッツさんではありませんか。あっしは、このあいだのご婦人でも、みえるのかと思っていました」

フリッツ氏は、例によって犬を連れていた。だが、きょうは犬の鎖を鳥居に巻きつけることをせず、なかへ連れこんできた。そして、いつもとちがった点がもう一つ。三十をちょっと越した男といっしょだった。それが黒田であるとは、邦高はまだ知らなかった。

邦高はフリッツの連れている犬を、あらためて、よく観察した。茶色っぽい毛をしていて、大きくも小さくもなかった。ぶかっこうではなかったが、スマートと形容する気にもなれなかった。このような犬は道でみかけても、すれちがったとたんに、すぐ忘れてしまうだろう。彼は犬について素人だったが、平凡きわまる種類らしいなと、判断した。

きのうは、すばらしい思いつきに見えた計画も、いまとなっては、たよりない気がしないでもなかった。相手の家へ連れていって驚かすには、もっと堂々としていないと困る。これでは、いかに優秀な犬かをまず説明してから、芝居にかからなくてはならないかもしれない。

それにしても、フリッツはきょうに限って、なぜ犬を神社のなかに連れてきたのだろう。だれだか知らないが、いっしょの男との話に気をとられて、鳥居につなぐのを忘れてしまったのだろうか。

邦高は窓から顔を出し、犬を借りる交渉をどう切り出したものか迷いながら、いつものようにあいさつをした。

「おはようございます。フリッツさん」

「はい。おはようございます。牧野さん」

フリッツはあいそよく応じた。

「きょうは珍しく、犬をなかまでお連れになりましたね」

「いけませんか。いけないのでしたら……」

「かまいませんとも。野良犬がよく入ってきます。野良犬がよくて、飼主のある犬を禁止したら、理屈が通らなくなります。……ところで、その犬は利口ですか」

「いったい、どうしたことでしょう。犬の能力についての議論が、ちかごろの流行なのですか。このところ、その質問をされつづけのようです」

とフリッツはふしぎそうな表情になり、連れの男をふりかえった。だが、その黒田は、他人の会話のじゃまをしないように、少しはなれた所に立ち、神社の木々を眺めていたので、それには気がつかなかった。

聞きかえされて、邦高も首をかしげた。

「さあ、わたしは読みませんでしたが、あるいはどこかの週刊誌で、犬の特集をやったかもしれませんね。大事件のない日がつづくと、週刊誌が勝手に、いろいろな流行を製造しているようですから。……で、あなたの犬の能力は、いかがですか」

「もちろん、優秀です」

「しかし、あまり名犬といった感じはしませんね」

邦高は犬を指さして率直な感想をのべ、フリッツ氏は顔をしかめた。

「またですか。このごろの流行は、エチケットをともなわないのが多くて感心しませんね。ペットや趣味に関しては、だれでも自分の亭主や奥さんより、そのほうに愛着を持っているものですよ。もっとも、わたしは独身ですが」

「おっしゃる通りです。わたしも、この神社の植木をけなされたら、あまりいい気はしないでしょう。失言を取り消します」

邦高は犬にむかって、ちょっと頭をさげた。すると、フリッツはふとったからだで笑いながら、

「みなさんがおっしゃる通り、たしかにこの犬は、目立った特徴を持っていません。

しかし、その点が特徴なのですよ」

「と、おっしゃると？」

「いざという時に、それだけ活躍しやすいわけです。黒ずくめの服に黒眼鏡が殺し屋、前のボタンをはずした、長めのオーバーを着てかけまわるのが刑事。テレビ映画ではその必要もあるでしょうが、実際にそれでは役に立ちません。犬の場合も、われこそ優秀犬という外見をしていては、相手に警戒心を与え、役に立ちにくいものでしょう」

そう言われてみると、邦高にもなんとなく名犬らしく思えてきた。

「なるほど、そういうものかもしれませんね。しかし、あなたがそんな犬を、連れて歩く必要があるのですか」

「べつに必要はありませんが、そこが趣味ですよ。教えこむところに、楽しさがあるのです。訓練の苦心については、いまも歩きながら説明していました。……そうでしょう、黒田さん」

とフリッツはそばの男に呼びかけた。

邦高はその男が黒田と知って、驚きの目で見つめなおした。松平佐枝子の仏像を持ち出した犯人ではないかと目星をつけ、留守中に訪れてはいたが、本人を見るのははじめてだった。頭は悪くなさそうだが、おっとりした感じの青年で、悪質な人物とは思えなかった。考えちがいだったのだろうか。

その黒田がなぜフリッツと、犬の能力を話題にしながらやってきたのだろう。しかし、この外見のぱっとしない犬について、優秀犬であるとの認識を、すでに持ってくれたとはありがたい。人ちがいかどうかを確かめるのに、それだけ手がはぶける。

邦高のそんな気持ちにおかまいなく、フリッツは二人を紹介した。

「こちらは黒田一郎さん。近くにお住いで、わたしの店のいいお客さんです。こちらは牧野邦高さん。ここの神主さんです」

黒田は、軽く頭を下げて言った。

「どうぞよろしく。じつは前から、一度お会いしたいと思っていました……」

こうして眺めると神々しい神域なのに、自分のマンションの屋上から見おろすと、それほどでもない。この疑問を聞いてみたいと思ったのだが、いまはそれを口にするのをやめた。耳に入った会話のなかで、植木をけなされたらいい気はしない、とか言っていたようだ。

「こちらこそ、よろしく。窓からで失礼ですが。わたしも、あなたにお会いしたいと

……」

邦高はあいさつをかえしながら、言葉を濁した。あまりしゃべっては、計画にさしつかえる。

「……あなたのお書きになるものを、雑誌などで、いつも面白く拝見しております。それで、どんなかたかと興味を持っていたわけです。しかし、お会いしてみると、あまり犯罪には、縁のなさそうなごようすですね」

と邦高は適当につじつまを合せ、同時に、それとなく相手の表情をうかがった。

黒田のほうは、この人も自分の犯罪批評の読者だったのかと知って、その点でうれしそうに、また照れくさそうに笑った。

「あれは、ぼくの趣味のようなものです。さっきのお話にもあったようですが、趣味をほめていただくぐらい、うれしいことはありません」

相手がいっこうにあわてないので、邦高は自分の計画を、早くたしかめてみたくなった。虚をついて相手を驚かすには、早いほうがいい。いろいろ話しこんでからでは、警戒心を抱かれるかもしれないし、反応の新鮮さも失われるだろう。

それに、いまならフリッツがそばにいる。相手を問いつめ、しどろもどろになった場合の、証人にもなってくれるだろう。

「こんな窓からお話しするのも失礼ですから、いま、そちらにまいります」

邦高は社務所の窓から首をひっこめ、部屋のすみにある、松平佐枝子から借りてきた小型テレビをかかえた。そして玄関のほうにまわって下駄をひっかけ、玉砂利の上に立った。彼はまず、フリッツ氏に話しかけた。

「この犬は、残ったにおいをかぎわけることもできるのでしょうね」

「もちろんですよ。それができなくては、優秀犬とは言えません」

フリッツがうなずいたので、邦高はしゃがみこみ、犬にむかって小型テレビを差し出した。

犬は邦高のそばに寄ってきて、しばらく鼻をひくつかせていた。だが、やがて、そばに立っている黒田のほうに首をむけ、

「わん」

と意味ありげな響きをともなった、ほえ方をした。

そのとたん、邦高と黒田は、同時に思わず叫び声をあげた。しかも、それは同じ言葉だった。

「さては、あなただったのですね」

煙に巻かれたのは、フリッツだった。二人を紹介するやいなや、犬がほえ、それにつづいて、同じことを口にしたのだから。彼はとまどった身振りで、二人の顔を交互

に眺めながら質問した。

「なにが、さては、なのですか。どういうわけです。これも犬に関係した、一連の流行なのですか。わけがわかりません」

黒田も邦高も、それには答えなかった。おたがいの顔を見つめあっていた。自分の叫んだのと同じことを、相手がなぜ口にしたか、理解できなかったのだ。むしろ、フリッツに聞いてみたいぐらいだ。

「どうかなさったのですか。気分でも悪くなったのですか」

フリッツは左右に首をふって、二人の顔を見くらべながら言い、最後に視線を黒田の上でとめた。黒田はなにか答えなければならなくなり、口ごもったあげく、

「い、いや。じつは前から、ここの神主さんとお会いしてお話ししたいと思っていたのですが、勝手にうかがうのも失礼なので、困っていました。それが偶然にも、こんなぐあいに、あなたに紹介していただけて……」

と無理にうれしそうな表情を作り、適当に言葉を濁した。外見は平凡だが、この犬のおかげで、問題の相手をつきとめることができたようだ。まさか、神主さんがにせ刑事とは、考えてもみなかった。犯人が意外な人物であるのは、必ずしもミステリー番組のなかばかりでもないらしい。

犬にはこれで、いちおう用がなくなった。しかし、そう答えては、フリッツの好奇心をかきたてるばかりだ。

それに相手は、さっきからテレビを持ち出して犬につきつけたり、わけのわからないことをやっている。神主というものは、いくらか神がかった点があるものなのだろうか。見たところは、べつにそう頭がおかしいようにも思えないが。いや、物事を外見だけで判断してはいけないのは、すでにこの犬で証明ずみだ。

いずれにせよ、もう少し聞きただしてからにしよう。それには、二人だけになりたいものだ……。

フリッツは、黒田のそんな内心におかまいなく言った。

「だけど、黒田さん。あなたにたのまれた仕事が、まだ片づいていません」

「それについては、また日を改めてお願いすることにします」

「そうですか。わたしのほうは、いつでもかまいませんよ。……ところで牧野さん。あなたもこの犬について、なにか用事でもあるのですか」

と、とつぜん聞かれて、邦高は手をふりながら、

「いや、いいんですよ。犬にテレビを見せたらどうなるだろうかと、前から実験してみたかっただけのことです。しかし、きょうは黒田さんにお会いできたので、それは

またの日にしましょう」

と、答えた。犬のさっきのほえ方は、申し分なかった。フリッツの説明のように、本当の優秀犬なのかもしれない。相手の驚き方は、どことなくおかしかったが、その点については、これから計画どおりに問いつめ、たしかめてみるとしよう……。

だが、フリッツは笑いながら、

「ははあ、犬がスピーカーに耳を傾けている、レコード会社のマークから思いついたのでしょう。しかし、それはよくありませんよ。テレビは人間だけでたくさんです。そんなことをしたら、せっかくの優秀犬が……」

フリッツは犬にむかって、英語とも、ドイツ語とも、日本語ともつかない、妙な号令をかけた。それから、例によっておみくじを引き、鎖をひっぱって帰りかけた。

しかし、二人のあいだに、一種の緊張した空気がただよっているのを感じてか、戻ってきて黒田にささやいた。

「なんのお話をなさるのか知りませんが、おだやかに願いますよ。だれにも意見はあるものです。批評されたからといって、怒ったりしてはいけません」

フリッツにはまさか二人が、そんなことを考えていようとは、わかるはずがなかった。おそらく、いつか黒田が受け取って店で怒っていた、投書のことにちがいない。

彼の推理小説を批評したその手紙の主が、この牧野邦高であって、その文句を言うつもりになったのだろう。古今東西をとわず、作家はあまり批評を歓迎しないものらしい。

「わかっていますよ」

と、うなずきながらも、黒田はまばたきをした。こっちは批評する立場なのに、このあいだからフリッツには、なぜだかわからないが推理作家と誤解されている。それについては、いずれゆっくり聞くことにしよう。いまは、もっと重要な問題がひかえている。

「では」

と手をあげ、フリッツとその名犬とが鳥居から出て行くのを見送り、黒田と邦高は、また顔を見あわせた。そして、さっき相手が「さては」と叫んだことを、あらためて思い出した。なんのことだろう。問いつめる前に、まずそれを片づけてしまうほうが、落ち着いてとりかかれる。そこで二人は、

「ところで、さては、とかおっしゃいましたが……」

と、またも同じ質問の言葉をぶっつけあった。二人ともそれに気がつき、苦笑いをした。

相手からそう聞いてこられては、いよいよ本論に入らなければならない。黒田はポケットに、邦高はふところに手を入れた。西部劇の決闘シーンのような光景だった。

「これに見覚えがおありでしょう。いまの犬が証人です」

二人は同じようなことを言い、黒田はオモチャの警察手帳を手のひらの上にのせた。いっぽう邦高は、玉砂利の上に置いておいた小型テレビの上に、紙片をのせた。松平佐枝子から借りてきた、オルゴールの包み紙にはってあった筆跡。

トランプの勝負で、切札を見せあっているのに似た光景でもあった。二人はおたがいに、相手の出したものをふしぎそうに見つめ、やがて、それがなんであるかを知った。そして、あまりの意外さに、思わず、またまた同じ叫び声をあげてしまった。

「あ、ばれたか」

もし、フリッツがまだこの場にいたとしたら、飛び上ったにちがいないと思えるほどの、叫び声の合唱だった。

つづいて、二人の目と口は開かれたままとなった。そして、その口からは吐く息のほか、しばらくのあいだ、なんの言葉も出てこなかった。

二人はどちらからともなく、玉砂利の上にしゃがみこんでしまった。得意の絶頂から、失望の底に落ちた感情が、姿勢にもはっきりと現われている。

黒田は無意識のうちに、指で自分のほほをつねっていた。痛みを感じている心の余裕などなかったが、夢でないことはたしからしい。しかし、なぜこんな所で、犯行に関係のある品をつきつけられるはめになったのか、信じられない思いだった。

その呆然の程度は、邦高のほうがさらに大きかった。ビックリ箱を仕事としている相手を驚かすべく、楽しみながら進めてきた計画。それが功を奏しかけ、しめたと思ったとたんに、もっと大きな意外さが出現したのだから。

その驚きをなにかにたとえるとすれば、山にむかって呼びかけ、小さなコダマがかえってくるのに耳を傾けようとしたやさきに、山に大声でどなられたようなものだった。そのため、呆然としている時間は、邦高のほうがいくらか長かった。

さきに口をきいたのは、黒田のほうだった。わけがわからないものの、どうやら機先を制したほうがよさそうだ。彼はつばを飲みこんでから、

「変なことになりましたな。……しかし、まさかあなたが、にせ刑事とは」

邦高は、いちおう打ち消した。

「知りませんな、そんなお話は。にせ刑事とはなんのことです。人ちがいでしょう」

「ごまかしてもだめですよ。いま、ばれたか、とおっしゃったではありませんか」

「さっきから、あなたと同じことばかり言っていたので、つい、同じことを言わなければいけないような気になって……」

と、邦高は苦しい言いわけをした。だが、黒田は手帳をのせた手を、上下に動かしながら、

「証拠はこの手帳です」

「その手帳が、どうしたとおっしゃるのです。あなたがオモチャ屋で、お買いになったものでしょう」

邦高は黒田の部屋からの帰りがけに、ポケットにあるのを確かめたことを思い出し、少し元気づいた。しかし、それも長くはつづかなかった。

「いや。あなたがぼくの部屋に落して帰られたのが、これです。あなたが持ちかえった手帳が、ぼくのものです。ちゃんと、証人がいますよ……」

黒田は手帳のいれかわったいきさつを、適当に説明した。

邦高は言葉につまった。あの時の女を連れてこられたらひとたまりもなく、化けの皮がはがれてしまう。しかし、なにもこっちばかりが、頭をかいていることもないはずだ。

「こんな所で、こんなかっこうでの長話も、どうかと思います。いかがです。なかに

お入りになりませんか」

と、邦高は黒田をさそった。これから、ゆっくりと逆襲をしてやるとしよう。

「そうしましょうか。ひとが見たら、なにごとかと思うでしょう」

と、黒田は応じた。急に礼儀正しい口調になったところを見ると、相手は反撃に移るつもりらしい。それに対抗するには、こっちも、あわててはならない。

黒田はいっしょに、社務所のなかに入った。吉蔵がお茶を運んできた。彼はそれを飲み、やっとタバコに火をつけることができた。手入れのゆきとどいた玉砂利の上では、吸いにくかったのだ。そして、吉蔵のさがってゆくのを見送り、煙を吐き出しながら、

「あなたが、にせ刑事などをなさるとは。とても、そんなかたには見えません。人格と教養とをそなえた紳士としか……」

と、ほめたのか、けなしたのかわからない言葉を、まず口にしてみた。邦高のほうは、葉巻を取り出した。紙巻とくらべると、小銃と大砲ぐらいの差がある、と思いながら、

「あなただって、育ちのいい好青年としか見えませんよ。それが仏像の泥棒とは。しかも、宗教的にも道徳的にも、また法律的にも、あなたのなさったことのほうが、大

それたことです」

「さあ、どうですかね……」

黒田は漠然とした答えをした。どうしてばれたのか、いまだにわからないが、相手はなにかきめ手を握っているようだ。否定するわけにもいかないらしい。

邦高は落ち着いた説教口調になり、

「お若いのに、そんなことをなさってはいけません。しかし、この問題は、おたがいに帳消し、表ざたにしないということで水に流してあげましょう。わたしのほうが損な取引きのようですが」

「そんなことはありません。損はこっちです。お釣りをもらいたいのは、ぼくのほうです。二つを比較した場合、にせ刑事のほうが、はるかに大それた犯罪ですよ。ぼくは批評をやっていますから、よく知っています」

黒田はあてずっぽうを言った。取引きとなると、大きくふっかけてみたほうがいい。だが相手には、もっともらしく響いた。

「というと?」

「泥棒というのは、単純な犯罪にすぎません。その泥棒を取締る刑事に化けるほうが、悪質の点では一段うえです」

「しかし、べつに迷惑を及ぼしては……」

「金額などの問題ではありません。量より質です。大金をごまかした詐欺や泥棒より、たとえ数枚でも、にせ札のほうが、刑が重くなっています。戦争でも、普通の捕虜は国際法で保護されますが、敵の軍服を着て潜入した者は、つかまれば容赦なく銃殺ですよ」

「おどかしてはいけません」

「おどかしではありません。にせ刑事は、恐るべき犯罪ですよ……」

と、黒田は出まかせをしゃべるのに、真にせまった声をもってした。劣勢を挽回《ばんかい》するには、それだけ演技に熱を入れなければならない。また、攻撃は最良の防御ともいう。彼はお茶をすすって、のどをうるおし、

「……警察にとって、泥棒はめしの種のようなものですから、大切に扱います。殺虫剤業者における、虫のような存在です。しかし、にせ刑事となると、ことはちがってきますよ。信用問題でもあり、もぐりの商売がたきでもあるわけです。よってたかって、ひどい目にあわせることになっています」

邦高はいささか、たじたじとなった。どうせ相手のほうが弱みは大きいのだと、たかをくくっていた油断をつかれたためもあった。だが、このまま押しきられては、た

まらない。

「しかしですよ。これをおたがいが、表ざたにしたとします。その場合、あなたが持ち出せる証人といったら、奥さんだけでしょう。奥さんというものは、亭主のためならなんでもする。世の実情は、そうでない場合が多いようですが、いまのところはまだ、これが通念となっています。奥さんとしては、なかなかすばらしいかたのようですが、証人としては、どうも弱いと思いますがね」

「奥さんですって？」

と、黒田は驚きの声をあげた。副島須美子は、その点については話しにくいのか、彼に告げていなかったのだ。

邦高はそのようすを感ちがいし、少しほっとした。

「やはり、盲点があったようですね。医者の不養生の原理が、批評家にも適用できたようです」

「いやいや。あなたにとっても、ぼくにとっても残念ながら、あの人は奥さんではありません」

「本人が、そう言っていましたがね。……すると、にせワイフでしたか」

「にせワイフは、ぼくが問題にしない限り、犯罪にはなりません。ぼくは独身です。

あの人は奥さんでも、二号でも、婚約者でもありません。また兄妹でも、親戚でも……」

黒田はいろいろな人間関係を並べたて、それではなんだ、と聞かれるのを防ごうとした。共犯者と答えないためには、また頭をひねらなければならない。しかし、その必要はなく、邦高は防戦むなしくがっかりした声で、

「そうでしたか」

「どうやら、勝負はついたようですね。さあ、差額のお釣りは、こちらにどうぞ」

黒田はすかさず、手をさしつけた。

今回は、邦高が催眠術にかかったような形になってしまった。彼は机の上の二十万円入りの封筒をとり、その手の上にのせた。予期しなかった入金なので、気前がよかった。

「負けたからには、いさぎよく差しあげましょう。……しかし、将来あの人があなたの奥さんになったら、かえしていただく金ということになりますよ」

「どうもありがとう。これでおたがいのことについては、決して口外しない条約が、めでたく成立したことにいたしましょう」

と黒田は言って、封筒を受け取り、ポケットにおさめた。そして、どんな表情をし

たらいいのかわからず、にやにやした。交渉を有利に展開するため、お釣りお釣り、と連呼していたのだが、まさか本当に出すとは思っていなかった。といって、いまさら返すわけにもいかない。

この神主さんは、よほどの変り者か、そうでなかったら、よほどの金持ちなのだろう。薄気味わるい気がしないでもなかった。坊主まるもうけ、ということわざがあるが、最近は神主のほうに、景気が移動しているのだろうか。

「いや……」

邦高も意味のないことをつぶやき、にやにやした。悲しむのも変だし、怒るのも変だ。しかし、金が惜しいという感情は、それほどなかった。生活にはまったく困らないし、それに、封筒のなかの金は、松平佐枝子から押しつけられるようにして、もらってしまった金だった。かえす必要もないし、庭の改造をしてあげれば、それですむ。頭をいくらか使い、神社の植木を何本か持ち込むことになるだろうが、実質的な損害はあまりない。

「……しかし、あなたがそんなことをなさったとは、どうも信じられませんね」

二人はまたも、同じような言葉をつぶやき、それに気がついて苦笑いをしながら、同じように答えた。

「趣味とか道楽になると、人が変るとか言いますからね。……また、われわれのあいだには、なにか類似点があるのかも知れません」

二人はタバコの煙をはきながら、しばらく黙った。なにか言うと、相手も同じことを言い出しそうな気がして、心配でもあった。

しばらくして、邦高が口をきった。

「問題がひとつ、一段落しました。……ところで、どうでしょう。仏像さわぎにも、早くけりをつけましょう。松平さんがお気の毒です」

「ええ、ぼくだって、早くかたをつけたい気持ちです。しかし、身代金との交換に、いい方法が見つからなくて困っていました。たいていは、身代金を受け取る時に、つかまってしまいます。だが、いま、すばらしい方法を思いつきました。もうすぐ解決ですよ」

黒田の話に、邦高は興味をそそられた。

「どんな方法です」

「あなたにお願いするわけです。あなたを仲介者にすれば確実であり、そのうえ、ぼくについては黙っていてくれるでしょうから、こんな安全なことはありません」

邦高は思わず、身を乗り出して、

「なんですって。まだ、身代金を取るつもりでいらっしゃるのですか。わたしからお金を受け取ったうえに。生活に困っていないのに、そんなことをなさるとは、あなたは相当な悪人です」

邦高に悪人と呼ばれても、黒田は恐縮も、また、怒りもしなかった。かえって、いくらかまじめな顔つきになり、

「いやいや、ぼくはそれほど悪人ではありません。あなたに与えた、第一印象のとおりです。上には上、という言葉がありますが、世の中には、もっと悪質な人がいるものです。ひどいのは、そいつのほうですよ」

邦高は、また興味をそそられた。

「だれのことですか、それは」

「わかりません」

「わからない人に、責任をなすりつけてみても、しようがないでしょう。社会が悪いとか、政治家が悪いとかおっしゃりたいのでしょう。よくない考え方です。悪いことは、すべて漠然としたものになすりつけ、いいことは自分のせいにする。感心しない風潮です。むかしの人は、いいことは神さまのおかげとし、悪いことは自分の至らぬせいとしていました……」

いつものくせで、邦高は話を神さまへの勧誘に持ちこみかけた。黒田は首をふって、それを中断し、

「いや、ぼくの言っているのは、漠然としたものではありません。ちゃんと実在する、特定の人物です。ただ、まだ名前がわからないだけです」

「いったい、どんな人で、なにをした人ですか」

「じつは、ぼくがこんなことをする気になったのも、一通の無署名の投書のせいです」

「どんな内容でしたか」

「経験もしないのに、大きな顔をして、犯罪批評などを書くのは、あつかましい……。こんな内容でした。あまり面白くないので、大切にその手紙をとってあります。そのうち、お目にかけましょう……」

「いや、けっこうです」

と、こんどは邦高が首をふった。見せてもらうまでもない。それは自分が書いた手紙なのだから。

「その人が巧妙な文章で、ぼくをそそのかしたせいですよ。だれでも、あれを読むと、大それたことをやってみたくもなります。便箋になんと十枚も書いてありました」

黒田は相手に見る気がないと知って、勝手に枚数を倍にし、話を大げさにした。

「ほんとですか、そんな長いはずは……」

と、邦高は言いかけ、あわてて語尾をのみこんだ。いまは余計なことを、口にしないほうがよさそうな情勢だ。そこで調子をあわせる以外になくて、

「……まあ、よほどの、ひま人なのでしょうな」

「そうらしいです。小人閑居して不善をなす、という公理がありますが、これを発展させると、小人がさらに閑居すると、他人に不善をやらせてみたくなる、という定理になります。退屈な人ほど、内心、社会面に大事件のあらわれるのを期待しているわけでしょう」

「なるほど」

と、邦高は調子をあわせつづけた。

「しかし、手紙の内容は面白くありませんが、字は上手でしたよ。あれだけの達筆には、めったにお目にかかれるものではありません」

黒田は、まさかこの相手がその手紙の主とは知らないので、気のむくままに、けなしたり、ほめたりした。

邦高は字をほめられ、少しにやにやしかけた。

「そんなに、うまい字でしたか」

「下手くそな字でしたら、ぼくも気にしなかったでしょうが、達筆はいけません。劣等感を刺激します。美人にどなられたような気分ですよ。それでつい、ぼくも奮起してしまったわけです。……どんなやつなんでしょうね。おそらく、案外ちかくにいて、にやにや笑っているのかもしれませんね」

「さあ、どうでしょうか」

「考えれば考えるほど、しゃくなやつです。そいつをつきとめるまでは、仏像事件を中止する気になれなくなってきました。……どうです。手伝っていただけませんか」

と、黒田は聞いた。だが、邦高は顔の笑いを消すのに夢中になっていたので、話の後半しか耳に入らず、少し感ちがいした答をした。

「さっきも言ったように、わたしからお釣りを巻きあげたうえに、身代金の仲介を手伝わせるとは、ひどすぎますよ。その件については、松平さんと相談してみてからです。もちろん、あなたの名前は出しませんが」

黒田は相手の感ちがいを訂正して、

「いや。いま、ぼくが言いかけたのは、投書の主をつきとめる件についてです。これは別な問題ですから、つきとめていただければお礼をしますよ。ぼくに出来ることなら、なんでもしてあげます。お約束しますよ」

邦高は複雑な声と表情になった。

「まあ、考えておきましょう。いずれの件についても」

「よろしくお願いします。ずいぶん長居してしまいました。では、せっかく来たのですから、おみくじでも引いて……」

と、腰をあげかける黒田に、邦高は、

「それは、いま故障中です」

と、あわてて言った。自分の字を印刷したおみくじを持ち帰られたら、手紙の主とばれるかもしれず、ことがこじれる一方になる。

さっきフリッツが引いたのに気がつかなかったのか、忘れたのか、黒田はおみくじを断念し、帰っていった。それを見送りながら、邦高はしばらくぼんやりしていた。頭が混乱し、整理のつかない状態だった。

茶碗を片づけに入ってきた吉蔵が、

「たかが、犬がほえただけなのに、なんだか、ごたごたしたお話になったようですね、若旦那。しかも、なにが名犬なものですか。あっしは植木の仕事で、ほうぼうのお屋敷に出入りしてきたから、犬については勘でわかりますよ。さっきのほえ方は、あれは犬の気まぐれです」

マンションの部屋にもどった黒田は、椅子にかけ、机の上にほほ杖《づえ》をついた。考えごとの姿勢だったが、商売であるビックリ箱のアイデアについてではなかった。けさからのことを、まとめてみようと努めていたのだ。

机の上には、牧野邦高から受け取った封筒がある。なかには、二十万円が入っていた。

「気前のいい人もいるものだな」

彼はその姿勢のまま、つぶやいた。封筒に入れて用意し、待ちかまえていたかのように差し出された。けさからの事件には、わからないことが多すぎるが、この点が最もわからない。多く払いすぎたと気がついて、あとで取りかえしにくるかもしれない。あるいは、これがなにかのわなで、こっちがいい気になったころをみはからって、わっ、と……。

その時。玄関のほうでチャイムが鳴った。

黒田は驚いて、飛びあがるように立ちあがり、こわごわドアをあけてみた。入ってきたのは、副島須美子だった。彼女もまた、飛びあがるような歩き方をしていた。

黒田は彼女と知って、少しほっとした。

「驚かすなよ。考えごとをしていたので、だれかと思った。もっとも、きょうはなにかいわれのある、驚きの連続する日らしい。さっき、おみくじを引いてみれば、その説明が書いてあったかもしれないが……」

「そうね。おみくじには吉と凶のほかに、驚きという種類を加えておくべきね。あたしにもきょうは、驚きの日のようよ。……成功したのよ」

須美子は結論をさきに言い、フロリナ化粧品をつめたカバンを下においた。

「いったい、なんの成功だい」

「少しまえにここに寄ったんだけど、お留守で鍵がかかっていたのよ。それで、時間つぶしに、このマンションのなかの部屋を、訪問してまわってみたわけよ」

「訪問されたほうは、かなわなかったろうな。それで？」

「二軒から、化粧品の注文がとれたのよ。商売のこつが、いくらかわかったわ。熱心に売ろうとすると、うまくいかないし、ひまっつぶしで、どうでもいいという気分だと、成績があがる」

「それはよかったな」

「世の中の真理ね。お金持ちだからのんびりし、お金がないから、あくせくするのではない。のんびりした人がお金持ちになり、あくせくすると、お金のほうが逃げてゆく」

「そうかもしれないが、真理とは大げさだな。わずか二軒だ」

「大げさでも、仕方がないわ。はじめて商売に成功した時は、気持ちがいいものよ」

須美子はまた、うれしそうに飛びはねた。ウサギのように、カモシカのように、カンガルーのように、リスのように。

黒田はしばらく、それを見つめつづけた。彼は須美子が持っている魅力を、はじめて発見したような気がした。やはりきょうは、驚きの日のようだ。

黒田は、黙ったまま立っていた。牧野邦高との話で、このあいだの留守中に、須美子がにせワイフと自称したことを知った。それについて文句を言うつもりだったが、口から出なくなっていた。

それどころか、さっき「結婚したら返して下さい」という条件つきの金を受け取ってしまったことを思い出し、いくらか後悔する気分にもなってきた。それとも、あんな条件の金を受け取ったから、こんな気分になったのかもしれないが……。

だからといって、いますぐ返しに行くわけにもいかない。そんなことをすると、牧野邦高に威張られ、反対にお釣りを取られることにも、なりかねない。

須美子は、黒田が浮かぬ顔をしているのに気がついて、

「なんとなく、きげんが悪そうね。アイデアに行きづまっていたの。そうだったら、勝手におじゃまして悪かったかしら」

「いいんだ。そのほうはいまのところ、急ぎの仕事はない」

「とすると……。さては、例の件が発覚しそうになったのね」

と彼女は心配そうな表情になった。楽しげなようすから一変したところにも、黒田は新しい魅力を発見した。

「いや、その心配もない。仏像の身代金の引き換えについても、安全で確実な、うってつけの仲介者が見つかった。万事順調に進展している。人間は物事が順調な時には、照れくさそうに、きげんの悪そうな顔をしてみたくなるものだ」

と、彼は弁解ともつかず、話をぼかした。

「それならいいけど、だれなの。その人って」

「それがちょっと、話すわけにいかないんだ。その人にはこっちに関して、絶対に秘密を守ってもらわなければならない。だから、ぼくのほうでも、その人については口外しないと約束してしまった。終わってからならいいんだけど……」

「そういえばそうね」

「まあ、コーヒーでもいれてこよう」

黒田は台所に行き、二つのカップにみたして運んできた。

須美子は椅子にかけ、それを飲んでいるうちに、このあいだのビックリ茶碗を思い出した。

「あの、にせ刑事さんは、どうなったかしら。見つかりそう？」

「そのうち、つきとめることができそうだよ」

と彼はまた、話をぼかした。

「あたし、少し調べてみようかしら。この近くのオモチャ屋を聞いてまわったら、手がかりがつかめるんじゃないかしら。警察ごっこの手帳を、子供に売ったのならすぐ忘れるでしょうけど、いい年をした大人が買いにきたのは、覚えているだろうと思うわ。それに、あたしは人相を覚えているし……」

須美子は自分の思いつきに熱中した。

「そんなことは、あとまわしにしよう。いまはあまり手をひろげて、気を散らしてはいけない時期だ」

黒田は、須美子がにせ刑事をさがすなどと言い出したので、内心はあわてながら、表面はそれとなく引きとめた。彼女が本当につきとめたら、また、一波乱起るにちがいない。

「それもそうね」

と彼女は、とくに主張しつづけもしなかった。

「それより、まだ少し早いけど、食事にでも行こうか。朝からお昼ぬきで、やっかいな問題ととりくんできたから、おなかがすいてきた」

「いいわ。きょうは、あたしがおごることにするわ。内祝いよ、商売の成功の」

彼女が賛成したので、黒田は手早く服を着かえ、二人はマンションを出た。

「そうだわ。あの神社に寄ってみましょう。さっきお話に出たせいか、おみくじを引いてみたくなったわ」

と、須美子が勝手に歩きかけたのを見て、黒田はまたもあわてた。

「あ、あの神社には、いまは行かないほうがいいんだ」

「どうしてなの」

「いや、じつは、あの境内を、身代金の取引きの場所に使うかもしれないんだ。だから、近くをうろつくと、だれかに怪しまれたりする危険性がある。……こっちにも、気のきいたレストランがあるよ。おごられるのなら、その店のほうがいい」

と彼は適当に説明し、反対の方角を選んだ。また、きょうはメルヘンに寄ったら、主人のフリッツに質問ぜめにあうにきまっている。

　やがて二人は、フランス風の造りのレストランに入った。

　まず軽い酒を注文し、須美子はそれを飲みながら、

「あたしがおごるわけだけど、考えてみると、仏像の彫刻代はまだなのよ」

「忘れてはいないよ」

　黒田は出がけにポケットに入れてきた、金の入った例の封筒を出した。条件づきの金を、その条件がゆらぎそうになりかけた当人に渡すのだから、複雑な気持ちだった。

　彼女はなかをのぞき、目を丸くした。

「ありがとう。でも、多すぎるわよ。どういうわけなの」

「余分とすれば、お祝い、その他いろいろの意味さ。……それより、きょうは大いに飲もう」

　須美子は首をかしげながら、

「こんなにもらったら、仏像をあと三つぐらい作らなければならないわね。こんどは単なる模造じゃなく、もっと自分の個性を生かしたものにするわ。……豪遊もいいけど、でも、ちょっと変ね。気前がよすぎるわよ。しかも急に」

「いや、気はたしかだ。その、まったく思いがけない収入があったのでね。ぼくが苦心して考え出したアイデア料の金なら、こうまで気前よくはなれないだろうが……」

賭け

「こんなに、ごちそうしていただくなんて……。でも、ちょっと変ですわね。気前がよすぎるようよ。どういうわけですの」

と、ほんの少し酔った目で微笑しながら、松平佐枝子が言った。牧野邦高は照れくさそうに答えた。

「気はたしかですよ」

明るい地中海の民謡が、部屋のすみから、ほどよい音量でわきあがり、ひろがっていた。このあたりには、わりと多くのレストランが軒を並べている。二人は、その一軒のイタリー料理を専門とする店で、夕食をともにしていた。

「だけど、本来ならば、あたしのほうが、お誘いしなければならないわけでしょ。お仕事を押しつけたりしたのですもの」

「いや。このあいだお預かりしたお金が多すぎるので、そのおかえし、まあ、預かり代といったような意味です……」

と邦高は弁明とも、お礼ともつかない口調で言った。もっとも、その金はすでに、きょうの昼ごろ、黒田一郎に巻きあげられてしまっていた。べつに惜しいわけではなかったが、あれははたして払わなければならなかったものか、邦高はいまだに、わかりかねていた。そこでつい、つぶやきをもらしてしまった。

「……どんなものでしょう。にせ刑事と泥棒とでは、どちらが悪いものでしょうか」

佐枝子は突然の話題にとまどいながら、

「さあ。法律のことは、よく知りませんけど、にせ刑事のほうじゃないかしら。身分をいつわるわけでしょう。……よく、妻子があるのをかくしていた男の人にだまされた、なんてさわぎがあるけど、独身だと身分をいつわるのは、あまり公明正大な手とは思えないわ。にせ刑事も、それに準ずるのじゃないかしら」

「そうでしょうかね」

彼は思わず不満そうな声になり、彼女は気がかりな表情になった。

「どうかなさったの。あなたが、妻子のあるのをおかくしになっていて、それでなにか問題でも……」

邦高はあわてて、適当にごまかした。

「いやいや。わたしは本当に独身です。……じつは、テレビの一場面の話ですよ。このあいだ来客があって、そこまでで中断させられ、気になってなりません。終りまで見れば、たいしたことはない物語なのでしょうが」

佐枝子は笑い顔にもどって、

「にせ刑事なんかより、テレビ見物を中断する来客のほうが、現代ではより悪質な犯罪のようね。……で、その番組は西部劇でしたの。あたしは見ませんでしたけど、にせ保安官を働いたら、ふつうの泥棒の場合よりも、多額な懸賞金がかかるんじゃないかしら」

「すると、常識的に考えた場合、金額に換算してくらべてみると、やはり、お釣りが発生することになるわけですね」

と、邦高はうなずきながら、がっかりした。黒田に受け取る権利があったようだ。

「そんなテレビ映画のお話は、事件が片づいてからにしましょうよ。それより、仏像の犯人について、なにかわかりまして？」

佐枝子はデザートのアイスクリームを口に運びながら、本来の話題にひきもどした。

邦高はブランデーを少し飲み、

「ええ。まあ、なんとか」

「うまく取り戻せそうですの？　あたし、まだお話ししていませんでしたけど、一つだけ、心配で困ったことが……」

「じつは、それについて、わたしのほうにも困ったことが……」

邦高は言いにくそうだった。犯人をつきとめたのはいいが、同時に自分も弱味をにぎられてしまった。そのうえ、佐枝子の期待に反して、仏像を取りもどすどころか、身代金の仲介まで押しつけられてしまっている。

夕方、神社にたずねてきた佐枝子に、邦高はその現状の説明を切り出しにくく、食事にさそったのだった。だが、デザートになったものの、依然として話しにくい。

「どんなことですの。相手が逃げたとか、仏像を処分してしまったとか……」

「いや。逃げてはいませんし、仏像はまだ、その手中にあります。わたしはやっと、そこまでつきとめはしたのですが、身代金の仲介をたのまれてしまいました。それをしないと、仏像を本当にこわしてしまう、とか言っていました」

と彼は、少しうそをまぜて弁解した。どうも真相を話すことは、ていさいが悪い。

「人質を握られているんだから、考えられることだわ。あたしが困っていたのも、ちょうど、そのことだったのよ」

「これでは、わたしがお引き受けした意味が、まったくなくなってしまいました。お預かりしたお金を、お返ししなければ……」

と恐縮する邦高を見て、佐枝子はうれしそうな、ほっとしたようすになった。

「いいのよ、それで。あなたのお役目は、順調にはたしていただけたわけよ」

邦高はまごつきながら、

「いいことはありません。すべて、わたしの不手際です」

「いいのよ。あたしが困っていたのは、身代金を渡したはいいが、仏像のかえってこない場合のこと。いやな手術を受けたのはいいが、終わってしばらくしてから、ピンセットを入れたままとわかって、もう一度手術を、といったようなものね。でも、その心配も、あなたのおかげで、なくなったわ」

邦高は変な顔をした。そういえば、黒田も交換の方法に困って、同じようなことを言っていた。現代、あらゆる分野にわたって、最も必要でありながら、最も不足しているのは、信用ある仲介者ということになるらしい。遠からず仲介方法論といった本が出たり、万能仲介センターといった機関が出現するかもしれない。

「では、やはり身代金を、お払いになるおつもりなのですか」

と邦高はふしぎそうに念を押した。佐枝子はゆっくりとコーヒーを飲み、

「ええ。もちろんよ」

「もちろん、ですって。……仏像を取り戻したいお気持ちはわかりますが、どうも、

もったいない気がいたします。どうでしょう。札束の上と下だけを本物にして、あとは紙きれでも渡してみたら」

邦高は思いつきを口にしたが、彼女は首をふった。

「うまくいかないと思うわ。相手だって、いちおう枚数ぐらいは、かぞえてみるでしょう。すぐにばれてしまうわ」

「それなら、いま銀行からおろしてきた、と見せかけるため、帯封でも巻いておきましょうか。そして、数えるひまを与えないよう、演出にくふうをこらすとか……」

「それもどうかしら。厚い札束の、人間のあこがれを内に秘めた、あの、ずしりとした柔らかな手ごたえ。付焼刃では、この微妙な感触が出せないから、通用しそうにないわ」

「といっても、ほかに方法が……」

「それがあるのよ。ふつうだったら、みっともなくて、お話しできないことですけど、こうなってくると、得意になってしゃべれるわ……」

と、佐枝子ははじめて、邦高に打ちあけた。詐欺に似たようなことで、一流株にまぎらわしい名前の会社の、ぼろ株券を押しつけられてしまったことを。

「……これを渡すのよ。ね、いい方法でしょう。かっとなって捨てたりしなくてよかったわ。おかげで、役に立ちかけてきたわけよ。廃物利用ね。いまどき、あまりはやらない言葉のようですけど」

「そうでしたか。しかし、相手がそれで承知するかどうか……」

「大丈夫よ。いつかかかってきた電話で、むこうもそれを承知しているの」

「その場ですぐに、ばれないでしょうか」

「あたしで、すでに実験ずみよ。それに、札束とちがって株券には一定の感触がないわ。時の流れで、ぼろ株も一流株も、立場を変える可能性を含んでいるわけでしょう」

「それもそうですね。……しかし、あなたも人が悪い。そのお話を、もっと早くなさって下されぱいいのに。わたしは相手との交渉で、冷汗を流してしまいましたよ」

と、邦高は少し不満げな声を出した。そうと知っていれば、黒田に対して、ああまでてあたふたしなくてよかったものを。

「でも、お話ししなかったからこそ、付焼刃でない、微妙な感触を出すことができ、相手が仲介をたのんできたわけでしょう。だけど、お知りになってしまった、これからが大変よ。身代金の交換の時には、真に迫った冷汗を、こんどは無理にも出していただかなくてはならないわ」

「せいぜい、冷汗を流す練習でもしておきましょう。……たしかに、おっしゃる通りです。事実を知ってしまうと、苦労がふえるものですな。とすると、なにもかもご存知の神さまの苦痛というものは、恐るべきものです。それを考えただけでも、頭を下げる価値があります」

「仏さまもよ」

「しかし……」

と、邦高はいったん笑顔にもどったものの、なにか気になることを思いついたような口調になった。佐枝子はそれを聞きとがめて、

「この計画に欠点でも？」

「欠点ではありませんが、相手があとで、ぼろ株と知った時です。わたしがすりかえたと、疑うでしょう。その対策として、言いわけを考えておかなければならないようです」

「その点も、大丈夫だと思うわ。ぼろ会社の株というものは、変なものよ。無価値のくせに、いざ手に入れようとしても、おいそれとは手に入らない品物よ。すりかえる時間があなたにあったとは、考えられないわけでしょう」

「なるほど。古い週刊誌に似ていますな。売れば紙くずだが、さがして買うのは不可

能だという点で。……しかし、ぼろ株と気がついたら、やつもさぞ、くやしがることでしょう」

「文句の持ってゆき場所がないわけよ。まさか、もう一度仏像を盗んで、はじめからやり直すこともできないでしょうし」

二人は顔を見あわせ、楽しそうに笑った。だが、邦高はまたも、

「しかし……」

「まだなにか、問題があるかしら」

「相手のほうも、べつな仏像を持ってくるということは、どうでしょう。人間の考えつくことは、大差ないとか言いますが」

「考えるかもしれないけど、実行は無理だと思うわ。似たような仏像を用意しようとしたって、これも、おいそれとは手に入らない品よ……」

佐枝子は自分のすばらしい計画と、さっき飲んだ少量のお酒とに酔って、調子よくしゃべりつづけた。そして、ハンドバッグから封筒を出し、二人の間の机の上において、

「……でも、念のために、これをお渡ししておくわ」

「なんです、それは」

と言いながら、邦高はなかの一通の書類を出して、ひろげてみた。古美術研究所という文字があり、その印が左のはじに押してある。

「いつかお話しした、鑑定書よ。仏像の大きさが書いてあるから、その場で寸法を測っていただければ、すぐ確かめることができるわ」

「では、これをお預かりしておきましょう」

「仏像はその点、正直だからいいわよ。しばらく会わないうちに、めっきり大きくなるとか、待遇が悪かったため、やせたなんてことがありませんもの。……さあ、あとはあなたの、演技力の問題ですわよ」

「演技力ですか。まあ、なんとかなるでしょう」

邦高は軽く答えたが、佐枝子は首をかしげ、

「でも、なんだか心配ね。そこが最も重要な点よ。なにか、見本を見せて下さらない？」

「大丈夫ですよ。信用して下さい」

「神主をなさっていらっしゃるけど、実は、内心では神さまを信じていない。それだったら、すばらしい演技力と、見本なしで認めてあげてもいいわよ」

「いや、わたしは神さまを信じています。……しかし、いいじゃありませんか、見本

なしでも」

邦高は頭をかき、言を左右にしたが、彼女は面白がって主張した。

「よくありませんわ。犯人を相手にした本番の時に、失敗しないですませるには、いま恥ずかしい思いをしておいたほうがいいでしょう」

「弱りましたな。……では、なにかやるにしても、まず、もう少しのどをしめらせてからです」

彼はボーイに合図し、ブランデーの追加を注文した。時をかせぐためでもあり、また、まだいくらか飲みたりない気分でもあった。

やがて運ばれてきた、そのグラスをゆっくりとあけ、

「さて、なにをやりましょうか」

「なんでもいいわ。お得意のことで」

「それでは、あなたへの愛の告白でもやりましょう」

邦高はまじめそうな表情で言った。「およしなさい」と止められることを期待し、困らされたかたきをとるつもりだった。だが、それは反対の結果になった。佐枝子は手をたたくまねをして答えた。

「ぜひ、お願いするわ」

「では……」

邦高はせきばらいをし、しばらく息をつまらせていたが、

「……いや、こう改まっては、できるものではありません。いまは、かんべんして下さい」

「いつならいい、とおっしゃるの？」

「まあ、事件が片づいてからにでも……」

「しかたがないわね。じゃあ、その時まで延期してあげるわ」

と佐枝子は手をゆるめた。邦高はいちおう難をのがれ、ほっとして、冗談めいた口調で、

「それまでに、名文句でも考えておきましょう。生活には困らないとおっしゃっても、人生は孤独と寂しさにみちているものです……といった調子の」

と、なにげなくつぶやいた。かつて退屈まぎれに、未亡人の立場に立った投書を、身上相談欄に送ったとき、その回答のはじめの部分にあった文句だった。

「あら」

と、佐枝子は妙な顔をした。彼女もまた、それを読んで覚えていたのだ。なんでいま、その文句を聞かされることになったのか、ふしぎでならなかった。だが、その理

由を聞くのも、事件解決後に延期することにした。

二人はレストランを出た。外はいつのまにか暗くなっていた。佐枝子は笑いながら、

「ほんとに、ごちそうさまでしたわ。だけど、演技のほうをよろしくね。犯人相手のも、あとまわしになってしまった余興のほうも」

と、軽く頭を下げた。邦高は、

「いいですとも。……では、お宅までお送りしましょう」

「けっこうですわ」

「どうせ、同じ方角ではありませんか」

「そうでしたわね」

佐枝子はその時、少し前を楽しそうに歩いている、若い男女をみつけて、

「あら」

と声をあげ、かけよろうとした。副島須美子と黒田一郎。邦高はあわてて引きとめ、ふしぎそうに聞いた。

「お待ちなさい。あの青年は、ご存知のかたなのですか」

「いいえ。女の子のほうよ。フロリナ化粧品の外交で、二回ほど、うちへ来たわ」

「そうでしたか」

と邦高はうなずいた。黒田がどうやって仏像に目をつけたのか、いままでわけがわからなかったが、あの女が共犯者だったとすれば、はじめて納得できる。だが、いま声をかけ、呼びとめてはぐあいが悪い。「あ、にせ刑事」と叫ばれるかもしれないし、それをきっかけに、なんらかの一騒動が起るにきまっている。

しかし、佐枝子のほうは、彼が犯人ですと教えられれば別として、黒田の人相を、そうはっきりとは覚えていなかった。

「あなたは、ご存知なの？」

と、聞きかえされ、邦高は適当にごまかすことにした。黒田とのあいだに、おたがいに口外しない約束がある。

「いや、よくは知りません。近所に住んでいて、時どき、おみくじを引きに神社にやってきます。……まあ、あまり若い者のじゃまはしないほうがいいでしょう」

佐枝子は足をとめ、二人を見送りながら、

「それもそうね。でも、おみくじを引くなんて、純情なところがあるわ。感じのいい青年じゃないの。きっと、あの女の子との恋愛で悩んでいるのよ」

「そうかもしれませんね」

「あの二人は、結婚することになるんじゃないかしら」

「さあ、それはどうでしょうか」

「あんなに、仲がよさそうに歩いているんだから、結婚するわよ。そう思いませ
ん？」

「思いませんね」

「なぜ」

「べつに理由はありませんが……」

邦高はまた言葉を濁した。黒田があの女性と結婚したら二十万円をかえしてもらう
約束にもなっている。

しかし、それを知らない佐枝子は、

「あたしはすると思うわ。賭けをしましょうか」

「いいですとも。わたしはこのあいだお預かりした、二十万円を賭けましょう」

友　引

牧野邦高は朝食を終えてから、机にむかった。そして、外国から取り寄せた造園関係の本を開き、しばらくその読書に熱中した。

そのうち、ふと、社務所の窓に人のけはいを感じて顔をあげ、黒田一郎が立っているのを知った。手にはボストンバッグを下げている。

「やあ、先日は……」

二人はどちらからともなく、同じように声をかけあい、それに気がついて少し笑った。前回の対面の時と似たような状態だったが、数日たったきょうは、気分がだいぶ違っていた。

前回はおたがいに、正体を問いつめようと、相手のことばかりに気を取られていた。しかし、きょうは逆に、怪しまれずに、うまく交換をすませるため、自分の演技だけに気を取られている。

黒田は、そしらぬ顔で言った。

「ここに来ると、どういうわけか、同じ言葉ばかり出てしまいますね。……ところで、さっそくですが、例の件です。きのう松平さんに電話して、身代金をここの神殿の、賽銭箱《さいせんばこ》に入れるようにと話しておきましたが、どうなっていますか」

「これです。で、あなたのほうは?」

と聞きかえしながら、邦高は机の下から、ぼろ株券の入っている、大きめの封筒を取り出して見せた。黒田のほうは、副島須美子の作った模造品を入れたバッグをたたいた。

「ここにあります」

「では、交換することにしますか。しかし、あなたも妙な日を選んだものですね」

邦高は相手の気をそらせる目的で、こんなことを言った。黒田はまばたきをして、

「いけませんか。きょうは、なんの日です」

「友引ですよ。友を引く、とかいって、この日に起った事は、何回かくりかえされる、とされています。もちろん、暦の上での俗信ですが、気になさる人が多いので、わたしも商売柄、いちおうご注意申しあげるのが、くせになってしまっています。それで、つい……」

「神主さんがそんなことを、いちいち注意なさるから、人びとが気にするようになる

のですよ。……しかし、なにも延期することもないと思いますが」

と、黒田は内心いくらか気にしながらも、表情には出さずに言った。日を延期したりして、相手に再検討の余裕を与えることはない。すぐそばには、めざす封筒が用意されている。

この点は邦高も同じだった。

「わたしも、かまいません。しかし、まあ、なかにお入りになりませんか。……早く」

邦高は、フリッツが犬を連れて鳥居をくぐってくるのを見つけ、早口で注意した。

黒田もそれに気づき、あわてて玄関にまわった。

「ぼくもあの犬は苦手です。縁起のいい犬か、悪い犬なのかわかりませんが」

邦高は吉蔵に声をかけた。

「おい。わたしたちは急ぎの、手のはなせない相談をしなければならない。フリッツさんには居留守を使うことにするから、おまえが話し相手になってさしあげてくれ」

と、吉蔵を追い払い、彼は黒田をうながして台所に入り、ふすまをしめた。建物は和風だが、ここはよくあるキッチンセット。

「ここなら、ここ、ひとにのぞかれることはありません。どうぞ、床の上におすわり下さい。

掃除はよくやってあります」

「こんな所で身代金の取引きをするとは、犯罪史上あまり例のないことでしょう」

社務所の表のほうから、犬のほえる声が聞こえてきた。二人は顔を見あわせた。

「あの犬め……」

黒田は床にすわり、口をきった。

「では、交換をいたしましょう。念のためにお聞きしますが、ぼくのことは、だれにもしゃべってないでしょうね」

「もちろんです。わたしは約束を守りますよ。どうでしょう。おたがいにあとで文句を言わないことも、約束することにしませんか」

「いいですとも……」

二人は相手のようすをうかがいながら、それぞれ品物をさし出した。本物でないことを感づかれるだろうか。そのほうに気をとられ、相手から渡された品を確かめるのが、なおざりになった。しかし、それでは怪しまれる。いま演技をしなければならない。

黒田はまじめな顔つきをよそおって、松平の印の押してある封を破り、枚数をかぞえながら言った。

「さすがは一流会社の株券です。手ざわりに活気が感じられます……」

邦高はふところから巻尺を出し、もっともらしい手つきで、仏像の高さや周囲を測りながら言った。

「さすがは由緒ある仏像です。歴史の重みが含まれているようです……」

おたがいに自分がなにを言い、なにをしているのか、まったく意識していなかった。それよりも、相手の言葉や動作のほうに、神経が集中していた。いまに見破られるのではないかと、気が気でなかった。そして、おそるおそる、

「いかがでしょう」

「たしかに受け取りました。これからは、そちらの責任です。どうぞ、おしまい下さい」

と、言いあった。黒田は株券をバッグに収め、邦高は棚の風呂敷を取り、仏像を包んだ。それを見て、二人はほっとため息をついた。演技はなんとかなったようだ。

「めでたし、ですね」

と黒田はにこにこした。邦高も、冷蔵庫からジュースのびんを出しながら、こみあげる笑いを押えられなかった。

「暦の上で友引の日は、朝晩は吉ですが昼ごろは凶、とされています。しかし、そん

なこともないようですな」

「乾杯でもしたい気分ですね」

と黒田は言った。株券は手に入り、模造品の仏像は感づかれずにすんだ。彼は笑いが顔に出るのを押えたものの、口からは、楽しげな調子の言葉が勝手に出ていた。

「そうですな。なんでしたら、そのへんに酒がありますよ」

邦高は手をのばし、台所の棚からウイスキーのびんを取った。グラスをさがすのが面倒なので、手近かにあった茶碗を二つ並べ、それについだ。黒田はジュースで割った。

邦高もまた、なにか言っていないと、笑い出しそうで心配だった。ぼろ株券とも知らずに、相手はありがたがってしまいこんだ。それと気がついた時の、くやしがりようを見物できないのは残念だが。

「では、一杯だけ、いただきましょう」

黒田は茶碗を手にし、邦高はそれにあわせて飲みながら、つい口をすべらせた。

「いろいろと、ありがとう」

「お礼を言うのは、こちらのほうですよ。あなたはべつに得をしていません」

黒田は聞きとがめ、邦高はごまかした。

「いやいや。損得ではありません。事件の解決を手伝うのは、気持ちのいいものです」

「なんとなく、さいそくされている感じですね。……そうだ。やはり、あなたに手数料を払うことにしましょう。このなかから、二千株ばかり差し上げます」

「いや。いただくいわれはありません」

と邦高は、黒田がバッグをあけ、枚数をかぞえかけたのを見て、手を振った。ぼろ株券をもらってみても、うれしくはない。

しかし、黒田は気が大きくなっていた。

「おたがいの間には、口外しない約束がありますが、あなたの気が変るのを防ぐには、分け前をあげておいたほうがいいようです。また、このあいだ変なお釣りを巻きあげてしまいましたが、多すぎたかもしれません。遠慮なさることはないでしょう。……まさか、あしたになったら、突然この株が暴落するわけでもないでしょう……」

黒田が株券を目に近づけかけたので、邦高はあわてて承知し、そしらぬ顔で、

「では、いただくことにいたしましょう。しかし、二千株というと、三十万ちかくなりますよ。あとで、多すぎたなどと、後悔なさるんじゃありませんか」

「多すぎるとお思いでしたら、先日お話しした、ぼくをそそのかした投書の主を、さ

がし出すのに協力して下さい。判明したら、さらにお礼をしますよ。神主さんなら、占いの秘法かなにかを、ご存知でしょう」

邦高は二千株を、いかにもありがたそうに受け取った。

「秘法は知りませんが、ひまを見て、心当りを調べてみましょう。しかし、犬を使うのはいけませんな……」

彼はふすまを少しあけ、ようすをうかがった。フリッツと犬は帰ったらしかった。

「では、そろそろ失礼します。お元気で」

と黒田は立ちあがり、邦高は玄関で見送った。

「そちらこそ、お大事に。それから、奥さんでも婚約者でもない、あの女のかたによろしく」

「ええ。あなたがたいへん喜んでいた、とでも伝えておきますよ」

黒田はバッグを抱え、急ぎ足で出ていった。そして、黒田は鳥居のそとで止まり、邦高は居間にもどってすわり、やっと緊張をゆるめて、心ゆくまで笑いつづけた。

部屋に入ってきた吉蔵が、ふしぎそうな顔で聞いた。

「神主は、かるがるしく笑ってはいけません。どうかなさったのですか。鬼は来年の話で笑うそうですが、神主の笑うのはなんです」

「あしたの話だろうな。……ところで、わたしはちょっと松平さんの家に行ってくる」

「なるほど。やはり、あのご婦人のことでしたか」

「いや、くわしいわけは、いずれ話す。まあ、留守番をしていてくれ」

邦高は手早く服を着かえ、仏像を包んだ風呂敷を手に、社務所を出た。

松平佐枝子は彼を迎え、座敷に通した。そして、待ちかねたように聞いた。

「どうでした。うまく渡せて?」

「もちろんですよ。やはり、わたしの演技力です。相手はとても喜んで、疑いもしませんでした……」

と、彼は思い出し笑いをしながら、あらましを話した。彼女もつりこまれて笑い、

「あたしも、のぞいてみたかったわ。……さあ、まず仏さまを、もとの場所におもどししましょう」

と、婆やに床《とこ》の間をふかせた。邦高は、

「しかし、その場所は縁起が悪いようです。ひとつ、のりとをあげ、おはらいをしてからにしましょうか」

と、冗談を言いながら、風呂敷をほどいた。だが、佐枝子はふいに笑いをやめ、

「ちょっと、よく見せて」

「どうぞ。さすがに立派な仏像です」

「立派じゃないわよ。これは、盗まれた仏像とはちがうわ」

「しかし、鑑定書の寸法と、たしかに合っていましたが」

「大きさは似ているけど、にせ物よ。スマートすぎるわ。あんまり仏さまらしくないでしょう。……どこから見つけて来たのか知らないけど、敵もさるものだったのね」

彼女はがっかりした声で指摘した。

「そういえば、そんな感じです。……やはり、日がよくありませんでした。きょうは友引。引分け勝負なし、という日でもあります。また、失敗してしまいました」

「あなたの責任じゃないわ。だけど、早いところ追いかけて、文句をつけてきて下さらない。ぼろ株と相手が気がつかないうちに。日を気にしている際じゃないわ」

邦高は佐枝子の家を出て、急ぎ足で黒田のマンションにむかった。にせの仏像は、持って行くまでもあるまい。で、どう交渉をしたものか見当もつかなかったが、いまはそんなことを考えている際ではなかった。ぼろ株がばれる前に、まず相手をつかまえるのが先決だ。

階段を四階まで一気にかけのぼり、彼は息をはずませながらドアのボタンを押した。

ブザーがなかで鳴りつづけたが、だれも出てはこなかった。ノックをし耳を押しつけてもみたが、ノブを押しても引いても開かなかった。

邦高はしばらくドアの前に立っていた。黒田は留守のようだ。あれから、食事にでも行ったのだろうか。しかし、ここで待っていてもしかたないことに気づき、ふたたび階段をおりた。

マンションの一階に住む、持ち主兼管理人の老人は、ドアをあけてのぞきこんだ邦高を見て、声をかけてきた。

「おや。神主さんではありませんか。どうぞ、お入り下さい。なにかご用ですか」

「やあ。あなたが、このマンションをやっていらっしゃったのですか」

邦高はあいさつをしながら、なかに入り、すすめられた椅子にかけた。特に親しいというわけでもなかったが、時どき散歩がてらに神社にあらわれ、声をかけあう程度の知りあいだった。

「ええ。マンションの経営も、なかなかいいものですよ。どうです。あの土地にマンションをお建てになったら。まえから、おすすめしようと思っていました。いや、神社をおやめになることはありません。屋上に移せばいいでしょう。いまは、空間を立体的に利用すべき時代です……」

老人は退屈していたらしく、うれしそうにしゃべりはじめたが、邦高はそれをかわした。

「まあ、いずれ、よく考えてみましょう。……じつは、四階の黒田さんをたずねて来たのですが、お留守のようですね」

「ああ、黒田さんとお知りあいですか。あの人は、いい青年ですよ。まともな勤めをしていない点は、感心しませんが。まだ、独身でいるのも気になります。……そうそう。さっき若い女のかたがたずねてきました。寄ったけど留守だったので、帰ったら渡してほしいと包みをここに置いて帰りましたよ」

老人は部屋のすみを指さした。フロリナ化粧品のマークの入った、ボール箱があった。邦高は、あの女性だなと思い当り、また、箱の大きさから察して、試みに聞いてみた。

「なかみは、仏像ではないでしょうか」

老人は箱のすきまからのぞき、

「その通りです。よくご存知ですね。しかし、化粧品の箱に仏さまとは……」

「黒田さんを通じて、わたしが受け取ることになっている品です」

「そうでしたか。だが、神主さんが仏像を注文なさるとは、妙なとりあわせですね」

「いや、このごろのように無信仰の人が多いと、神も仏も共同戦線をはらねばなりません」

邦高はなかみが仏像と知って、ほっとした。なるほど、あの女に預け、かくしておいたというわけだったのか。だが、なんとかして、これを持ち帰らなければならない。彼はまじめな顔をよそおって言った。

「じつは、至急に必要なのですが、黒田さんが留守で困っているのです。どうでしょうか。渡していただくわけには……」

管理人の老人は、しばらく考えてから、うなずいて答えた。

「いいでしょう。わたしも無信仰のくちですが、神主さんは信用しています。政府を信用しないくせに、役所を信用するたぐいで、いささか変な話ですね。しかし、まさかあなたが、神社を残して夜逃げなさることもないでしょう」

「どなたも、同じようなことをおっしゃいます」

「しかし、簡単な受け取りを書いて下さい。あとで、ごたごたが起ると困ります」

「いいですとも」

邦高は紙をもらい、本物の仏像を確かに受け取ったこと、文句は今後けっして言わないこと、模造品のほうはいつでも返すこと、という意味の文を書き、署名した。それから封筒をもらってなかに入れ、封をして老人に渡した。

「黒田さんが戻られたら、お渡しして下さい」

老人はしきりと、神社の境内にマンションを建て、共同経営でやろうと話しかけてきたが、邦高はいいかげんで切りあげた。

彼はまた、松平佐枝子の家にとってかえした。

「うまく取りかえしてきました。こう順調に行くとは、考えてもみませんでした。まず、お茶をお願いします。のどが渇《かわ》きました」

佐枝子についでもらったお茶を飲み、邦高は、だいたいの事情を、とくいげに話した。

「ほっとしたわ。こんどは大丈夫そうね。……あら、フロリナの箱じゃないの。あの化粧品も、だいぶ普及しているようね」

佐枝子はこう言いながら、箱をあけた。だが、なかから出てきたのは、仏像にはちがいなかったが、さっきのよりさらに近代的な感じのするしろものだった。

「あら、これでもないわ。どうしましょう」

彼女よりも邦高のほうが、もっとがっかりした。こうと知っていたら、本物の受領証など書くのではなかった。

「また、やられましたか。こうなったら、わたしも意地です。あとへは引けません。……まず、仏像の出所である、報福寺に行ってきます。そして、盗難届けの出ているのをたしかめ、それで相手をおどかしましょう。さしあたって、仏像の売られるのを防げるでしょう。少し強硬な方法をとらなければ、ならないようです。あすの朝、早く出かけてみます」

「お願いするわ。……それから、この仏像は一つあげましょう。にせ物を二つ持っていても、しようがありませんもの」

つぎの日の午前。牧野邦高は郊外の小さな駅で、私鉄をおりた。きのう、松平佐枝子の家から戻り、宗教年鑑と地図とで、報福寺の所在地を調べた。さらに、駅の売店で聞くと、バスで十二分とかいうことだった。だが、そのバスはすぐには出そうになく、彼は歩いて四十分のほうを選んだ。

建売住宅らしいのが町のまわりにふえつつあったが、十五分ほど歩くと、畑の多い田園風景がひろがってきた。都心とちがう澄んだ空気が、肺の内側を洗ってくれるようだった。しかし、邦高はそれを味わっているどころではなかった。

寺から盗難届けが出ているだろうか。それをたしかめて黒田に告げれば、問題の仏像を売れなくなる。売ればつかまるし、善意の第三者と主張しようにも、松平家から持ち出したとは答えられない。このような持ちぐされの宝に対しては、身代金を大いに値切れる。

報福寺は、細い道に折れてしばらく行った、小高い丘のかげにあった。墓地が付属し、裏には林が迫っていた。大きな寺ではないが、古い静かさがただよっている。しかし、造園の参考にと眺めている際ではなかった。

邦高は山門をくぐり、本堂につながる建物の玄関に立った。

「ごめん下さい」

「はい。どちらさまでしょう」

障子が開き、応対に出た四十歳ぐらいの坊さんに、邦高は考えてきたあいさつをした。

「わたしは仏像に心をひかれ、ほうぼうの仏さまを拝見してまわっている者です。おさしつかえなければ、おがませていただけないものでしょうか」

「それは、ご奇特《きとく》なことです。核実験から外国の内乱まで、家庭のテレビでなんでも見物できる時世に、わざわざおいで下さるとは。しかし、この寺の仏像は、それほどの名作というわけでも……」

坊さんは邦高を見て、まともな紳士らしいと判断したが、一応けんそんして答えた。

邦高は、ここでねばらなければと、押しつよく言った。

「ぜひ。ちょっとで結構ですから」

「では、どうぞ。わたしひとりなので、手入れが行きとどいていませんが……」

と住職は邦高を通し、本堂への廊下を案内した。建物にしみついた香のかおりが、ひんやりした空気のなかに発散していた。

仏像は、奥の薄暗い場所に置かれてあった。邦高は神妙に頭を下げ、それから、首をかしげながら観察した。

仏像がここにあるのは、どういうわけだろう。彼は佐枝子が盗まれた仏像を見てはいなかったが、きのうくわしく聞いた特長が一致している。また、大きさも鑑定書と……。

そうか。仏像が盗まれたことについて、寺では外聞を恥じ、模造品を作って置いているにちがいない。こう考えると理屈が通る。道理で、見せたがらないようすだった。

邦高は、寺が盗難をかくしているらしいという新事態に対し、どう切り出したものかと迷いながら、そばの住職にそれとなく話しかけた。

「うまくできておりますね」

「はい。特に名作ではございませんが、ありがたいお姿でございます」

「いつごろ、お作りになりましたか」

「いつごろって……。もちろん、当寺のできました、五百年ほど前でございます」

とまどった顔の住職に、邦高は話を進めた。

「いや、わたしのお聞きしているのは、この仏像のことです」

「ええ。わたしの申しあげているのも、この仏像のことでございます。……いったい、どういう意味でございますか」

「そう、おかくしになることはありません。わたしは知っています。正直に打ちあけて下さい」

「なにをでございますか」

「この仏像が模造品であることですよ」

と、邦高が核心に触れると、住職は怒ったような声を出した。

「なんですって」

「まあ、おさわぎにならないで下さい。お話しなさりたくないのは、ごもっともです。しかし、本物の盗難については知っているのです」

住職は、しばらくつぶやいた。

「どういうことだろう。うむ。きっと、いいがかりの新型にちがいない。善人なおもてテレビの影響をうける。いわんや悪人をや。このごろは、妙な手口を考え出す者がふえたらしい。……いいかげんになさらないと、訴えますよ」

「まだ訴えてないのでしたら、早くなさって下さい。それをおすすめに来たのです。盗難届けを……」

住職は、こんどは声をひそめ、邦高の目をのぞきこみながら、

「なるほど。あなたは、そう悪いかたではなさそうです。……どうかなさったのですか。変な妄想をお持ちのようですが」

邦高はあわてて手を振った。

「いや、わたしは正気です。それに、お寺のためを思えばこそ、出かけてきたのです。代々つたわる仏像の盗まれたことを、おかくしになりたい気持ちはわかりますが、それでは悪をのさばらせます。警察もわけを話せば、秘密を守って捜査してくれるでしょう」

「どうも、わけがわかりません。この仏像はむかしからの品です。いまだかつて、盗まれたことも、金に困って手放したこともありません。よその寺とまちがえていらっ

しゃるのではありませんか。わたしも閻魔《えんま》さまと話をする役目です。でたらめは言いませんよ」

と、住職は真顔で主張し、うそをついているようには見えなかった。邦高はいくらか心配になってきた。その言葉が本当で、いま、目の前にある仏像が本物とすると……。

住職は邦高のがっかりしたようすを見て、

「いかがでしょう。あちらで少し、お休みになりませんか。くわしい事情を、お聞きしたい気もします……」

と、別棟の座敷に案内した。そして、古びた文書《もんじょ》などを持ち出し、本物であることを力説した。さらに、

「……なんでしたら、近所に住んでいる、古い檀家《だんか》の人をお呼びしましょう。保証してくれますよ」

「いや。よくわかりました。それには及ばないようです」

と邦高はそれを認めた。住職は安心して、

「わかって下されば結構です。それにしても、なんでこんな誤解が……」

「こうなったら、なにもかもお話しして、さしつかえないようです。じつは、わたし

の知りあいの仏像が盗まれまして……」

　と邦高は事件のあらましを、正直に話した。大さわぎをしている仏像のほうが模造品となれば、かくしたりする必要もない。

「そうでしたか」

「盗まれたのが模造品と知って、ほっとしたような、がっかりしたような、説明しにくい気持ちです。病気になったと思いこんで、仕事を休み薬を飲みつづけていたところ、健康と診断されたような心境です」

　と邦高は複雑な表情になり、住職はなぐさめ顔で言った。

「お察しします。……しかし、模造品のことでおさわぎになるのは、宗教にたずさわっているわたしに言わせれば、筋ちがいのように思えます」

「と、おっしゃると」

「仏像とはすべて、仏さまを模して作られたものです。早くいえば、みな模造とも言えましょう。にせ物も本物もありません。美術品として、価値のある仏像だからありがたい、安物の前で手を合わせたら損だ。これでは、仏さまのみ心に反しましょう」

「ごもっともです」

「これが映画でしたら、どうせ見るのなら、カラーでワイド版の、金のかかったもののほうがありがたいでしょう。しかし、仏さまはちがいます。その前で手を合わせれば、すべてが本物です。商品と宗教を混同する人が多くなって、なげかわしい世の中ではありませんか」

「おっしゃる通りです」

「おみうけしたところ、あなたは宗教に縁のありそうなかたです。ひとつ、仏さまのお話を、くわしくいたしましょうか……」

いままでうなずいていた邦高も、説教がはじまりかけて苦笑いした。まさか、わたしは神主ですとも言い出せなくなった。

「いや、わかりました。しかし、信仰するとしたら、わたしは偶像に関係のないほうを、選びましょう。そのほうが無難のようです……」

邦高は佐枝子から預かった、鑑定書を持ってきたのを思い出した。そこで、腕を組みかけたのをやめ、手を内ポケットに入れた。

「そうそう。こんな書類があったから、わたしも信用してしまいました。まんざら、いいかげんとも思えませんが」

住職はそれを手にして、のぞきこんだ。しかし、すぐに目を離し、苦笑いした。

「これはいけません。あなたも、ひっかかったくちですな」

「というと、全然でたらめのものですか」

「いや。この古美術研究所は存在し、いまも営業中です。関係者のあいだでは、むしろ有名でしょう。しかし、札つきです」

「札つきとは」

「つまり、信用しないほうがいい、という鑑定書つきの研究所です」

「では、たちの悪い人が、やっているわけですな」

と、邦高は念を押したが、住職は首をふった。

「どうも、それが、あまり悪質ではないのです。なんでもかんでも、持ち込まれる美術品に対して、考えうる最良の鑑定書を発行してしまうのですよ。あんなに創作力、想像力があるのなら、自分が芸術家になればいいのに、と思えるほどです」

「法的に取締れないものでしょうか」

「無理だそうですよ。本人が、そう信じて鑑定した、と主張すれば、どうにもならないようです。卒業生の就職のために発行する、学長の推薦状と同じです。優秀でなかったとわかっても、文句を持ち込めません」

「そういえば、わたしも中学生時代、親戚の医者にたのんで、診断書を作ってもらい、体操をなまけた経験がありましたよ……」

邦高は似たような現象を思い出し、いたずらっぽく笑った。住職は穏和な口調で、

「診断書では、そう無茶も書けないでしょうが、古美術だと、相当なことまで通用してしまいます。それに、本人が悪質なら問題にもできましょうが、善意ときているのですから、しまつにおえません。べつに、あくどいもうけも、していないというわさですから」

「妙な人も、いるものですな」

「しかし、あるいは、それでいいのかもしれません。現代では、事実のあらをさがし出し、けちをつける人が多すぎます。それより、うそでもいいから人を安心させ、自信をつけ喜ばせる。どちらに存在価値があるか、わかりませんよ。仏教でも、うそも方便と申しています。……いや、変な結論になってしまいましたが、いまのわたしの話は本当です」

邦高は腰をあげながら、

「でしょうな。……では、これで失礼しましょう。おじゃましました。迷ったような、悟ったような心境です」

住職は笑って見送った。

「これをご縁に、おでかけ下さい。十回もお通いになれば、全快、お悟りになれまし

よう」

帰りかけた邦高は足をとめ、住職をふりかえって、聞き残した、言いにくい質問を口にした。

「どこで模造品ができたのでしょう。まさか、おたくでは……」

雲行きが怪しくなったら、すぐにも逃げ出すつもりだった。しかし、相手はべつに怒りもせず、

「さあ。写真にとっていった人は、いままでにたくさんありますから、そのなかのだれかかもしれません。しかし、わたしではありませんよ。つまらないことに手を出し、こののんきな生活を、棒に振るつもりはありません」

と、あたりを指さした。たしかに、静かな一つの人生にちがいない。いま、ここを追い出され、都心で職をさがすとしても、この住職にむく仕事は、おそらくあるまい。

「同感です」

と言葉を残し、邦高は山門を出て、ふたたび駅までの道を歩いた。来た時の意図とは、まったく逆な結果をしょいこみ、疲れを感じているどころではなかった。

彼は駅前の小さなそば屋で、簡単な昼食をとった。やがて乗った私鉄の電車はすいていて、ゆっくり腰をかけることができたが、気分のほうは、いっこうに落ち着かな

かった。

仏像は寺にあり、住職の話は本当らしかった。佐枝子の盗まれた仏像が、模造品であることは確定的だ。帰ってから、これを彼女に、どう報告したものだろう。うそも方便といっても、黙っているわけにはいくまい。

がっかりするかもしれない。その場合には、仏像はすべて模造品であるという、さっきの住職の説の受け売りでもするほかにないが、はたして納得してくれるだろうか。本物の持ち主は、どんな勝手な説も言える。だが、にせ物と知らされた持ち主は、どんななぐさめも受けつけないものだ。また、プロの住職と、アマである信者とでは、悟りの度合いもちがうだろう。

それとも、それが盗まれ、厄払いをした気分になって、ほっとするだろうか。女性は気まぐれだから、どう反応するか予想のつけようがない……。

邦高は同じようなことを、くりかえし考えつづけ、終点についたのを気がつかなかった。彼はそとを見て、あわてて飛び出し、乗り換えのために、べつのホームに急いだ。

その時。とつぜん人にぶつかり彼はおわびの言葉を言った。

「失礼。ぼんやりと考えごとをしていましたので……」

「いや。こちらこそ。考えごとを……」

と応じた相手を見て、邦高は声をあげた。

「黒田一郎さんではありませんか。またまた、妙なところで……」

「よくお会いしますね。やはり、友引の影響が、まだ及んでいるわけでしょうか……」

二人は目を丸くし、しばらく口をとじた。そして、きのうのことについての文句に移ろうとした。

ざわめきにみちた駅のホームの上で、黒田一郎のほうが、さきにしゃべり出した。

「あなたもひどい人です。ぼろ株を押しつけるなんて」

邦高はいちおう、とぼけてみせた。

「え。ぼろ株ですって？」

「そうですとも。いま、学生時代によく利用した、この近くの質屋まで来て、主人に笑われてしまいました。印刷していない紙だけのほうが、まだ金になるそうです。これまで築いてきた信用が、いっぺんになくなってしまいました」

「そんなことは、わたしの知ったことではありません。松平さんの封印を、あなたが破いておあけになったではありませんか」

「しかし、その点は、仲介者が気をつけてくれるべきことです」

と言う黒田の勢いに押され、邦高はあとにさがった。だが、これ以上さがるとホームから落ちるので、彼は逆襲に移った。

「そうひとりで、勝手に怒ってはいけませんよ。仲介者の責任となると、そちらで持ってきた、模造品のほうも問題にしなければなりません。ひどいのは、あなたですよ。模造品を押しつけるなんて。しかも、二つもです。模造品はいくら集めても、模造品です」

「二つとおっしゃいますが、あとの一つは、あなたが勝手に持っていった品です。しかも、本物と認めた、文句は言わない、という証文を置いていった。それとも、あの証文はにせですか」

黒田に指摘され、邦高は頭をかいた。それを見て黒田は、だめ押しをする口調で、

「あしたまでに、現金を用意して下さい。こうなったら、承知できません。でなかったら、本当にクズ屋に売ってしまいます」

邦高は話の行きがかりで、佐枝子に相談なく答えてしまった。

「それは、いい考えです」

「なんですって?」

「あれはまさに、クズ屋むきの品です。模造品なのですから。クズ屋さんに笑われないですむよう、お教えしておきます」

黒田は、わけがわからないといった顔で、

「なにか感ちがいをしているのでしょう。模造品は、きのうの二つの品ですよ」

「いや。そちらのも、そうなのです」

邦高は、手に持っている切符を見せた。そして、仏像をたしかめに報福寺に行って、引導を渡されてきたばかりであることを、かいつまんで話した。

「……というわけです。なんでしたら、この鑑定書もあげましょうか。仏像だけだと、本物として通用することもあるが、これがくっつくと、にせがはっきりするという、奇妙な、えがたい鑑定書ですよ」

「いりませんよ、そんなものは。ああ……」

と、黒田はひたいを押え、ベンチに腰をおろした。

「まあ、元気をお出しなさい。信仰には、にせも本物もありません」

邦高はいくらかさっぱりし、入ってきた電車に乗った。

社務所に戻ったとたん、邦高は、いっぺんに疲れを感じた。田舎の道を、行きは期待で夢中になって歩き、帰りは呆然となって歩き、合計すると知らないまに、相当な道のりを歩いてしまったことになる。

　彼を迎えて、吉蔵が声をかけてきた。

「若旦那、おかえりなさい。留守中はべつに、変ったこともありませんでした」

「ああ。しかし、おまえは本当に吉蔵なんだろうな」

「なんです、狐《きつね》に化かされたようなことをおっしゃって。どうかなさいましたか」

「たしかに、どうかなったようだ。なにもかもが、にせに見え、信用できなくなってきた。いっそのこと、坊主にでもなりたい気分だ」

「冗談じゃありませんよ。野球の選手なら移籍、喫茶店なら新装開店もできましょう。しかし、神主が簡単に坊主になれるほどには、まだ社会が進歩していないようです」

「もののたとえだ。……だが、こう、にせが続くのは、なにかのたたりかもしれないな。他人なら、おはらいで厄を落してあげることもできるが、自分自身のこととなると、どうしていいのかわからん」

　と、ため息をつく邦高に、吉蔵は提案した。

「どうです、おみきを召し上ってからだを清める方法は。フリッツさんのお店へでも、いっていらっしゃい。一人でぶつぶつ言っていても、はじまりません」

「それもそうだな」

「お酒が飲めるのは、神主のいいところです。坊主になろうなどという気も、消えてしまうでしょう」

「そうするか。松平さんの家へ行くのは、あしたにしよう。報告するにも、考えをまとめなければならない。それに、きょう行ったら、またなにかのにせ物が待っているかもしれないし、……そうだ。あの仏像をどこかに捨ててこよう。あんな物を置いておいては、神さまも喜ぶはずがない」

邦高は部屋のすみにある、副島須美子製の、仏像の模造品を抱え、社務所を出た。

メルヘンに入ると、まだ夕食どきには早いせいか、店のなかはすいていた。フリッツが、あいそよく話しかけてきた。

「これは珍しい。わたしがいつも朝の散歩で、神社に出かけるので、バランスをとるため、あなたのほうは夕方のお散歩に、こちらへお出かけというわけですか」

「まあ、そんなようなものです。酒でも飲んで、頭をすっきりさせようと思いましてね」

「変な頭ですね……」

フリッツは料理の注文を聞き終え、それから、邦高の持っている仏像に目をとめた。

「面白い物をお持ちですね。見せて下さい」

「どうぞ。こんな物は、犬にでも食われてしまえです」

「犬ですって。わたしの犬は、彫刻は食べませんが……」

フリッツはまず酒びんとグラス、つづいて料理を運んできた。それから、あらためて仏像を手にとり、目を輝かして見つめながら言った。

「これは、すばらしい出来です」

「冗談でしょう」

と、邦高はグラスをあけながら笑った。

「いや、本当です。いつかお話ししたように、わたしは美術品に興味を持ち、普通の人よりはよくわかります。あなたは庭園にはくわしくても、美術については普通の人でしょう」

「ええ。まあ、それはそうですが」

「この彫刻には、大いに満足しました。よろしかったら、売ってくれませんか」

「買っていただければ、ありがたいことです。神社に置くわけにいかないので、持ってでたわけですから。しかし、これがそんなにいい品とは、信じられません……」

と、邦高はまた、グラスをあけた。

「買手のほうがほめ、売手がけなすのは妙なことですが、わたしは、傑作は傑作とみとめる主義です」

と、フリッツは仏像をなでた。

「いったい、どんな点がいいのですか」

「これには、伝統と現代との、とけあった美しさがあります。日本の芸術品はすぐれていますが、あまりに伝統的なものは外国人に通じません。また、外人むけを意識したものは、ホテルの売店に並ぶ、毒々しい色のみやげ物のタイプになってしまいます。適度なものが少ない。しかし、その点これは、品もありスマートです」

「はは あ、そうですかね」

「西部劇の登場人物も、むかしの映画にくらべると、ずっとスマートになっています。だからこそ、世界的に人気がつづいているわけでしょう。それと同じですよ」

邦高はさらにグラスをあけ、

「しかし、じつをいうと、その品は模造品の模造品なのですよ」

「普遍性がないから、みな自信を失い、素性や鑑定書をたよりにすることになるのです。よくない傾向です。わたしは、そのもとの仏像を知りませんが、これだけ近代化していれば独自性を主張できます。蛍光灯を電球の模造だとは、だれも非難しないでしょう」

「ひとつの理屈ですな」

「理屈だけでは、お金を出して買いませんよ。美しいからです。……そうそう、あなたの庭園の技術と同じではありませんか。伝統を現代的にしたという点で」

「皮肉られたのか、ほめられたのか、そうおっしゃられると、変な気持ちです……」

邦高は酒を何杯も重ねた。相手は本気で買うつもりらしい。にせ物の連続したあげくに、こんな事態が待っていようとは。

しかし、フリッツはそんなことにおかまいなく、値段を切り出した。

「十五万円でどうでしょう。外国できっと、評判になりますよ。もっとお持ちでしたら、おせわしてくれませんか……」

紙屑

黒田一郎は駅のホームのベンチに腰をおろし、牧野邦高の乗りこんだ電車が出て行くのを、気の抜けた表情で見送った。思いもよらなかった引導のバトンを、引きつがされたばかりだったので、無理はなかった。

通りがかりの人が見たら、待ちあわせた恋人が来ないため、ついにあきらめざるをえなくなった、気の毒な青年とでも思うような、うちしおれたようすだった。

「やれやれ。なんということだ……」

ほかには、つぶやきの言葉も出てこなかった。本物の仏像のかわりに、模造品を渡し、株券をまきあげた。ここまでは順調に進展してきたが、少し前に質屋で、それがぼろ会社の株とわかり、いま、仏像そのものも本物でなかったことを知らされた。

小説にはよくあるが、苦心して愛人を作りかけたとたん、彼女に裏切られた中年男。彼がすごすごと家に帰ってみると、本妻にも逃げられていた。そんな場合の気持ちは、このようなものではないかと思えた。

なにか、やつ当りする対象が欲しかったが、思い当らなかった。ベンチのそばには、水飲み場があるぐらい。水飲み場は各ホームにあるくせに、便所はそれほどない。世の中には、やつ当りの気分をひきおこす種がむやみとあるくせに、その解消法はほとんどない。どうも、流通のバランスが、よくとれていないようだ。

黒田は立ちあがって、ぼろ株の入った封筒を丸め、少しはなれた所にある屑籠《くずかご》にほうりこんだ。

だが、彼は立ち去るのをやめ、それをふたたび引っぱり出した。捨ててしまうよりも、この会社に出かけていって、いやみや文句を言ってやるとするか。いくらか、気分転換にはなるだろう。

こう思いついたものの、この会社がどこにあるのか、わからなかった。だが、彼はそれを調べる方法を思いついた。電話のありかをさがし、電話帳をひき、電話をかけた。

「もしもし。青光電機でしょうか。ちょっと、おうかがいしますが……」

まぎらわしい会社を知るには、その本家に聞いてみるに限る。にせ物を最も気にしているのは、本人なのだ。案の定、相手は、

「青光電機工業という会社については、当社はなんの関係もありませんから……」

と、聞かれぬ先に念を押してきた。しかし、予想どおり所在地を知っていて、黒田はそれを知ることができた。

時計を見ると、午後の二時。これから出かけてみてもいい。

彼は改札を出て、駅前でタクシーを拾った。所在地は郊外で、自動車で一時間ちかくかかりそうだったが、奮発することにした。ぐずぐずして、途中で不満が消えてしまったら意味がない。

黒田を乗せたタクシーは、郊外への道を進んだ。そこに住んでいる者にとって、東京圏という地域は、行けども行けども、ぎっしりと並んだ家のつきることのない世界のように思える。だが、やはり物には限界というものがある。

やがて、家が少しずつまばらになり、分譲地が目立ちはじめ、川を越える。そして、畑が多くなり、ところどころに武蔵野のなごりである、小さな林があらわれてくる。林のなかには、鎮守の社《やしろ》でもありそうだ。

運転手が、気持ちよさそうに話しかけてきた。

「おかげさまで、しばらくぶりに、さっぱりしました」

タクシーの運転手とは、気の長い性格でないとつとまらない仕事だそうだが、それでも、たまには混雑した都心を離れてみたいものらしい。

黒田は窓を少しあけ、風を迎え入れながら、

「ああ。頭がさっぱりする。郊外なるものの存在を、すっかり忘れていた。人工衛星からとった写真を新聞で見て、地球が丸かったことを、思い出させられたような気分だ」

「ところで、さっきうかがった場所は、だいたいこのへんなのですが、これからどうまいりましょうか」

と運転手は速度を落した。黒田はそとを眺め、信用金庫の支店の看板をあげた、小さな建物に気がついた。

「そうだ。あそこで聞いてみよう」

彼は車を待たせ、そこに寄った。三時には少し前だったので、まだ営業中だった。恐縮しながら、青光電機工業の所在を聞くと、窓口の係は、メモに図を書いて教えてくれた。

黒田はなにげなく、ついでに聞いてみた。

「どうでしょうか、この会社の景気は」

「二年ほど前に不渡り手形を出しましてね、いまは取引きがありません」

「すると、倒産というわけですか」

「そういうことになりましょう。ここからの融資は、機械を処分させて、なんとか回収いたしました。そのごは、仕事の内容を知らせてきませんから、ようすはわかりかねます」

と係は、取引きには注意なさったほうがいいでしょう、という意味を言外に含ませた。

黒田は礼を言い、そこを出た。よほど哀れをとどめている会社らしい。もっとも、まぎらわしい名の会社で、内容の充実していたためしはない。

彼はタクシーに戻り、メモを示した。車は少し進んで、畑のなかの細い道に入った。まもなく、

「あれのようです」

と運転手が言った。板塀にかこまれて、工場らしい建物が、ぽつんと立っている。ほかには考えられない。車をとめ、門からのぞいてみると、なかには人影も活気もなく、不景気めいた静かさがただよっている。黒田は顔をしかめ、

「覚悟はしていたが、こんなことなら、来ないほうがよかったかな……」

しかし、せっかく来たのに、いまさら引きかえすこともない。黒田はいちおう運転手に金を払い、できたら待っていてくれるようにとたのんだ。

近づいて門を押すと、簡単に開いた。だが、入ってはみたものの、閑散としていて、どうしようもない。

彼は事務所らしい建物を見つけ、のぞきこんだ。机は八つばかり並んでいたが、椅子にかけているのは一人。ねむそうな顔つきの、五十ぐらいの男だけだった。守衛兼小使といった感じだ。

「どなたか、責任者のかたはおいででしょうか」

と黒田は声をかけた。その男は驚いたようにふりむき、眼鏡をかけなおし、うさんくさいやつだと言いたげに、聞きかえしてきた。

「どんなご用でしょうか」

「なかを見せていただこうと思って……」

「ごらんのように、休業状態です。見てもしようがありませんよ」

「どうせ、たいした物はないでしょう。しかし、責任者のかたに会いたいのです」

「ここにいるのは、わたしひとりです。まあ、わたしが責任者のようなものでしょう。……で、あなたはどなたなのですか」

あまり要領をえない相手だった。債権者や税務署を撃退するには、こんな人間が適任なのかもしれないな。そう考えながら、黒田は手にしている封筒をあけ、なかをのぞかせた。

「ここの株主ですよ」

「え、株主ですって。……どうぞ、しばらく、ここでお待ち下さい。いま、専務を呼んでまいりますから」

と、男は急に目を丸くした。こんどは、黒田がふしぎそうに聞いた。

「呼んでくるといっても、ここはあなた一人なのでしょう」

「いや。その自宅へ行って呼んでくるのです。すぐ戻ります。よごれていますが、その椅子にでもおかけになって……」

と、男はあわてて出ていった。電話さえないらしい。おそらく、めぼしい物はなにひとつないのだろう。そうでなかったら、はじめての客を残して、外出できるわけがない。

黒田はなかを歩いて、あたりを見まわした。まったく、どうしようもない工場のようだ。売ろうにも、こう不便な場所では、相手にされないのだろう。

すぐ、と言い残したくせに、男はなかなか戻らなかった。日が少し傾き、物音ひとつしない部屋に残された黒田は、いささか心細くなった。さらに、薄気味わるくさえなってきた。

どういうわけなのだろうか。さっきのようすは、普通ではなかった。もしかすると、これが盗難にでもあったいわくつきの株券で、警察へ知らせに行ったのでは……。どうも、きょうはろくな事の起らない日らしい。あるいは、早く引きあげたほうがいいのかも……。

そろそろ帰りかけようとした時、さっきの男が急ぎ足で、門から入ってきた。中年の男を連れている。黒田はそれを見て、少しはほっとした。余裕のある農家の主人、といった人物で、警察関係者とは思えなかった。もっとも、工場の専務らしくもなかった。

やがて、事務室へ入ってきたその人物は、頭をさげながら名刺を出し、黒田と交換した。

「ここの専務をしている、青木という者です」

「黒田です。……しかし、専務とは大げさですね」

と、黒田は皮肉めいた感想を述べた。倒産したぼろ会社で専務を名乗れるなら、ソロバン塾を自宅で開いたことのある者は、校長と自称してもいいことになる。

「おそれいります。よくいらっしゃいました。で、株主でいらっしゃるとか……」

と、相手はまた頭をさげた。いやに、ていねいだ。なんでもいいから、まずあやまるのが、倒産以来の習慣になっているのだろうか。それとも、こっちを不正をかぎつけた男とでも、感ちがいしているのだろうか。つぶれた会社には、なにかと問題があるものだ。黒田は首をかしげながら、

「ええ。一万株です。しかし株主と言うのも、大げさなようですね」

「一万株ですって。それで、どんなご用なのです」

と、青木は驚いたような声をあげた。

「あまり豪華な株券なので、さぞ会社も立派でしょうと思い、見学にお寄りしたわけです」

黒田はいやみを言い、いくらか気晴らしになった。だが相手は、言葉を額面どおりに受け取って、

「いや。お見せするほどの工場ではありません」

と、けんそんした。しかしあまり逆らおうとはせず、先に立って一巡し、案内をしてくれた。

たしかに、見る物はなにもなかった。敷地は割に広かったが、手入れをおこたった安普請の建物はこわれかけ、しかも、なかには機械ひとつない。塀と守衛が、無用の存在に見えてくるほどだ。

「ひどいものですね。いったい、なにを作って、こんな結果になったのですか」

「みな、わたしどもの至らなかったためですが、これというのもテレビのせいです」

「変なものに、責任を押しつけますね」

「こういうわけです。ずいぶん前のことですが、これからはテレビ時代が来ると予想を立てました。友人と金を出しあい、敷地を買い、部品工場を作ったのです。はたして、世はテレビ時代となりましたが、運営は行きづまってしまいました。理屈どおりにならないものです」

と相手は情ない声を出し、頭をかいた。

「そうでしたか。大風が吹いてきたにもかかわらず、オケ屋がもうからなかった、といったところですね」

青木専務はまた、頭を何度もさげて、

「お恥ずかしい次第です。それで、現在はごらんのように、整理中というわけです」

黒田は事情を知って、あまり文句を言う気もしなくなってきた。おそらく、この青木という男はうまい話でかつがれ、出資したあげく、損のストックを作ってしまったにちがいない。気の毒でもあった。

「まあ、元気をお出しなさい。希望を捨てなければ、いずれいいこともあるでしょう。

ぼくもだまされて、この株券をつかまされてしまいましたが、不運とあきらめることにしましょう」

おざなりの言葉だったが、逆になぐさめる形になってしまった。それを聞いて、相手はたちまち朗らかな口調になった。

「同情していただいて、うれしく思います。で、いかがでしょう。せっかくおいでになったのですから、どこかで食事でも。駅の近くまで行けば、料理屋があります」

「悪くはありませんが……」

と、黒田は不審そうに答えた。どうも、サービスがよすぎるようだ。しかし、それに応じることにした。どうせ、捨てるつもりでいた株券だ。食事代になれば悪くない。

青木は、守衛兼小使の男を振りかえって「もう、帰ってもいいよ」と命じた。さすがに戸締りをよくして、とは言いそえなかった。泥棒だって入りはしまい。

待っていたタクシーに乗り、二十分ほどで二人は、小さな駅の近くに着いた。青木は、運転手に料金と待たせ賃とを払った。

いくらかにぎやかではあったが、たいしたことはない。案内された料亭と称する店も、都心なら小料理屋ていどのものだった。

安っぽい掛軸の飾られた、せまい座敷に通され、黒田はつがれた酒を飲みながら、

「つぶれた会社に、ごちそうになろうとは。どうも妙な気分ですよ」

「戦争に負けた国が、賠償を支払わされるではありませんか。それが筋道でしょう。わたしも、ご損をおかけした株主のかたに、おわびをしなければ気がすみません」

「そう、恐縮なさることはありませんよ。ぼくはべつに、はじめからの株主とはちがいますから、それほど損をしたわけでもありません」

と黒田は、さらにすすめられる酒を飲みながら、なぐさめた。どうにでもしてくれと居直るのが普通なのに、まことに良心的だ。こう人がよくては、会社が倒産するのも、むりはなさそうだ。

青木は少し身を乗り出し、

「どれほどの損を、なさいましたか」

「どれほどって……。なんで、そんなことをお聞きになるのですか」

「その金額で、株券を引き取らせていただこうかと思いまして」

意外な話に、黒田はめんくらった。まぎらわしい名称を持つ会社にしては、良心がありすぎる。

「おゆずりしてもかまいませんが……」

と、黒田が杯をおき、即答を渋っていると、青木専務は金額を口にした。

「どうでしょう、その一万株を十万円では」

「十万円ですって。また、どうして、そんな額になるのですか」

十万円とは、紙屑にしては値がよすぎる。相手の人のよさにつけこんで、売っていいものかどうか、迷わざるをえなかった。青木はそれを見て、

「少なすぎましょうか。では、奮発して、十五万円お払いしますが」

「どういうわけなのです。ぼくから言うのも変ですが、株主は会社と運命をともにするものでしょう。なにも、弁償する義務はないのですよ。不正があった場合なら、べつでしょうが」

「不正なことはしていません。わたしの気がすまないからです。……で、金額についてご不満でも」

「いや、不満はありませんが……」

夢のような事態となってきた。あるいは、青木という男は、倒産のショックで、どうかしたのではないだろうか。このぼろ株を、十五万円で買い戻そうとしている。黒田は封筒をあけ、なかの株券を引っぱり出し、あらためて眺めた。

その時。ふすまが勢いよく開かれ、六十ぐらいの男が入ってきた。彼は息をきらせながら、カルタ取りのように手をのばし、その株券に触れて言った。

「あ。それは、わたしに売って下さい」

「どなたです。だしぬけに入ってきて」

と、黒田は驚いてこぼした酒をふき、たしなめた。その男は頭を下げ、名刺を出して、

「失礼しました。わたしは青光電機工業の社長で、光岡という者です。さっき工場の近くを通り、帰りかける守衛を問いつめ、株主のかたがみえたことを知りました。そして、たぶんここと見当をつけ、かけつけてきたわけです。まにあってよかった」

「よかったとは?」

「専務がいくらの値をつけたか知りませんが、わたしはそれより、もう五万円高く買いますよ」

すると、青木が口をはさんできた。

「それはいけません。ぜひ、わたしに売って下さい。わたしなら、さらに五万円よけいに出します」

黒田は自分で酒をついで、ひとくち飲んだ。それから、二人の相手を交互に眺めて、

「すごいことになってきましたね。青木さんはいま、十五万円と値をつけました。五万円高い光岡さんは二十万円。さらに五万円となると、二十五万です。無限につづき

ますよ。どうしたわけです。へんぴな場所の、設備もまったくない工場ではありませんか。まさか、金や石油の鉱脈のあることが、発見されたというわけでもないでしょう」

しかし、青木と光岡とは、その説明をするどころか、黒田にむかって目の色を変え、

「ぜひ、わたしに」「いや、わたしに」

と叫びつづけている。

「まあ、お静かに。いいとしをした大人が、お菓子を奪いあう子供みたいに、けんかをしてはいけません。ぼくにとっては不要な株券です。わけがわかりませんが、お売りすることにしましょう……」

と、またも叫びかける二人を制して、黒田は提案してみた。

「……といっても、これではきりがありませんから、入札にしましょう。しかし、小切手は困りますよ。このところ、ごたごたに悩まされていますから。どうでしょう、一時間以内に現金を持ってきて下さい。多いほうにお渡しします。ぼくはここで待っています。……あ、そうそう、正確には八千株でした」

二千株は牧野邦高に渡してしまってある。

二人は承知し、現金を調達しに、急いで飛び出していった。

ひとり残された黒田は、あっけにとられた顔つきになった。さっぱり事情がのみこめない。もしかしたら、二人はぐるで、芝居をしているのではないだろうか。値をつりあげておいて、第三の人物があらわれ、株を安く売りつけてくる。もちろん、二人は戻ってこない。

よくある手口だ。まさか、牧野邦高に渡した二千株を、売りつけられることになるのでは……。

また、ふすまがあいた。だが、第三の男ではなく、酒と料理を運んできた女だった。

黒田は二枚の名刺を示し、質問してみた。

「いまの二人は、よく来るのですか」

「ええ。まえにはごいっしょにお見えになりましたが、ちかごろは仲が悪くなってしまいました」

「なんで争っているのです」

「ご存知ないのですか」

「知るわけがないでしょう。はじめて来た土地で、数時間まえに、気まぐれで来る気になったのですから。それなのに、ぼろ株をめぐって、金の出しくらべをやっている」

黒田がチップを渡すと、彼女は小声で教えてくれた。

「道路ですよ」

「なるほど、そうでしたか。道路の予定地で、立ちのき料が目当てでしたか」

「立ちのきではありませんが……」

説明によると、青光電機工業という会社は、青木と光岡と、もう一人の男とで資本を出しあって作った会社だった。だが、その男は会社が傾きかけると、うまく株を処分し、どこかに消えてしまった。

会社は倒産したが、最近になって、高速道路の計画が伝わってきた。しかも、二本の道路の交差する地点の、すぐそばになる。どんな商売をしても、借金をかえしてお釣りが出る。ゴルフ場に適当との、うわさもある。

青木と光岡はたちまち活気づき、つぎの新事業の主導権をにぎるべく、処分された株券をさがして、血まなこになっている……。

「それでやっと、事情がわかりました」

黒田は店の女の話を聞き終り、なっとくした表情になった。さっきから気になっていた不審が、いっせいにとけた。

株主と知って、工場の守衛が驚いたこと。また、青木が最初、いやに腰が低かったのは、光岡側とでも思ったせいだろう。そうでないとわかってからは、急に元気が出て、あいそよく変化したのもむりはない。

黒田は、並べられた料理にはしをつけながら、

「捨てないでよかった。いったん紙屑籠につっこんだのですが、思いなおして引っぱり出した株券です。小学生の時、物は大切に扱え、と習ったのが、頭のすみにあったおかげでしょう」

「はらはらするような、お話ですわね」

と、店の女はうらやましそうに言い、おしゃくをした。彼は杯をあけた。

「しかし、あの二人はなにも、そう主導権を争わなくてもいいでしょうに。共同で仲よくやれば、ぼくに対して無用の出費をしないでもすむ。外国にむけて値下げ競争をやっている、輸出産業のようだな」

「でも、仲よくという言葉は、ひとにむかっては忠告できても、自分がその立場になると、やりにくいもののようですわ。特に男のかたは。あたしは政治のことはよく知りませんけど、保守党と革新政党とが仲よく連立内閣を作れば、どれだけむだがはぶけるかと、いつも考えて……」

「主導権を争って、そうもいかないところが、世の中の面白い点なのだろうな。なん

だか、中間政党の党首になったような気分だ。いや、二人の男に求婚されている女性。両陣営から援助をうける中立主義の国。いまや、どっちつかずの者がとくをし、楽しめる傾向にあるらしい。週刊誌の見出しだと、ふわふわの無重力時代来る、といった大げさな文句になる」

黒田はきょうの不快さがいっぺんに晴れ、勝手なことをしゃべりながら酒を飲み、食事をつづけた。いつのまにか一時間がたち、青木専務と光岡社長とが、あいついで戻ってきた。黒田はそれをむかえて、

「どうでした。つごうつきましたか」

「ええ、なんとか。銀行のしまったあとなので、現金を借り集めるのに苦労しました」

二人は同じような答えをし、紙包みをさし出した。おたがいに相手の包みの大きさを、横目で心配そうに見つめながら。

「では、調べさせていただきます」

と、黒田は受け取り、激しい視線を感じながら、両方の札の数をかぞえた。

「いかがでしょう」

二人は、合格者の発表を待つ受験生のように、首をのばした。黒田はそれを制して、

「お二人があまり緊張しておいでなので、手がふるえてしまいました。念のために、もう一回たしかめてみます」

黒田があらためて数えなおしたのは、青木と光岡の二人をじらし、いじわるの楽しさを味わうためではなかった。包みには両方とも、五十万円ずつ入っていたのだ。彼はそれをたしかめてから、判定を発表した。

「偶然でしょうが、きっちり同額でした」

「では、いま追加をします」

と、二人があわててポケットに手を入れ、財布《さいふ》を出しかけるのを、黒田がとめた。

「一銭を笑う者は、とかいう現象になりましたね。しかし、もう締切りにします。きりがありません。ここで追加をみとめたら、あなたがたのヌード・ショーを見物させられることに、なりかねません……」

彼は二つの包みから二十五万円を取り、かわりに、四千株ずつを入れて渡し、

「……ということにします。しかし、思いがけない結果になってしまいましたね。お二人に散財させただけで、引分けになってしまいました。これもあの、友引のせいかな。ぼくの出現した意味がなかったようです。どうも、お気の毒でした」

だが、青木と光岡は残念がるどころか、さらに勢いこんで、口をそろえて言った。

「いえ。そんなことはありません。あとの二千株を取り戻して、ぜひわたしにゆずって下さい。もっと高く買いますから」

黒田はそれにうなずいた。邦高がまだ捨てずに、持っていてくれればいいが。そして、うまく渡してもらえればいいが……。

「まあ、やってみましょう。お二人の名刺はいただいてありますから、手に入ったらご連絡しましょう」

「ぜひ、お願いします」

「こんどは負けません」

と言う二人をあとに、黒田は席を立った。いま受け取った金のなかから支払いをすませ、ポケットを押えながら料理屋を出た。大金を持っているからには、あまり酔わないうちに引きあげたほうがいい。

彼はマンションに帰りついて、ほっとため息をついた。気持ちが落ち着くと、このことをだれかに話したくてならなくなった。そこで、副島須美子に電話をしてみた。

「じつは、思いもよらないことになった」

須美子はとまどった口調で、

「どうしたのよ、こんな時間に。……あ、さては、つかまったのね」

「つかまりはしないさ」

「それなら、そうさわぐこともないじゃないの。……仏像の模造をもう一つ製造中よ」

「仏像はもう、どうでもよくなった。本物のほうは捨ててしまってくれ」

「よくわからないけど、捨てるくらいなら松平さんに送りかえしましょうよ」

「そうしてもいい。松平さんも、あまり喜びはしないだろうが」

「よく説明してよ。いったい、なにがあったのか」

「ああ。事実はビックリ箱より奇らしい……」

と、黒田はきょう一日の、夢のようだった事件の連続を話した。

作　品

松平佐枝子は座敷にすわって、なんということなく庭を眺めていた。植木の緑に反射した日ざしがさしこみ、彼女のもの静かな顔のうえに散っていた。床《とこ》の間には、仏像が五つ並べられている。すべては以前と同じ光景だった。

玄関への来客を、婆やが取りついできた。

「いつかの、フロリナ化粧品の女の子がみえましたが……」

「ここへ、お通ししてちょうだい。気晴らしの話し相手にいいわ」

やがて入ってきた副島須美子が、明るい口調であいさつをした。

「ごぶさたしましたわ。近くへ来たので、お寄りしてみましたの」

これも、以前とほとんど同じ光景だった。しかし、事情は、だいぶ違っていた。たとえ強力な若がえり薬が完成し、それによって十年ほど若くなったとしても、十年まえの自分と同じにはなれないようなものだろう。経験までを消すことはできない。仏像が送りかえされてきて、もとの位置に戻ったものの、邦高から本物でないという報告を聞いていたため、佐枝子はあまりうれしくなかった。

しかし、だれが作ったのかはわからないが、だまされてつかまされたスマートな模造品が高く売れることも知らされ、いくらか不快さの埋め合せがついている。もっと作ることができれば、その度合いを高められそうな期待も持てた。

佐枝子は浮かぬ顔にも、また、期待にあふれた顔にも徹することができなかった。そこで、もの静かな表情でもするほかに、なかったのだ。話しかける口調についても、同じことだった。

「そのご、セールスのほうはいかが……」

同様なことは、そのごのようすに好奇心を持って、さりげなく訪れてきた副島須美子についても言えた。黒田の計画を手伝うために、かつて訪問した時は、事件の展開に興味を持っていた。しかし、選手の資格に疑義が出て、中断してしまったゲームのような結末の今では、いささかものたりなかった。といって、相手もたぶんがっかりしているのだろうと考えれば、ひとりで残念がることもない。

須美子はくやしがることもできず、といって、同情をあらわすわけにもいかなかった。持ち前の、明るい声でも出すほかにない。

「ええ。なんとか商売のこつらしいものを、覚えてきたようですわ」

「それはよかったわね。……で、あなた、なにか趣味をお持ち？」

佐枝子は婆やが運んできたお茶を飲み、話題を変えた。一致するような趣味でもあって、その話に熱中できれば、気がまぎれる。

「ええ。彫刻をいくらか……」

と答えかけて、須美子は言葉の終りをごまかした。しかし、怪しまれているはずのないことを思いかえし、

「……本当は趣味でなく、本職にしたいと思っているのですけど……」

「彫刻ですって？」

と、佐枝子は声を高めた。須美子はふしぎに思い、少し心配になりながらも、そしらぬ顔で聞きかえしてみた。

「彫刻で、どうかなさいましたの」

「あまり偶然なので、驚いてしまったのよ。ちょうど、彫刻をやる人があればいいと、考えていたところだったの」

「やらせていただけると、うれしいんですけど、どんな作品でしょう」

「あの仏像の、模造品を作っていただけないかしら」

と、佐枝子が指さしたのを見て、須美子は目を丸くした。黒田が持ち出し、いまま

でに二つも作ったお手本の仏像だ。こんどは、自分が声を高めたくなるのを押えた。

「なんに、お使いになるのでしょう」

「あまりありがたい仏像なので、いろんなかたに、おわけしたいわけよ」

と答えられては、それ以上の質問ができなくなってしまった。まさか、それでは模造品の模造品を作ることになる、とも言えない。彼女は床の間に近よって、もっともらしく見つめながら、感心したふりをした。

「どうありがたいのかわかりませんけど、名作ですわね。でも、とても、こうは作れませんわ。……どんなふうに作ったら、いいものかしら」

「そうそう、見本があるのよ……」

佐枝子は軽く立ちあがり、戸棚のなかから包みを出した。それを机の上でひろげて、

「……これとそっくりに作っていただけるといいんですけど」

須美子はまたも叫びたくなるのを、やっと押えた。自分が、このあいだ作ったばかりの品だった。模造品の模造品の模造を作らせたがっている、相手の意図が、さっぱりわからない。彼女ははじめて見るような顔をし、手にとった。

「このような模造のしかたが、よろしいのでしょうか」

「そうなのよ。これは伝統と現代、東洋と西欧がみごとに融合していて、模造の域を

脱しているでしょう」と佐枝子は、フリッツから邦高を経て伝わってきた説を、とくいげに受け売りし、同意を求めた。

須美子は、すぐに答が出なかった。いじわるく、かまをかけてきたのかとも思ったが、そうではなさそうだ。賛成するのも変だが、注文主の意見に逆らうのも感心しない。

「ええ。そういえば、そうですわね。どなたがお作りになったのかしら。そのかたに、おたのみになればいいでしょうに」

「それが、わからないのよ」

佐枝子は、邦高から聞いていなかった。邦高も、須美子ではないかと考えはしたが、確信がなかったし、にせ刑事の目撃者である女性を巻きこむのを、注意ぶかく避けたわけでもあった。

まだ、製作者の見当がついていないらしいと知って、須美子は安心した。

「残念ですわね。わからないなんて」

「しかたがないわ。だけど、あなたが、この作者に負けないものを作って下されば、それでいいのよ」

と佐枝子は力づけるように言った。須美子は、しだいに面白くなってきた。そこで、首をかしげて眺め、心細そうな声を出してみた。

「でも、あたしにうまくできるかしら。この曲線の流れなんか、ほんとに見事ですものね。作ったかたにお会いできて、教えていただければ、と思いますわ」

「大丈夫よ、そんなことをしなくても。自信をもって、近代的な個性を発揮すれば。あなたには、それがあると思うわ。技術のほうは、まだわからないけど」

「お見せできるような見本があるといいんですけど、いままでに、たいしたものを作っていませんの」

自分の作品を目の前にしながら、須美子はもどかしそうなようすをした。実感がそのまま、演技として通用した。

「どう。作っていただけて?」

「ええ。やってみますわ」

なんに使うのかわからないものの、さいわい作りかけの一つが、すぐに役に立つ。手間はかからないし、お金になるのは悪くない。

「お礼は、いくらぐらい、さしあげたらいいものかしら」

「それは、できばえを見ていただいてからで、けっこうですわ」

「それはいけませんわ。商売のほうが、それだけお留守になるわけでしょう。いま、五万円ほどお渡ししておくわ」

と佐枝子は鏡台の引出しをあけ、紙幣をかぞえ、紙に包んで差し出した。フリッツに十五万円で売れるのだから、気前がよかった。須美子はちょっとためらったが、けっきょく、受け取ることにした。

「遠慮なく、ちょうだいしますわ。なんとか、ご期待にそえればいいんですけど……」

期待どおりの品を作るのは、簡単だった。しかし、あまり期待にそいすぎて、同じ作者とばれるのを注意しなければならない。考えてみると、それほど楽な仕事でもなさそうに思えた。

「しっかりね。できがよければ、もっとお願いすることになるかもしれないのよ」

事情を知らない須美子は、そんなに作ってどうするのだろうと、ふしぎに思いながらも、

「そうなったら、化粧品のセールスをやめて、商売がえしてしまいますわ」

「それがお望みなわけでしょう」

「ええ。幸運って、変な訪れかたをするものですわね。商売のこつを、やっと身につ

けかけた時に、こんなお話をうかがうなんて。じゃあ、この像をお借りしますわ。お手本にするために……」

自分の作品を、お手本として借りることになろうとは、考えもしなかった。

「あら、それは困るわ。あの床の間の仏像のほうを、お持ちになってよ」

と、佐枝子はあわてて言った。現在では、このスマートな模造品のほうが高価なのだ。しかし、須美子はそのことを知らないので、

「でも、そんな名作をお借りして、もし、なくしでもしたら。それに、眺めているうちに、お返ししたくなくなるかも……」

「いいのよ。あなたを信用するわ」

佐枝子もそしらぬ顔をつづけ、床の間の仏像を紙に包んで差し出した。須美子はそれを手にしながら、息をつまらせた。せっかく送りかえしたばかりの品を、すぐにまた押しつけられてしまったのだから。犬と同じに、この仏像になつかれているのかしら。

複雑な表情の須美子を見て、佐枝子は思いついたように言いそえた。

「金額が少ないのでしたら……」

「そんなことはありませんわ」

「彫刻のお礼ではなく、べつなお仕事でお払いしてもいいのよ」

「べつなお仕事とおっしゃると……」

さっぱり見当がつかなかった。

「このあいだの夜、あなたが若い男のかたと歩いていらっしゃるのを、お見かけしたわ」

「あら……」

と、須美子はどぎまぎした。黒田のことにちがいない。共犯者であることがばれたのかしら。だけど、それに関連した仕事とは……。

そのようすを佐枝子は、恥ずかしがっているのだろうと解釈した。

「かくすことはないわよ。感じのいい、まじめそうな青年じゃないの」

仏像を持ち出した相手を、ほめている。須美子は言葉を濁して、それとなく答えることにした。

「ええ、それはそうですけど……」

「あのかたを、お好きなのでしょう」

「ええ、まあ……」

「結婚なさるおつもりはないの。お似合いだと思うわ」

「あら。なんでまた……。ご存知なのですか、あの……」

あまりに思いがけない話なので、須美子はまたも叫びかけたが、黒田の名前だけは、なんとかのみこんだ。

「知らないわ。だけど、あのかたと結婚なさるのなら、お祝いに十万円をさしあげるわよ。ほかの人とではだめですけど」

二人が結婚すれば、佐枝子は邦高との賭けに勝ち、二十万円が手に入る。半分を使っても、勝ちを確実にしたかった。

「わけがわからないお話ですわ」

犯人をつかまえたらでなく、結婚して支払われる懸賞金など、聞いたことがない。

「気まぐれのようなものよ……」

と、佐枝子は笑った。

「そんなお話は、ゆっくり考えてみませんと……」

須美子は仏像をかかえ、いいかげんで引きあげた。これ以上ここに長くいると、もっと意外なことになるかもしれない。

それから数日後。副島須美子はバスの座席に、ゆられながらすわっていた。ひざの上の包みのなかには、松平佐枝子から注文されて作りあげた彫刻と、その手本としてあずかった仏像とが入っている。

このまま届けに行ってもいいのだが、彼女は久しぶりに、彫刻の先生の家に寄ってみることにした。できがいいのか、悪いのか、気になってならないので、いちおう見てもらおうと思いついたのだ。

須美子は彫刻を作りながら、ずっと考えつづけだった。その疑問は、いまだに解決されていない。この模造めいた作品を、なんに使うつもりなのかしら。

悪用するのだったら、本物そっくりに作れ、とたのまれるはずだ。しかし、個性を発揮しろと、はげまされている。才能をみこんでにしては、注文がとつぜんすぎた。やはり、松平さんの気まぐれなのかしら。

すでに代金をもらっているから、気楽でもあったが、また、不安でもあった。ちょうど、完成図を知らされずに、秘密兵器の部品を作らされているような……。

黒田にも電話してみたが、いっこうに心当りがないという返事だった。また、須美子はついでに「結婚したら十万円あげる」という、佐枝子からの提案を話そうかとも考えたが、それはやめた。言い出しにくいことだし、言ったら変に思われる。それに、黒田にも説明がつけられないにきまっている。

彼女は考えを中断した。降りるべきバスの停留所に来ていたのだ。

静かな住宅地の一角。須美子の彫刻の先生である鈴木寿明は、広い庭とアトリエとを持った家に住んでいる。六十ちかい温厚な人で、彼女を迎え、アトリエに案内した。

「このごろ、どうしているのかと、心配していたところだった」

「すっかり、ごぶさたしてしまいました。暗中模索みたいな状態になっちゃったので、気分転換のために、化粧品の販売をやっていますの」

「芸術にたずさわるからには、よくあることだよ。しかし、化粧品とは、妙な転換を思いついたものだな。で、その結果、なにか得られたかい」

と、鈴木は笑いながら、パイプに火をつけた。煙が明るい室内に立ちのぼっていった。

「得られたというより、押しつけられたというんでしょうね。偶然なことから、仏像の模造を三つも試みてしまいましたわ」

「それはいいことだ。仏像とは、のんびりした時代に、時間をかけ入念に作られたものだ。名声や金といった邪念にとらわれ、そわそわと作った作品とはちがうからな」

「そうかもしれませんわね」

「外国ではやっている現代彫刻をまねして、新しがることも悪くはないが、そのまえに仏像を研究して、古典的な技法をじっくりと身につけるほうがいいと思う。急がば回れ、ということわざを、このごろの人はすっかり忘れているらしい」

「それで作ったのが、これなんですけど」

と、須美子は包みをあけ、自分の作品を出した。鈴木はそれを机の上に置き、まわりを一周しながら見つめた。

「なるほど」

「どうでしょうか」

おそるおそる聞くと、彼はしばらく黙っていたが、やがて大きな声で答えた。

「なかなかいい。新しい独自な境地を獲得したようだね。ずいぶん進歩した。いままでの、きみの欠点であった、固さやあせりがなくなっている」

「そうでしょうか……」

と、須美子は微笑せざるをえなかった。たしかに、三つ目の模造だし、展覧会に出品して世に問おうという、いきごんだ作品ではなかったからだ。だが、そんなことまで、打ち明けることはない。

「……そうおっしゃっていただくと、はげみが出ますわ」

「いや。単なるおせじではないよ。それでいて現代人の持つ、不安や迷いの象徴のようなものが、よく表現されている」

「そうでしょうか……」

彼女は心のなかで、うなずいた。その点も、たしかかもしれない。なんでこんな模造をやらされ、どう使われるのかと、気にしながら作ったのだから。それにしても、現代人というものはだれも、仕事についての不安や、目的に関する迷いに悩まされつづけているものなのかしら。

「それに、仏像を題材にしたのも適当だ。なぞめいた神秘性を示すのに……」

「そうでしょうか……」

彼女はまたも、同じ言葉を口にした。本物としか思えなかったのに、意外にもにせ物だった。そのくせ、送りかえしたとたんに押しつけられ、ご利益だか呪《のろ》いだかわからない、変な状態をもたらした仏像がお手本だったのだから。

「外国の人に見せると、喜びそうな作品だがな。……そんな心当りはないのかい」

「さあ、べつにありませんわ」

「いずれにしろ、いい作品だよ。手本にした仏像が名作だったから、その影響が伝わってきたのだろうか」

「いま持っていますわ。お見せしましょう」

　と須美子は、佐枝子からあずかっている仏像を出し、笑いながら手渡した。だが、鈴木寿明は笑おうとせず、低くつぶやいた。

「うむ。この像か」

「それは模造だそうなんですけど、よくできていて、はじめに見た時には、あたしもすっかり本物と思ってしまいましたわ」

「むりもないな、そう思ったのも」

「なぜですの」

「これは、本物にまちがいない」

「まさか」

　と、須美子は目を丸くした。死火山とばかり信じていた山が、目の前で、ふいに噴火をはじめたようだった。

　須美子はしばらく呆然としていたが、やがて笑い声をあげた。

「とつぜん、そんな冗談をおっしゃってはいけませんわ。もう少しで飛びあがって、五万円の価値のあるあたしの作品を、こわしてしまうところでしたわ」

　しかし、鈴木寿明はまじめな顔で、手の仏像をなでながら、

「いや。こわして一大事なのは、こっちのほうだよ」

「冗談でないとしたら、先生の鑑賞眼があやしくなってきたのかしら」

「きみこそ、そんな冗談を言ってはいけないよ。わたしが現在、ある博物館の委員になって、美術品購入の際の鑑定をまかされているのは、知っているだろう」

須美子はうなずきながらも、黒田から電話で聞かされた話を思い出した。

「ええ。……だけど、そんなはずはないわ。その仏像には、でたらめで定評のある、古美術研究所とかの鑑定書がついているということだったわ」

「もっともらしい名をつけた、そんな研究所の困ったうわさは聞いている」

「それでしたら、信用できない、にせ物となるわけでしょう。体格のいいのをさいわい、だれかにたのんで系図を作ってもらい、勝手に弁慶の直系の子孫だと、名乗っているようなものですわ」

「しかし、系図を作らせた男が、本当に弁慶の子孫だったという場合だってあるだろう。評判のやぶ医者だって、まちがって正しい診断をしてしまうこともある。あてずっぽうで書いた答案が、正解になってしまうこともある。ボールに手を出して三振するので有名なバッターだって、ストライクを空振りもするだろう」

鈴木はパイプをくゆらせながら、ゆっくりと話した。須美子はその煙に巻かれたような表情になったが、

「そんなに並べられると、なんとなく本物に思えてきますわ。……でも、報福寺には本物があるらしいの。もし、これが本物だとしたら、そのお寺にある仏像は……」

と、論理的に異議をとなえた。しかし、鈴木は眼鏡をかけて、仏像の銘を読み、

「おそらく、それも本物だろうな」

「ますます変じゃありませんの。同一の物が同時に二カ所に現われるなんて、完全なアリバイを持った犯人のようですわ。子供むけのテレビには、よくそんなのがありますけど、たいてい別人の変装ですわ。化けの皮をはいで、新しい木の肌を出してみたいわ」

須美子はアトリエのすみから、彫刻用のナイフを持ってきた。鈴木はあわてて仏像をかかえた。

「待ちなさい。きのうのテレビのスリラーでは、一卵性の双生児が犯人だったよ。この仏像は、ちょうどそれだ」

「仏像のふたごなんて……」

鈴木寿明はひたいに手を当て、ゆっくりと説明をはじめた。

「かつて、こんな文献を読んだことを覚えている。この像を作ったのは秋陵《しゅうりょう》という名の仏師だが、彼は報福寺の仏像を完成してから、東北のほうに旅をしたらしい」

須美子は興味を抱いて聞いた。

「それから、どうなりましたの？」

「ああ、地方のある豪族にたのまれて、同じ仏像をもう一つ作ったそうだ」

「そうなると、これは本人の作った、にせ物ということになるのかしら。いなかの人が相手だから、まさかばれないだろうと思って、二重売りをやったわけね。あまり感心できないわ」

と、彼女は意外さをすなおに受け入れる気になれず、文句めいたことを言ってみた。

「しかし、いちがいに非難はできないよ。強要されてやむなく作らされたのかもしれない。それとも、彼は仏の姿はこうあるべきで、ほかの形は考えられない、という信仰だか信念だかを持っていたのかもしれない。五百年もまえの人を、現代の常識でとやかく言っては気の毒だよ」

「それはそうですけど……」

「時代が変るにつれて、かつての悪人が善人になり、それにあきると、また悪質な野心家に戻されたり、いまだに忙しくて往生できない人が多い。この作者は仏像を作ったのだし、わたしたちの同業者で先輩でもある。まあ、善意に解釈してあげよう」

「ええ」

と、須美子は少しなっとくした。

「テレビで見ると、同じフィルムを再放送している。流行歌手となると、一日に何回となく同じ歌をラジオで放送している。大衆が喜ぶのだから、それでもいいわけだろう。それに、この仏像のおかげで、きみの才能も新しく開眼《かいげん》したのだから、むしろ感謝すべきかもしれないな」

鈴木は手の仏像を、そっと机の上に並べた。彼女はうなずきながら笑った。

「そうですわね」

「記録によると、明治維新のどさくさで紛失し、それ以来行方不明だったそうだ。しかし、これが発見されたことは、ひとつのニュースだ。その必要はないだろうが、なんなら念のために、エックス線や放射線を当て、科学的な検討をやってみてもいいが……」

須美子はあわてた声で言った。

「もう、この程度でやめておいたほうが、よさそうですわ。……それで、いくらぐらいのものでしょうか」

「持ち主に売る気があるのなら、わたしが博物館に口をきいて、購入するようにしてもいい。まあ、五、六百万円といったところかな」

「あら、そうですの」

想像もしなかった高い価格だったが、須美子はあまり驚かなかった。いまや、驚き疲れとでもいった形だった。

決算期

「驚いたわねえ、あの仏像が本物だったなんて。はじめから、本物とは思っていたけど」

松平佐枝子は食事をしながら、もう何回目ともわからなくなってしまった、この言葉を口にした。予想していた通りであって、しかも驚いたというのは、矛盾を含んだおかしな文句だった。

しかし、むかいあっている副島須美子も、それに気づいて笑うどころではなかった。自分でもまったく同じ文句を、頭のなかで、つぶやきつづけているのだから。

二人のまわりを、モーツァルトの明るいメロディーがとりまいている。ここはフリッツの店、メルヘン。

少しまえに、須美子は佐枝子の家を訪れ、自分の作品を渡し、問題の仏像をかえした。それとともに、聞かされたばかりの、鈴木寿明の権威ある鑑定を伝えた。

信用されて預かった品では、かえさないわけにいかない。また、鈴木の口から各方面に話題にされるのだから、いつまでも黙っていることもできない。彼女はありのままを報告した。佐枝子はそれを聞き、うれしさを押えきれなかった。

とりあえず、お好きな物をごちそうしたいと言い出し、須美子は黒田と来たことのある、このメルヘンを思い出したのだった。

二人は食事を終えた。佐枝子はコーヒーを飲みながら、またも繰り返して言った。

「驚いたわねえ。本物だったなんて。それに、ずっと気にしていた、盗難届けの出ている品でないこともはっきりしたのだし。やましい気分がすっかり消えたわ。……こんなにすがすがしくなれたのも、あなたのおかげよ」

「あたしだけでは……」

須美子は大げさに感謝され、くすぐったい表情になった。佐枝子は思いついたように、

「そうだわ。あなたと、名前は知らないけど、もうひとりの人のおかげだわ」

「もうひとりって、どなたですの?」

「仏像を盗み出し、かえしてくれた人よ。そのさわぎがあったからこそ、このような結果に到達できたわけなのよ……」

と、佐枝子は仏像がこのあいだ盗まれたことを打ちあけた。須美子ははじめて聞く

ようなふりをして、

「そんなことが、ありましたの？」

「ええ。できたら、そのひとにお会いしたいものだわ」

「会ってどうなさるの。つかまえるおつもりですの？」

「とんでもないわ。いまは、お礼を言いたい気持ちよ。さがしだす方法は、ないかしら」

心からそう言っているらしいと知って、須美子は思わず口をすべらせた。

「ないこともないと思いますけど……」

「あら、ご存知でしたら、教えて下さらない。お礼をしないと、気がすまないわ。つきとめていただけたら、あなたにもお礼をするわ。どなたなの」

「じつは……あたしなの」

須美子がそう答えたのは、単に気まぐればかりではなかった。事実、いくらか手伝ってもいる。また、自分だと名乗っておけば、最悪の場合でも功罪が帳消しになって、黒田のしわざと発覚することがあっても、彼に迷惑が及ばないですむだろうと考えたからだった。

「本当ですの？」

と佐枝子は目を丸くし、うそでしょう、といった口調で聞きかえした。

「本当ですわ。すべて、あたしの計画でしたの」

「でも、盗み出していった人も、電話で話した相手も男だったわよ」

「あたしが友だちを仲間にして、共犯者として使ったのですわ。あたしでなかったら、仏像がテレビにかくせるかどうか、調べようがなかったわけでしょう」

当事者でなければ知らないはずのことを話され、佐枝子は少し信じはじめた。しかし、自首した犯人を目の前にしても、怒る気はまったくわいてこなかった。うれしさは依然として大きく、少しもへらなかったし、しかも、それをもたらしてくれた当人では。

「そうだったの。……考えもしなかったことだわ」

「お怒りになる？」

と須美子は、口にしないほうがよかったかなと、いくらか気にしながら聞いた。だが、佐枝子は微笑をくずすことなく、

「仏さまの信者は、怒らないわよ。それに、あたしはなにも努力しないのに、仏像の価値と潔白とを証明してかえしていただけたわけですもの。きっと、仏さまのおかげでしょうね」

「そうおっしゃっていただくと、お礼の申しあげようが……」

と須美子は明るい表情に、すぐに戻った。

「いいえ、さっきもお話ししたように、お礼をしたいのは、あたしのほうよ。……その共犯者のかたにも、会わせていただけないかしら」

「なぜですの」

「そのかたにも、お礼をしたいのよ。あなたを通じてお渡しして、相手にとどかないと心配だし……」

と佐枝子は楽しそうに言い、須美子は笑いながら、

「大丈夫ですわよ」

「でも、会ってみたいわ。電話でのお話しから想像すると、面白そうなかただと思うけど。どんなかたなの？」

須美子はなにげなく、ちょうど店に入ってきたお客に目くばせをして答えた。

「あんな人ですわ」

そして、言ってしまってから「あら」と驚きの声を追加した。ドアから入ってきた男をよく見ると、本物の黒田一郎だったのだ。

佐枝子も彼を見て、いつかの夜、須美子と歩いていた青年と知って、思わず叫んで

しまった。

「まあ、あのかただったのね」

黒田はドアのところで、青くなった。店に入ったとたん、須美子の目の合図を受けて、佐枝子がふりむき「あのかただったのね」と、声をあげたのだから。彼は、須美子が問いつめられ、白状してしまったにちがいないと察した。

そうだとなると、進むわけにいかない。といって、逃げるのは白状を証明することになってしまう。立往生している黒田の手を、フリッツがあいそよく引っぱり、彼女たちのテーブルに案内してしまった。

彼はなんとあいさつしたものか、見当がつかず、当りさわりのない自己紹介をした。

「黒田一郎です。よろしく」

佐枝子も、軽く頭をさげて応じた。

「松平ですわ。いま、あなたのおうわさをしていたところだったのよ」

「どんなうわさでしょう」

須美子がそばから、口を出した。

「仏像を盗んだ主犯があたしで、あなたが手先だったことよ」

黒田は、まったく事情がのみこめなかった。なんで白状する破目になったのだろう。

だが、それにしては、二人が楽しそうな顔をしている。またこっちが手先とは……。

しかし、男性として、須美子に責任を押しつけておくことはできない。

「いや。主犯はぼくです」

「あら、あたしよ。あたしが先に、目をつけたわけでしょう」

と須美子は主張した。

「どちらですの。お礼は本当の主犯のほうに、多くさしあげるのよ……」

と佐枝子は、仏像の価値が判明したことのうれしさと経過とを、簡単に説明した。

黒田はあまりの意外さに、自分の目、耳、口、鼻がいっせいに大きくなるように感じた。空の鳥が、ふいに後方に飛びはじめるのを目撃したのと、同じほどの驚きだった。

いくらか残念ではあったが、それより事件が平穏な結果になって、ほっとした気持ちのほうが、はるかに大きかった。

「それはけっこうでした、しかし、いずれにせよ、悪いのはこちらです。お礼をいただくどころか、あやまらなければなりません」

「いいえ。無理にでも、お礼をさしあげたいのよ」

「お礼はもう、いただきました。どうも多すぎるので、おかえししようと思って……」

こんどは、佐枝子が首をかしげて、

「なんのことかしら。あ、持ち出したテレビのことね」

「それもありましたが、株券のことです」

「あれは紙屑《かみくず》なのよ。あなたをだますために、廃物利用をしたわけよ。お手数ですけど、破いて捨てて下さらない。クズ屋さんだって、引きとってくれない品よ」

「いや。じつは、すごく奇特なクズ屋さんが現れましてね……」

と、黒田は五十万円に売れた話を報告した。着服するつもりは最初からなかったし、この際、なにもかもさっぱりした気分にしてしまいたかった。

「……少しならともかく、五十万円とまとまっては、おかえししないとならないでしょう。十円玉を拾って届けても、交番で相手にされませんが、大金を届けないと罪になります。論理的には変ですが、感覚的にはその通りです。ぼくの気がすみません。近いうちに、おかえしにあがります」

と、黒田が話し終えた。佐枝子はまた、首をかしげた。

「知らなかったわ。……だけど、あたしは紙屑とばかり思って、捨てたつもりでいたのだから、どうなるのかしら。そういえば、牧野邦高さんのおかげも、いくらかあるわね。あの人が真に迫った演技をしてくれなかったら、あなたの手に渡らず、ごみ箱行きだったわけでしょう」

須美子が口を出して聞いた。

「だれですの、その牧野さんて」

「神主さんで、あたしのたのんだ探偵なのよ」

黒田がそれにつけ加えた。

「いつかの、にせ刑事の人だよ」

「いろんなことを兼任しているのね。あれからお会いしないけど、どんな人だったかしら」

「あんな人だよ」

と黒田はたまたま入ってきた客を、目で示した。佐枝子もそっちを見て、それが牧野邦高その人であるのを知り、ふしぎがりながら面白がった。

「どうかしているのじゃないかしら、きょうは。ドアを見るたびに、さっきは黒田さんが入ってきたし、こんどは牧野さんが現れたわ」

しかし、邦高のほうは面くらった。依頼者と犯人、さらに共犯者兼にせ刑事の証人の三人がそろっていて、楽しそうに談笑している。

佐枝子が彼に呼びかけた。

「どうぞ、こっちへいらっしゃいよ」

「ええ。……まず、フリッツさんとの用事をすませてから……」

邦高は気を落ち着かせるためもあって、べつなテーブルにつき、フリッツを招いた。

そして、持ってきた包みをあけ、佐枝子から売却をたのまれた仏像の模造品を出した。

「また持ってきました。これはどうでしょう」

「ええ。作者がなれてきたためか、このあいだのより、よくなったようです。もっと高く買ってもいいです。航空便で送った最初の品が、予想どおり、むこうでも好評のようですから」

その会話を耳にしながら、須美子はなにげなく顔をむけ、声をあげた。

「あら。あたしが二番目に作った仏像だわ。どうして、こんなところに……」

フリッツは邦高をひっぱって、彼女のそばにやってきた。

「作者があなたとは、知りませんでした。いくらでも買います。もっと作って下さい」

事情がわかって須美子は喜び、黒田はお祝いの言葉を言い、乾杯を提案した。フリッツは四人分の酒を用意するため、テーブルをはなれた。

また、佐枝子は椅子にかけた邦高に、仏像が本物とわかったこと、いま主犯あらそ

いになっていることを、手短かに話した。邦高は聞き終って、

「なるほど。しかし、本当の犯人は、じつはわたしですよ」

「さっきから、意外なことばかり聞かされているけど、それはちょっと信じられないわ」

「いや、本当です。黒田さんをそそのかす手紙を出したのは、このわたしなのですから。……それがなかったら、事件は起らなかったでしょう。ねえ、黒田さん」

黒田は問いかけられ、うなずきながら、

「それはそうですが……まさか、あの手紙の主が、あなただったとは。犯人が探偵なのは、テレビの推理物には時どきありますが、現実にお目にかかるのは、はじめてです」

と、ちょっと批評家口調になった。邦高は、

「それに、いまは被害者のような気分ですよ。彫刻が直接取引きに移ってしまっては、もうけがなくなり、大損害です。どうも面白くありませんから、帰るとしますかな……」

と頭をかき、笑いながらドアのほうに顔をむけた。

その時、二人の男が息を切らせながら、店に入ってきた。黒田はそれを見て、

「青木さんと光岡さんではありませんか。先日はどうも。しかし、なんでここへ……」

二人はこもごも説明した。

「マンションにおうかがいしたら、お留守で、管理人に聞くと、もしかしたら神社かもしれないとか。神社で聞くと、この店だろうとか。……やっと見つけました」

黒田は機先を制して、予防線を張った。

「どうしたのです。道路の計画が、変更にでもなったのでしょう。しかし、お金をかえしてくれとおっしゃられても、もうだめですよ」

「とんでもない。株のことが気になってならなくて、出かけてきたのです。青光電機工業の二千株の行方は、まだわかりませんか」

邦高はその話を聞いて、

「それなら、わたしのところにある、あのぼろ株券のことかな」

そのつぶやきを、二人は聞きのがさなかった。青木と光岡は、黒田をそっちのけにして、

「そうです。それをわたしに売って下さい。一株二百円でどうでしょう」

「いや。わたしのほうは三百円です」

と、例によって値上げ競争をはじめた。邦高は二人をなだめて、

「ぼろ株のほうが、本物の株価より高くなるとは。……わけはわかりませんが、捨てるつもりだったものです。売ってあげてもかまいません。しかし、この店で大声をあげられたら、ほかの人の迷惑です。あとにして下さい。さっきの社務所に戻って、待っていて下さい」

青木と光岡は店から出ていった。邦高は、あっけにとられたような視線で見送った。

「なんです、いまの二人は」

黒田はその事情を説明し、最後に、笑いながら不満をつけ加えた。

「……というわけなのです。このあいだより、大幅に値上りしました。安く手放しすぎたようです。被害者の心境は、あなたよりぼくのほうですよ」

それに佐枝子が口をはさんだ。

「本当に、おそるべき紙屑ね。それに気がつかなかったのだから、最大の被害者は、あたしじゃないかしら」

須美子が三人を見くらべて言った。

「さっきまでは主犯あらそいだったけど、いつのまにか、被害者あらそいになってしまったわ。どこで道をまちがえたのでしょう」

そこへフリッツが、注文の酒を運んできた。フリッツは話に加わりたいようすを示しかけたが、たまたまかかってきた電話のため、テーブルを離れなければならなかった。

「だれが主犯でも、被害者でも問題はないでしょう。すんだことだし、どちらかといえば、おめでたいほうに属する結末じゃないかしら」

と、佐枝子が言い、その点については異議が出なかった。みなの手は、いっせいにグラスにのびた。酒は踊るように、四人の口に流れこんだ。

「これからも、よろしく……」

グラスをほした黒田は、提案をした。

「よろしくおつきあいをはじめるにしても、いちおう清算をしておきましょう。お払いすることを、きちんとすませないと気になります」

佐枝子も、それに賛成した。

「そうしましょう。だけど、どこから手をつけたらいいのかしら。まず、事件の発端になったテレビ。黒田さんが持ち出していったのを、かえしてもらわなければ……あら、うちには小型のがあるから、その必要はないわ。いいえ、その小型テレビは黒田さんのもの……でもないわ。黒田さんのは、牧野さんのところ。うちのは、田島さんからいただいた品だったわ。そういえば、田島さんから、おわびにいただいたのだけど、こうなったら、反対にお礼をしなければ……」

テレビに関することだけで、すでに、しどろもどろだった。邦高は助け船を出した。

「こみいった部分は、あとまわしにしましょう。数学の試験と同じです。ほかの三人の計算がすめば、残りの答は自然に出てくるはずです。……ところで、わたしは二十万円をお預かりしました。お庭の改造は、いずれにせよいたしますが、探偵としての仕事は成功なのでしょうか。仏像がかえり、犯人が判明した。わたしが働いたことはたしかですが、働きをした気が少しもしません……」

彼もたちまち行きづまり、助け船を求めて、黒田のほうに顔をむけた。

黒田は邦高に問いかけられて、

「だれが犯人なのかわかりませんが、ぼくを見ながら犯人とおっしゃってはいけません。おたがいに口外しない約束が、あったようですよ。罰金です。……いや、ぼくのほうも、にせ刑事があなたであることを、さっき……」

と頭に手をやった。邦高はうなずいて、

「そういえば、黒田さんをそそのかした手紙の主を、お教えしたらお礼をいただく約束もありました。それを忘れないで下さい」

「それがあなた自身とは。本人であるあなたから慰謝料を取り立て、そのなかからあなたにお払いしましょう。さて、慰謝料の換算がむずかしい……」

須美子が話に加わった。

「あたしは、芸術の飛躍を助けていただいた、お礼を払わなければならないわ。これも、金額に換算しにくいわね。……あ、事件が終ったら、黒田さんから、手伝った報酬をいただくことにもなっていたけど……」

話はいちおう一巡したが、少しも進歩しなかった。みなはおしゃべりを休憩し、それから、それぞれ同じようなつぶやきを口にした。

「なんとか、簡単にする方法はないのかしら」

「むりなようだ。弁護士や計理士をやとっても、片づきそうにもない」

「フリッツさんなら、ドイツ人で頭が論理的にできているから、解決法をみつけ出すかもしれない。しかし、ちょっと打ちあけられない話だな」

そこへフリッツが戻ってきた。彼は珍しく、まじめな表情をしていた。そして、聞かれもしないうちに話しはじめた。

「みなさんは、さっきから、ごたごたでお困りのようです。わたしにいい解決法がありますす」

「しかし、なんのことか、まだご存知ないはずですよ」

「お聞きしなくても、わかっているのです。みなさんのもうけに関する部分を、全部まとめて、わたしにお渡し下さい」

「冗談でしょう。そんないわれは……」

と、邦高がさえぎったが、フリッツは笑わなかった。

「理由はあります。わたしが日本に来ているのは、日本を舞台にした小説を書くためです。そして、ついに、いい題材をみつけました。あなたがたのなさったことを、そのまま書くことです」

みなは赤くなった顔を見あわせて、

「それは困ります。やめて下さい」

「しかし、小説にすると、本が売れ、もうかるのですよ」

「で、どんなストーリーなのです」

「黒田さんが、牧野さんにそそのかされ、女友達をさそって、仏像を盗み出す。ぼろ株が出たり、にせ刑事もあらわれます。外国でうけそうですよ。いかにも現代の日本らしいと。気まぐれと幸運とを、二つのタイヤとして走りまわっているのですから……」

どこで調べたのだろうと、みなは青くなった。

「なんで、そんなことをお知りになったのです」

と、たまりかねて黒田が聞いた。フリッツは依然として、まじめな口調だった。

「わたしには断片をつなぎあわせ、論理的に組みたてる能力があります。それに、優秀な犬もいます」

「ああ。どうも、ひどいことになってきたな。……しかし、ちょっと、われわれだけで相談させて下さい」

「いいですとも」

と、フリッツは席を外した。みなは少し前の楽しい混乱から一変した、弱りきった顔をよせた。佐枝子は眉を曇らせて言った。

「お金を払わないとだめかしら。小説などに書かれたら、みっともなくていやだわ。不良外人だったのね」

「わたしは、神主をしていられなくなります。……だが、どうして調べたのだろう。やはり、想像以上の名犬だったのかな、あれが」

と邦高がこぼし、黒田は、

「さすがに、外国人の犯罪はスマートです。それにひきかえて、わが国のは、どうも泥くさい……」

「のんきにくせを出している時じゃないわよ。こんなことを書かれたら、恥ずかしくて死にたくなるわ」

と、須美子が悲鳴のような声をもらした。その時、黒田はなにか思いついたらしく、

「そうだ。死ぬ以外に、もう一つ解決法があります。アイデアがわきました。ためしにやってみましょう」

「どんなこと?」

「説明しているひまはありません。ぼくの話に、みなさんがあいづちを打って下さればいいのですが……」

みな承知した。なんでもいいから、試みてみなければならない場合だ。黒田はフリッツを呼びもどし、話しはじめた。

「フリッツさん。事実なら書かれてもしかたありませんが、いいかげんは困りますよ」

「わたしの話は、事実のはずです」

「あなたが論理的な頭の持ち主であることは、みとめます。しかし、論理の根本、出発点にまちがいがあったため、とんでもない方角に発展してしまったようです。犯罪

めいたことには、少しも関係ありません」

わからないながらも、三人はあいづちを打った。だが、フリッツは聞きかえしてきた。

「どの点でしょう」

「ぼくが牧野さんからもらった手紙、つまり、いつかここで、フリッツさんにお見せした手紙のことです。あの内容は、犯罪をそそのかすものではなかったのです」

「では、なんだったのです」

「それはですね、牧野さんが松平佐枝子さんに思いを寄せているのだが、なんとかならないか、と相談を持ちかけてきた手紙でした」

また、みなは打ち合せどおり、あいづちを打った。邦高と佐枝子は驚きはしたが、現在の危機の打開のためには、従わなければならなかった。

「そうだったのですか」

と、フリッツは疑わしげな表情で言った。黒田は真顔で話を進めた。

「もちろんですとも。そこでぼくは、この須美子さんに手伝ってもらって、お二人を接近させる計画にとりかかったのです。仏像を持ち出したのも、そのためですよ」

黒田は同意を求めるように、三人を見まわした。みなはまた、うなずいた。フリッ

ツは、

「本当にそうならば、論理を組みたてなおさなければなりません。しかし、その事実を証明して下さい」

「そのことでしたら簡単です。やっといま、お二人が結婚なさることにきまったのです。結果ほど、はっきりした証明はありません。勝てば官軍、ということわざをご存知かどうか知りませんが。さっきの乾杯はそのためだったのですよ。……ねえ、松平さん」

「ええ、そうですわ」

念を押されて、佐枝子はこう答えなければならなかった。須美子はやっと意図がわかり、面白くなって、勢いこんでつけ加えた。

「あたしも保証しますわ、本当だと」

佐枝子は黙っていられなくなった。流れを越えるためとはいえ、自分と邦高だけが舟を漕《こ》がされるのは不公平だ。そこで、

「ええ。それに、思いがけない景品もつきましたの。わたしたちの仲人で、この若いほうのお二人も、一組になることになったのですわ。ミイラ取りがミイラになる、ということわざをご存知かどうか知りませんけど」

邦高は大げさにうなずき、それを助けた。

「そうなのです。だから、さっき四人そろって、楽しくさわいでいたわけです。どちらの組のおかげで、この結果がもたらされたかを争って。だれに烏《からす》の雌雄がわかるか、とかいうことわざが……」

フリッツは了解したような口調になった。

「本当なのですか、黒田さん。そういう原因で、そういう結果ならば、わたしの計画も中止しなければならなくなりますが……」

黒田はみなに見つめられた。ここで否定したら、全責任をおわされ、取りかえしがつかなくなる。しかも、自分の言い出した案だ。彼はどもりながら答えた。

「え、ええ。その通りです」

フリッツは、

「どうやら、わたしのたくらみは失敗に終ったようです。負けおしみを言わず、わたしはいさぎよく降参します。そして、おわびの印、また、お祝いのために、お酒をおごりましょう。それが日本の風習のようですから。シャンパンでもさがしてきます」

と、席を立ち、酒を並べた棚にむかった。みなは危機を切りぬけ、いっせいにため息をついた。黒田は汗をふきながら、

「名案だったでしょう。ふつうならアイデア料をいただくのですが、やめにします。ますます、清算が複雑になる一方でしょう……」

邦高はひと息つき、気になる調子で黒田に言った。

「ほっとしました。しかし、いまの話を実行しないと、フリッツさんの要求が、復活してこないとも限らないでしょう。論理的な人はうるさいものです」

「といって、大金を取られるのも、すべてを公表されるのもたまりません。ぼくはいっそのこと、いまの話を実行しようかと……」

と黒田は須美子を見つめた。彼女は激しくまばたきをしていたが、

「しかたがないようね。死ぬのよりは、いくらかましのようだわ。テレビでドラマや舞台中継を見ていると、たいてい結婚か死でおしまい。安易きわまる手法、もっと変った幕切れはないのかと思っていたけど、人生そのものも、そうなっているらしいわ。神さまだか仏さまだか知らないけど、ドラマの台本の量産を押しつけられたら、型にはまるのも無理もないのでしょうね。批評家を自任する黒田さんも、みとめているようだし……」

「まあ、そうながながと理屈をこねることもないよ。てれくさいことは、よくわかるけど。……ところで、牧野さんと松平さんは、どうなさいます。ぼくたちの義務はは

たしたようです。あとは一切そちらです。フリッツさんから要求があったら、請求書をまわしますよ」

黒田にバトンを押しつけられ、佐枝子と邦高は、つぎつぎに言った。

「あたしも、承知するほかになさそうだわ。牧野さんなら、財産めあてということもないでしょうし……」

「わたしもけっこうです。財産めあての女性なら、お断わりするところですが。……しかし、こんな形で愛の告白をすることになるとは、まったく、だれの……」

黒田はそれをさえぎって、

「感謝も文句も、どこにも持ってゆき場がないのは、理想的なことかもしれませんよ。……ところで、お二人の宗教のちがいが気になりますが、話しあって、なんとかよろしく解決して下さい。外部に恥をさらさないというのが、わが国では宗教に優先する道徳となっていますから……」

須美子が思いだしたように言った。

「そうだわ。あたしたちが結婚したら、松平さんから十万円をもらえることになっていたわ。なぜだかわからないけど……」

「それは買収ですよ」

と、邦高は笑いながら、佐枝子をとがめた。佐枝子は邦高との賭けを話した。

「……というわけで、もうけを確実にするつもりで、賭けにはたしかに勝ったけど、こうなったら損害ということになるわ」

黒田は頭に手をやり、

「その賭けの原因はぼくにあります。忘れていましたが、ぼくたちが結婚すると、牧野さんに二十万円を払う約束がありました。……おたがいの結婚で、清算の面倒が半減するかと思いましたが、ややこしさの点では、あまり変りばえがしないようです」

フリッツがシャンパンのびんと、グラスとをそろえて戻ってきた。彼は快い音をたてて栓を抜き、みなと自分とにつぎ、重々しい口調で言った。

「では、さっきの約束の実行を誓い、また、お祝いの意味をかねて、乾杯を……」

四人はそれに従い、グラスをあけた。すると、フリッツの表情は一変し、いつもの楽しそうな笑い顔になった。それがあまりにも急なので、邦高はふしぎそうに聞いた。

「なにか思い出したのですか」

「わたしの計画は、みごとだったでしょう」

「しかし、失敗に終ってしまったようではありませんか」

「いや、成功です。こうなることをねらったのですから」

邦高ばかりでなく、佐枝子、黒田、須美子も、みな呼吸をしばらくやめた。驚きについては、もう充分な耐性があるはずだったが、この言葉への予防態勢はできていなかった。

「なんで、また、そんな計画を……」

「日本に来て、ひょうたんから駒《こま》が出る、とかいう独特のことわざのあるのを知りました。あまりになぞめいているので、興味を持って調べ、その本質が気まぐれにあるらしいと悟りました。そこで、その実験を試み、成功したわけです。……実験、つまり冗談でした。悪かったらおわびをします。実行を取り消してもけっこうですよ。わたしの気まぐれだったのですから」

四人は気の抜けたように、おたがいの顔をみつめあった。しかし、取り消したいようすは、だれの顔にも浮かんでこなかった。

それよりも、さっきから頭にひっかかっててならない点が残っていた。佐枝子は、

「そうでしたの。……だけど、それにしてもわからないけど、どうやって、こうくわしく調べることができましたの。そんな名犬があるのかしら」

「それは、ちょっと……」

フリッツは答えたくなさそうだったが、それでは、四人はおさまらなかった。

「いいではありませんの。ここまで運んだのですから。気になって結婚できませんわ」

「じつは、手先きがあったのです」

「だれですの、それは」

「おたくの婆やさんと、神社の吉蔵さんです。吉蔵さんが、婆やさんからの情報をまとめて、知らせてくれました。……いや、正確に言えば、わたしが手先きでしょうか。あの二人から、たのまれたからです」

「なんて、たのまれたのですの？」

「牧野さんも、松平さんも、独身でおいておくと、心配でならない。見ていて、はらはらするそうです。そこで、わたしは引き受け、ちょうどいいと一芝居してみたのです。しかし、こううまくゆくとは思いませんでした。大安とかいう日でしょうか。それとも、あなたがたとの、気まぐれの指数が一致したのでしょうか」

邦高と佐枝子は顔をみあわせ、

「たしかに、あの二人には、子供あつかいされても、しかたがない……」

いつのまにか夕方ちかくなり、メルヘンの店は混みはじめてきていた。フリッツも客の応対に忙しくなっていた。邦高はそれを見て言った。

「そろそろ、出たほうがいいようです。これ以上ここにいて、またこの状態が逆転でもすると、ことでしょう」

「出てから、どうしましょうか」

と須美子が聞き、黒田が提案した。

「気まぐれついでに、東京タワーにでものぼってみませんか。そう遠くもありませんし、こんな化合物ができたのもテレビの電波が空中をふらついていて、触媒の働きをしたためです。その記念の意味でも……」

みなは賛成し、店を出た。さっきからの出来事で、頭のなかが、もみほぐされたようになっていた。また、酒の酔いも、ほどよくまわっている。

「あら、問題の清算の件は、ちっとも進んでいなかったわね」

と、須美子が歩きながら、軽く酔った口調で言い、佐枝子も同じような口調で言った。

「どうかしら、こういう案は。ついでだから、あなたがたを養子にしてしまうというのは……」

邦高も二人と大差ない口調だった。

「いままでのうちで、最高度の気まぐれでしょうな。清算を一刀両断的に解決してしまう、わが国独特の方法でしょうが……」

黒田はうなずきながら、

「いや。それは、みごとな新説かもしれませんよ。いずれ、引用させてもらいます。家庭というものは、共犯者の集団の一単位とも呼べます。だから、その逆が成り立っても……」

須美子は笑いながら、

「また、いつもの口ぐせだわ。その説を適用すると、あの婆やさんと吉蔵さんとかいう共犯者は、どうしたらいいことになるの……」

みな、それぞれ思いつくままに、勝手なことをしゃべりながら歩いた。神さまと仏さまの力で、すべてのテレビ局の画像と音声とが、全部ひとつに重なったら、こんなことになるのではないかと思われる情景だった。

タワーのエレベーターは、四人を一二五メートルの展望台まで運びあげた。

夕ぐれの地上に、街が限りなく広がっている。

「これだけの家があり、これだけの人がいるんだから、よほど意外なことが起ったとしても、そうおかしくは……」

と、四人のうちのだれかがつぶやいた。すると、だれかが応じた。

「その、気まぐれ指数とかが、一致して高まればね。こんど高まるとしたらば、どのへんで……」

だれかが、ある方角を指さして言った。

「きっと、あのあたりかも……」

文庫改版でのあとがき

活字を少し大き目にする、改版の機会を得た。こういう小説に、個人的な回想を書くのもどうかと思うんですけどね。

昭和三十六年に私は結婚し、二年ほど、麻布・一の橋の東京都住宅公社の高層ビルの3LDKで暮した。六本木から三田のほうへ下ったあたりで、新旧いりまじった一画だった。

窓のそとには、昭和三十三年に完成した東京タワーがそびえていた。一方、すぐそばには長屋の密集した、高級とはいえない住宅地もあった。静かで緑の多い場所といえた。

六本木も散歩の範囲内。笹沢左保さんが、名作「六本木心中」を書いたのは、三十七年の春である。まったく、現在はなにもかも一変してしまった。

そのころ、東京新聞の文化部の槌田《つちだ》満文さんが来て、十二月から連載小説を書かないかと言った。彼とは、中学で同学年だった。そんなこともあり、引き受けてしまった。若かったのだ。たのむほうも、大胆だったな。

まさか、こんな仕事が入るとは。はじめての分野だ。もっとも、だれだって最初は、そういうものだろう。まあ、ショートショートだって、これならだれにも負けないとの自信があって、はじめたわけではない。

それでも、なんとか書けたのだから、ふしぎなものだ。その前、私は新聞連載小説が好きで、朝夕刊、並行して何種も読みつづけたものだ。記事よりも先に目を通した。大先生たち、みなさんうまかったなあ。それらから吸収したものを、フルに活用した。才能はここで使いはたしてしまった。

私のあとは、梶山季之《かじやまとしゆき》さんが、東京オリンピック（三十九年に開催）でもうけようとする人たちの話を、連載した。これが私の最後に読んだ新聞連載ではなかったか。小松左京さんなどの連載は、飛ばし読みで、単行本になってから、まとめて読んだ。

そのころか、ある新聞が写真を使い、シナリオライターに連載を書かせ、じつに読みづらかった。新聞小説の時代の終りを感じた。その人のせいでなく、社会が変っていったのだ。

それはともかく、この小説は私の唯一の新聞連載であり、また珍しく風俗小説なのである。風俗描写は押さえ、ストーリーと会話に重点をおいたつもりだが、徹底はしていない。

その時代に、こういう物語の舞台になりうる場所のあったことを、なつかしい気分で思い出す。読者に同調をお願いするつもりはなく、それは無理というものだ。

今回、いくらかの手直しをした。古びた部分を削ったのだ。大がかりな手直しは、やったとしても、もはやどうにもならない。首都高速道路の立体交差が作られてしまったのだ。その有用さはみとめるが、空とムードを消してしまった。

そのあたりを再訪し、歩いてみたいが、やめたほうがいいのだろうな。タクシーで通ることはあり、道に「新一の橋」と標識が立っている。なんのためかわからないが、あれを私の文学碑と思うことにするか。

書き終った時には満足感があり、まあ合格点と自己採点したが、そのあと「あんな作を」との注文はなかった。これ一作でよかったのだろう。おかげで、私は風俗小説という問題の多い分野に、深入りしないですんだのだ。ショートショートの千編を越えることもできたのだし。

昭和六十三年七月

解説

奥野健男

星新一氏は大正十五年（一九二六年）九月六日、東京の本郷《ほんごう》に生れ、東京女高師付属小学校、東京高師付属中学、東京高校（旧制）を経て、東大農学部農芸化学科に入学、生化学《バイオケミストリィ》を専攻している。卒論は固形ペニシリンの培養、大学院での研究は液体内での澱粉《でんぷん》分解酵素ジヤスターゼの生産であったと言う。

星さんのこれだけの履歴を知っただけで、ぼくは何とも言えぬ親近感、いや同類という感じを抱いてしまう。解説者の私事を書いて恐縮のいたりだが、ぼくは大正十五年七月二十五日生れ、つまり星さんより一カ月ちょっとはやいおないどしだし、同じ東京の山手《やまのて》に生れ、青山師範付属小学校、麻布中学校を経て、東京工大の化学科で有機化学、それも生化学に極めて近い蛋白類似物質《ポリペプタイド》の合成研究を卒論にした。大正十五年（昭和元年）生れなら、どちらも昭和八年小学校に入学したとき、はじめてカラー版になった「サイタ、サイタ、サクラガ、サイタ」の国語読本を同じ日から習いはじめたはずだし、どちらも師範の付属小学校というお坊ちゃん学校に通っているし、太平洋戦争のさなか、どういうわけだか、どちらも中学や高校の先生の影響で、化学、それも「ぴしりと割り切れないところのある」生化学や有機化学に興味を持ち、専攻するにいたった。星さんが何かぼくの影のような、いやぼくが星さんの影のような、へんてこな気分になる。しかも星さんは自伝的に書いたエッセイを読むと、山手の高台の母方の祖父の古い家に育ったとあるが、ぼくも山手の高台の母方の祖父の古い邸《やしき》の内にある家で育ったし、小学校時代、江戸川乱歩、海野《うんの》十三《じゅうざ》、山中峯太郎《みねたろう》、平田晋《しん》策《さく》などの冒険、怪奇小説に胸を高鳴らし、また講談社の『少年講談』を星さんと同じく全巻揃え繰返し読んだ。

余りに育った環境が一致しているのだが、それは星さんやぼくだけでなく、三島由紀夫、吉行淳之介、三浦朱門、辻邦生、加賀乙彦、北杜夫、山川方夫《まさお》、柏原兵三《ひょうぞう》、江藤淳などに共通する昭和戦前期の資本主義、自由主義、の消費社会の爛熟期《らんじゅくき》に、東京山手の中産階級の坊ちゃんとして生れ育った者の持つ、共通体験と言ってよいだろう。それは『少年倶楽部《クラブ》』の世代であり、〝原っぱ〟の世代と名付けたいような、なつかしさと親愛を感じるのだ。

この〝原っぱ〟族は、都会育ちのひ弱なお坊ちゃんのように見えながら、満洲事変にはじまる戦争や右翼クーデターのさ中に育ち、日本はじまって以来の大戦争である太平洋戦争の中、軍事訓練、勤労動員、空襲、そして敗戦、飢餓、乱世の中を意外に強いバイタリティでしぶとく生き抜いて来た。ハイティーンや二十歳前後のもっともフレキシブルで影響されやすい年齢に、地獄を、価値の崩壊を、世界終末の予兆を見てしまった世代とも言える。そして不思議に今列挙した文学者たちの多くは、母方は江戸以来の生粋の東京人だが、父方は地方出身者が多い。つまり母方の江戸の洗練と、父方の地方からの立身出世のバイタリティとの要素をそなえ、いざと言う時は都会人でなく、父方の血による土根性を発揮しているように見える。

星新一の父方の田舎は、福島県の南部だという。星という珍しい名前は福島県の南部に多く、かつて大隕石《いんせき》でも落ちたのであろうかと作者自身述べている。ぼくはかつて福島県の相馬地方の血をひいた文学者に、志賀直哉、埴谷雄高《はにやゆたか》、荒正人《まさひと》、島尾敏雄あるいは草野心平など不思議な才能の集中が見られるのは、この地方に突然変異を起こすような宇宙的事件があったのではないかというSF的推理を書いたことがあったが、それだけに星新一氏の大隕石説は、ぼくのSF的空想をかきたてる。そう言えばこの地方に発見される、輝く天体を表現したような不思議な楕円《だえん》同心円ないし渦巻模様の彩色絵画古墳も、意味ありげに思えてくる。

星新一氏の解説をやっていると思わずSF的空想に遊んでしまうが、それほど星新一氏の才能は日本においては異質であり、卓越している。いやショート・ショートというジャンルで、これほど精力的に活躍している作家は世界でも星氏以外にいないであろう。

ショート・ショートがいつ発生したか、その正確の定義はなにか、ぼくは寡聞にして審《つまび》らかにしないが、ものの本によると、欧米、特にアメリカに生れたジャンルで〈短い短編小説〉という意味で、大体千五百語の中に、新鮮なアイディア、完全なプロット、意外な結末を完備するSFと言うことらしい。漢詩の起承転結を想わせるが、〝完全なプロット〟となると、プロットのない私小説が主流を占めて来た日本の近代文学者にはもっとも不適なジャンルと言えよう。どうしても日本人は完全なプロットをつくらずに随筆的に流してしまうくせがある。

しかし一方短い文学ということになると短歌、俳句、あるいは『伊勢物語』などの歌物語以来、日本人の得意とするジャンルである、そして幻想や怪異の物語が、リアリズム中心の日本の近代文学では排され、異端とされているが、もともとは「お伽草《とぎ》子」あるいは能、または上田秋成《あきなり》の作品などに見られるように、幻想や怪異は日本の文学の中核であった。少なくとも硯友社《けんゆうしゃ》や露伴、鏡花まではその伝統は生きていた。

短い小説という面でも川端康成の『掌《てのひら》の小説』の発明がある。凝縮と簡潔化は日本人は得意であるはずなのだ。怪異な幻想も、意外な結末も、もともと日本文学に必須な条件であった。

とするとぼくは先に星氏のショート・ショートの才能を、日本では異質の卓越したものと述べたが、それは日本の既成の歪《ゆが》んだ近代文学の状況に対してであって、星氏は本来の日本文芸の伝統を正統に復活したと言ってよい。卓越してはいるが異質ではないのだ。外国でつくられたにせよ、ショート・ショートというもっとも日本人の体質に適しているジャンルの中に完全に生き、遊び、そして芸術に高めたのは、世界の中で日本人である星新一氏だと言うことができる。

戦前のことはさておき、戦後の日本において、SFが安部公房というもっともシリアスで前衛的な純文学者であり、国際的に著名な作家の『第四間氷期』というユニークで本格的な文学作品によってはじまり、ついで星新一という軽妙で繊細な感覚のショート・ショートの天才と、小松左京という重戦車のごとき、エネルギッシュで壮大な構想の長編作家が出現し、その三角形を基軸として展開されたことを幸福に想う。アメリカの低級なエンターテイメントにも、ソ連のかたくるしい科学主義にもならず、もっともSFらしいSFの伝統が確立できたのはこの安部公房、星新一、小松左京の三人の先達によるものと考える。

実際、昭和三十二年『宝石』に掲載された『セキストラ』、そして昭和三十六年、新潮社から刊行されたショート・ショート集『人造美人』に載った作品の見事な切れ味は、小憎らしいほどであった。特に『ボッコちゃん』の死に通じる残酷なニヒリズム、『おーい　でてこーい』の今日の公害を予兆している、ひっくり返った恐怖などにぼくは魅惑された。ぼくはSFにおいてはどっちかと言えばアシモフのような気宇壮大な過去から未来にわたるスペースものの長編が好きでブラッドベリーはきらいなのだが、星新一のショート・ショートは、ひとつひとつ読むごとに、「うむ、まいった」というような新鮮なシャワーを浴びたような衝撃を与えてくれる。それにしても、このドライで非情なニヒリズムはどこから来るのか。ハイティーンで迎えた戦争、敗戦の地獄を見た一般的世代体験だけではない。やはり星氏の、父星一《はじめ》氏の戦前、戦中の波瀾《はらん》万丈で、『人民は弱し、官吏は強し』を書かざるを得なかった幼少年時代の悲憤の体験、戦後父の星製薬の事業を継ぎ実業の中で得た体験が、このような非情な透徹した目と、ニヒリズムの心情をつくったのだろう。星新一は若くして、既に人生を知り、老境に達してしまった生活人であり、かつトッちゃん小僧の万年少年であるのだ。

『気まぐれ指数』は、ショート・ショート作家の星新一氏のはじめての長編小説であり、『東京新聞』に連載され、昭和三十八年（一九六三年）十月、新潮社より刊行された。まことにしゃれた推理小説である。一九六〇年の安保闘争前後は、日本にかつてない推理小説ブームの時代であった。それまで推理小説（探偵小説）は、ドイルのシャーロック・ホームズの移入紹介以来、知識人、それも文学者、芸術家より、イギリス仕込の紳士吉田茂首相に代表されるような政治家、実業家、学者などのエリートが愛好し、マニアになる知的遊戯であった。岡本綺堂《きどう》、野村胡堂《こどう》の半七や平次の捕物帖は、英国的推理小説の巧みな日本化であった。この一部の愛好家たちの知的謎《なぞ》解き遊戯であった推理小説を、日本の現実の中で、社会問題に重ねあわせ、なまなましいリアリティーのもと、殺人や隠された真実曝露《ばくろ》の手段として広範な大衆にアピールさせたのが松本清張、水上勉らの社会派推理作家である。彼らにより推理小説は日本人全体のものとなり、大衆小説の主流にもなった。

しかしその時、シャーロック・ホームズからルパンを経た推理小説の持っている知的な遊び、たのしさが閑却されて来た。推理小説というと強姦《ごうかん》や殺人、背後の政治的陰謀という重苦しい感じを読者に与えるようになった。そういう時、天邪鬼《あまのじゃく》なわが星新一氏は、すべて遊びの心と善意から出ている、暗い政治的背景など全くない、謎解きゲームとしての推理小説のおもしろさを敢《あ》えて表現したいと思ったに違いない。つまり意識したかしないかは別として『気まぐれ指数』は反社会派的推理小説なのである。

推理小説は謎解きのおもしろさにあり、批評や解説は、その謎解きに触れないのが、従来からの礼儀であるので、ぼくもそのいちいちに触れることを遠慮しよう。

それにしろ戦後の経済日本復興の象徴として建った東京タワーの旧新雑居の灯台下暗しの都会の風俗を舞台にして、神道と仏教、ビックリ箱づくりと庭園づくり、仏像いじりと化粧品セールス、等々、古さと新しさとが、シンメトリカルに配置され、争いながらつながり合う。犯罪者と探偵の両グループが、それぞれシンメトリカルで、婆やや下男という戦前の存在もあり、盗んだ方も盗まれた方もともに、それぞれ機智の限りを尽し、にせものつまりババを相手につかませようとするトランプ遊びよろしく、努力するが、次々に起る意外な事実のため失敗する。実際いくら詳しく計算しながら読んでも三方一両損どころか、五人、六人、七人と入り込む賭けも入り、その損得計算は、クロスワード・パズルのように複雑で頭がこんがらかってしまう。本来なら、刑事犯罪になる盗みやにせ刑事など扱いながら、エスプリに富む会話や、全体を流れる善意にみちた遊びの精神で、どんでん返しに次ぐ、どんでん返しの意外な、そしてたのしい結末を作者と共にたのしむことができる。これは推理小説のかたちをとった現代人の退屈という名のデカダンスへの諷刺であり、無価値と思われているものへの意外な価値の復活、いや発見の物語であり、みんな救われていて読後いかにも爽《さわ》やかで快い。ぼくは社会派的深刻推理小説が流行しているとき、敢えて完全な遊び、倫理を除外したエスプリの遊びを企てた星新一氏に、現代への深くにがい、絶望的な批判精神を、それ故《ゆえ》の笑いを感ぜずにはいられなかった。言葉のエスプリの遊びなど、いかにも戯作者《げさくしゃ》的であり、野坂昭如、庄司薫、井上ひさしなど、新戯作派にも通じる先駆的要素を感じるが、ひきしまったショート・ショートにくらべ、長編小説のおしゃべりには、やや無駄な遊びが知に溺れる傾向、自分だけがたのしんでいる気配が見られるのが欠点と言えよう。しかし『気まぐれ指数』の題が象徴しているように、今や歴史的、論理的必然より、意外な偶然や気まぐれ、歴史的必然より偶然が支配する事故の時代情況等々を、この作品はさりげなく、十全に表現しているようにも想われる。

（昭和四十八年四月、評論家）

この作品は昭和三十八年十月新潮社より刊行された。

星新一著

ボッコちゃん

ユニークな発想、スマートなユーモア、シャープな諷刺にあふれる小宇宙！　日本SFのパイオニアの自選ショート・ショート50編。

星新一著

ようこそ地球さん

人類の未来に待ちぶせる悲喜劇を、卓抜な着想で描いたショート・ショート42編。現代メカニズムの清涼剤ともいうべき大人の寓話。

星新一著

ほら男爵現代の冒険

〝ほら男爵〟の異名を祖先にもつミュンヒハウゼン男爵の冒険。懐かしい童話の世界に、現代人の夢と願望を託した楽しい現代の寓話。

星新一著

ボンボンと悪夢

ふしぎな魔力をもった椅子……。平和な地球に出現した黄金色の物体……。宇宙に、未来に、現代に描かれるショート・ショート36編。

星新一著

悪魔のいる天国

ふとした気まぐれで人間を残酷な運命に突きおとす〝悪魔〟の存在を、卓抜なアイディアと透明な文体で描き出すショート・ショート集。

星新一著

おのぞみの結末

超現代にあっても、退屈な日々にあきたりず、次々と新しい冒険を求める人間……。その滑稽で愛すべき姿をスマートに描き出す11編。

星新一著　マイ国家

マイホームを"マイ国家"として独立宣言。狂気か？　犯罪か？　一見平和な現代社会にひそむ恐怖を、超現実的な視線でとらえた31編。

星新一著　妖精配給会社

ほかの星から流れ着いた〈妖精〉は従順で謙虚、ペットとしてたちまち普及した。しかし、今や……サスペンスあふれる表題作など35編。

星新一著　宇宙のあいさつ

植民地獲得に地球からやって来た宇宙船が占領した惑星は気候温暖、食糧豊富、保養地として申し分なかったが……。表題作等35編。

星新一著　午後の恐竜

現代社会に突然巨大な恐竜の群れが出現した。蜃気楼か？　集団幻覚か？　それとも立体テレビの放映か？――表題作など11編を収録。

星新一著　白い服の男

横領、強盗、殺人、こんな犯罪は一般の警察に任せておけ。わが特殊警察の任務はただ、世界の平和を守ること。しかしそのためには？

星新一著　夢魔の標的

腹話術師の人形が突然、生きた人間のように喋り始めた。なぜ？　異次元の世界から不気味な指令が送られているのか？　異色長編。

星新一著

エヌ氏の遊園地

卓抜なアイデアと奇想天外なユーモアで、夢想と現実の交錯する超現実の不思議な世界にあなたを招待する31編のショートショート。

星新一著

盗賊会社

表題作をはじめ、斬新かつ奇抜なアイデアで現代管理社会を鋭く、しかもユーモラスに風刺する36編のショートショートを収録する。

星新一著

ノックの音が

サスペンスからコメディーまで、「ノックの音」から始まる様々な事件。意外性あふれるアイデアで描くショートショート15編を収録。

星新一著

夜のかくれんぼ

信じられないほど、異常な事が次から次へと起こるこの世の中。ひと足さきに奇妙な体験をしてみませんか。ショートショート28編。

星新一著

おみそれ社会

二号は一見本妻風、模範警官がギャング……。ひと皮むくと、なにがでてくるかわからない複雑な現代社会を鋭く描く表題作など全11編。

星新一著

たくさんのタブー

幽霊にささやかれ自分が自分でなくなってあの世とこの世がつながった。日常生活の背後にひそむ異次元に誘うショートショート20編。

星新一著 どんぐり民話館

民話、神話、SF、ミステリー等の語り口で、さまざまな人生の喜怒哀楽をみせてくれる31編。ショートショート一〇〇一編記念の作品集。

星新一著 これからの出来事

想像のなかでしかスリルを味わえない絶対に安全な生活はいかがですか？ 痛烈な風刺で未来社会を描いたショートショート21編。

星新一著 つねならぬ話

天地の創造、人類の創世など語りつがれてきた物語が奇抜な着想で生まれ変わる！ 幻想的で奇妙な味わいの52編のワンダーランド。

星新一著 明治の人物誌

野口英世、伊藤博文、エジソン、後藤新平等、父・星一と親交のあった明治の人物たちの航跡を辿り、父の生涯を描きだす異色の伝記。

星新一著 天国からの道

単行本未収録作品を集めた没後の作品集を再編集。デビュー前の処女作「狐のためいき」、1001編到達後の「担当員」など21編を収録。

星新一著 ふしぎな夢

『ブランコのむこうで』の次にはこれを読みましょう！ 同じような味わいのショートショート「ふしぎな夢」など初期の11編を収録。

気《き》まぐれ指《し》数《すう》

新潮文庫　ほ-4-3

昭和四十八年五月二十五日　発行
平成二十六年六月二十日　四十四刷改版
令和四年四月二十日　四十六刷

著者　星《ほし》新《しん》一《いち》

発行者　佐藤隆信
発行所　株式会社 新潮社
郵便番号　一六二―八七一一
東京都新宿区矢来町七一
電話　編集部(〇三)三二六六―五四四〇
読者係(〇三)三二六六―五一一一
http://www.shinchosha.co.jp

価格はカバーに表示してあります。

乱丁・落丁本は、ご面倒ですが小社読者係宛ご送付ください。送料小社負担にてお取替えいたします。

印刷・株式会社光邦　製本・株式会社大進堂

ISBN978-4-10-109803-6 C0193